真故

TRUMANSTORY

真 实 打 动 世 界

洛丽塔原型

小说《洛丽塔》背后的萨莉·霍纳绑架案

【美】萨拉·魏恩曼 著

马雨禾 译

Sally H

THE REAL LOLITA

THE KIDNAPPING OF SALLY HORNER AND THE NOVEL THAT SCANDALIZED THE WORLD

Sarah Weinman

北京联合出版公司
Beijing United Publishing Co.,Ltd.

北京市版权局著作权合同登记 图字：01-2023-2074号

图书在版编目(CIP)数据

洛丽塔原型：小说《洛丽塔》背后的萨莉·霍纳绑架案 / (美) 萨拉·魏恩曼著；马雨禾译. -- 北京：北京联合出版公司, 2024.6
ISBN 978-7-5596-7521-7

Ⅰ. ①洛… Ⅱ. ①萨… ②马… Ⅲ. ①长篇小说—小说研究—美国—现代 Ⅳ. ①I712.074

中国国家版本馆CIP数据核字(2024)第063399号

洛丽塔原型

小说《洛丽塔》背后的萨莉·霍纳绑架案

作　　者：【美】萨拉·魏恩曼
译　　者：马雨禾
出 品 人：赵红仕
选题策划：北京真故传媒有限公司
责任编辑：龚将
特约编辑：闫弘 宋文倩
封面设计：Mayer.L
内文版式：孙莹

北京联合出版公司出版
（北京市西城区德外大街83号楼9层100088）
北京联合天畅文化传播公司发行
河北盛世彩捷印刷有限公司印刷　新华书店经销
字数229千字　787毫米×1092毫米　1/32　10.75印张
2024年6月第1版　2024年6月第1次印刷
ISBN 978-7-5596-7521-7
定价：58.00元

献给我的母亲。

你一定得是一个艺术家，一个疯子，一个无限忧郁的人，生殖器官里有点儿烈性毒汁的泡沫，敏感的脊椎里老是闪耀着一股特别好色的火焰（噢，你得如何退缩和躲藏啊！），才能凭着难以形容的特征——那种轮廓微微显得有点儿狡黠的颧骨、生着汗毛的纤细的胳膊或腿以及绝望、羞愧和柔情的眼泪、使我无法罗列的其他一些标志——立刻就从身心健康的儿童中辨别出那个销魂夺魄的小精灵。她并没有被他们识别，自己对自己的巨大力量也并不知晓。[1]

——弗拉基米尔·纳博科夫（Vladimir Nabokov）

《洛丽塔》（*Lolita*）

1 如无特殊标注，书中出现的《洛丽塔》原文翻译，均援引自上海译文出版社出版的《洛丽塔》（2005 年版，主万译）。

“我想尽快回家。”

萨莉·霍纳（Sally Horner）

1950 年 3 月 21 日

目录

“我是不是没准对她干了……？”

我是不是没准对多莉干了那个五十岁的机修工弗兰克·拉萨尔（Frank La Salle）在一九四八年对十一岁的萨莉·霍纳所干的事？

——弗拉基米尔·纳博科夫《洛丽塔》

萨莉·霍纳拍了张照，这时距她的人生彻底改道还有寥寥数年。9岁的萨莉站在她家屋后的院墙前，一株细弱、光秃的树消失在画面右上角之外。几缕碎发扫过她的脸，搭在外套的肩部。拍摄者是她的姐夫，她向前直视着他，神情中明显流露出对他的信任和喜爱。红褐色调和模糊的对焦增强了这张照片的鬼魅气质。

这不是我看到的首张萨莉·霍纳的照片，也远非最后一张，却是我最常想起的一张，因为这是萨莉唯一一次在照片里流露出小孩子那种彻底的天真无邪。她完全没有意识到后来将要降临的是怎样的恐怖。证据在此，她本可以拥有另一种未来。但她没有机会过那种人生了。

弗洛伦丝·“萨莉”·霍纳，9 岁

1948 年 6 月中旬，弗洛伦丝·“萨莉”·霍纳自新泽西州卡姆登市的家中失踪，与她同行的是一名自称弗兰克·拉萨尔的男子。21 个月后，即 1950 年 3 月，萨莉在一位热心邻居的帮助下从加利福尼亚州圣何塞给家里打来电话，请求家人联络联邦调查局对她实施救援。媒体就此事进行了铺天盖地的报道。拉萨尔仓促认罪，余生在监狱里度过。

然而短短两年后，萨莉便离开了人世。她是在 1952 年 8 月中旬去世的，弗拉基米尔·纳博科夫得知这一新闻时正值手头小说创作的关键时期——他尝试了各种不同的方式来呈现这本书，其艰难成形的过程已持续十余年之久。该作品最终将为他的生活和职业道路带来超乎想象的改变。

萨莉·霍纳的故事支撑起了《洛丽塔》的后半段。纳博科夫最终没有把手稿投入火堆——有两次他差点儿就这么干了，幸亏他的夫人薇拉[1]眼疾手快——而是决定完成它，需要时便从真实案件中借鉴各种细节。纳博科夫虚构出的多洛蕾丝·黑兹（Dolores Haze）有着与萨莉·霍纳相同的深色头发，同样由孀居的母亲带大，她们都被比自己年长许多的性掠夺者囚禁了近两年时间。

《洛丽塔》刚出版时饱受诟病，后来声名大噪，一直都颇具争议性，有关它的讨论从未间断。六十多年来，这本书在全世界卖出了六千万余册。反观萨莉·霍纳，除了最亲近的家人和朋友外，几乎没人记得她。甚至直到几年前她们才得知《洛丽塔》与当年的事件有关。其实早在 20 世纪 60 年代初就有记者指出书中角色与现实人物存在联系，却遭到了纳博科夫的冷嘲热讽。后来，大概是在小说发表五十周年之际，有一名研究纳博科夫的杰出学者探究了《洛丽塔》和萨莉的关联。通过他的研究，我们可以看到纳博科夫是如何将真实的故事深深根植于他的虚构作品之中的。

但这两个人——无论是记者还是学者——都没有想要更深入地了解萨莉·霍纳短暂的一生。她的生活起初似乎就是典型美国平

1　薇拉·纳博科夫，原名薇拉·叶夫谢耶夫娜·斯洛尼姆（Véra Yevseyevna Slonim）。

民的童年生活，发生了出人意料的事件后峰回路转，最终却仍以悲剧收场。她的人生振荡、回响在我们的文化当中，不可逆转地改变了 20 世纪文学的进程。

我靠讲述犯罪故事为生，所以会大量阅读发生在别人（可能是好人，也可能是不那么好的人）身上的恶性事件并沉浸其中。是什么打破了那一线平衡，使人们由理智坠入疯狂、由循规蹈矩走向紊乱，或是由爱生恨？犯罪故事所追索的就是这些问题。当我阅读它们时，痴迷与冲动总是相伴而来，在我的体内燃烧。如果情绪上的冲击经久不散，我就知道这故事我非得讲出来不可。

经验告诉我，有些故事适合短小精悍，有些故事则会自己冲破在杂志上刊载受到的僵硬束缚。没有结构便不成文章，但假如没有投入某种情感或使命感，我便不能问心无愧地为读者重现当事人的生活。

几年前，我在物色新题材时偶然读到了萨莉·霍纳的遭遇。从那时到现在，我一直都有在互联网的隐秘角落挖掘信息的习惯。我对 20 世纪中叶兴趣浓厚，因为那段时间有报纸、广播，甚至有早期电视的完备记载，却又恰好超出了我们记忆的范围；法庭笔录都还有留存，但要经过更为烦琐的程序才能查到；仍有记得当时事件的人在世，但已非常少。这些记忆马上要消失殆尽。当下与过去的模糊交界处，有许多故事在呼唤我们对其进行进一步还原与理解。

萨莉·霍纳吸引了我的注意，她的故事在时下显得尤为紧迫。

这个年幼的女孩被一个临时起意的儿童猥亵犯掳走，从新泽西到加利福尼亚，遭受了长达 21 个月的伤害。与此同时，女孩在被迫离家的情况下找到了生存下来的办法，她的整套行动让好友和家人都大为震惊。是时候弄明白她是如何活下来的了。女童和成年女性被挟持、囚禁的事件仍有发生，大批受害者被剥夺了自己原本的生活，甚至失去了生命，这个小女孩则在历经磨难后幸存了下来。可救援成功后不久，她又突然离世。她的故事被隐藏、吞没，在此基础上写成的小说却成了 20 世纪最经典、最重要的作品之一……萨莉·霍纳阴魂不散。很少有故事能让我如此坐立难安。

2014 年秋季，加拿大线上文学杂志 *Hazlitt* 刊载了我的专题文章。2014 年年初开始，我就在挖掘萨莉·霍纳生平的细节资料，以探寻其与《洛丽塔》的联系。我追查了庭审文件，采访了家属，参观了萨莉·霍纳曾居住过以及拉萨尔带她去过的部分地点，也写好了报道。但我非常清楚，萨莉·霍纳的事还没完。或者更准确地说，萨莉不会就这么放过我。

那次绑架完全定义了萨莉短暂的人生——这在当时是我继续下去的动力，而且直到现在都让我很气愤。她永远失去了长大成人的机会。她没能工作、结婚、生育、变老、享受人生，她过人的才智也没能得到施展。对她最好的朋友来说，她的聪慧是显而易见的。七十年过去了，这位老友向我谈起萨莉时仿佛在谈论一位导师，而非自己的同侪。萨莉去世后，她的家人很少说起她的事情。他们对她既无赞叹，也无怜惜，更没有轻蔑。她只是一个空缺。

几十年来，萨莉留下的痕迹就只有《洛丽塔》中一句无关紧要的提及。它不过是亨伯特·亨伯特（Humbert Humbert）的巧言令色。虎视眈眈的叙述者用自己的话来控制叙事，同时当然也控制了多洛蕾丝·黑兹。洛丽塔不是“从身心健康的儿童中辨别出那个销魂夺魄的小精灵”，萨莉也不是。虚构也好，真实也罢，这两个女孩本身就是健全的儿童。亨伯特·亨伯特言之凿凿，但事实与他所说的相反。洛丽塔没有勾引任何人（她“对自己的巨大力量也并不知晓”），萨莉也没有。

没有人能随随便便忘记她们。这才是两个女孩所共有的奇异力量。

我第一次读《洛丽塔》是 16 岁，当时我还在上高中，对知识的渴求远超于当时情感的成熟度。读这本书算是某种自我挑战。就在几个月前，我轻轻松松读完了亚历山大·索尔仁尼琴（Alexander Solzhenitsyn）的《伊凡·杰尼索维奇的一天》（*One Day in the Life of Ivan Denisovich*[1]），数月之后马上要解决掉菲利普·罗斯 (Philip Roth) 的《波特诺伊的怨诉》（*Portnoy's Complaint*[2]）。我自认为能承受多洛蕾丝·黑兹和亨伯特·亨伯特之间发生的事。我自认为可以欣赏作者的语言而不受到情节影响。我假装自己已经成为《洛丽塔》的适龄读者，但实际上还差得远。

---

1 Один день Ивана Денисовича，索尔仁尼琴的中篇小说，描写苏联劳改营生活。1962 年经批准刊载于《新世界》杂志。

2 菲利普·罗斯（Philip Roth）的长篇小说，发表于 1969 年。主角波特诺伊是一名犹太裔美国人，小说采用独白的形式呈现了他在心理医生面前的自我剖析。

那堪称经典的开场白：“洛丽塔是我的生命之光，欲望之火，同时也是我的罪恶，我的灵魂。洛—丽—塔。”短短几句话，顺着我年轻的脊椎呼啸而过。这种感觉让我有些不舒服，但不舒服是应该的。很快我便臣服于亨伯特·亨伯特的话语。绫罗锦缎的矫饰，拙劣地掩盖着某种丑恶的喜好。

我接着往下读，心里希望多洛蕾丝能够获救。不过从前言——由虚构的小约翰·雷博士（John Ray, Jr. , PhD）执笔——其实就能看出要等上很长一段时间。而在她终于逃脱亨伯特的魔爪，终于有机会拥有自己的生活后，她也并没能长时间享受自由。

虽然当时还不能很好地表述，但我意识到弗拉基米尔·纳博科夫做到了一件了不起的事情。《洛丽塔》的叙述者是不可靠的，读者必须时刻加以怀疑——这对我来说还是头一遭。亨伯特·亨伯特想让我们知道特定的“真相”，但我们自己也能看穿某些伪装，两者之间互相对抗，张力逐渐积蓄，整本书正是在此基础上才得以成立。迷惑人心的力量是强大的，亨伯特游刃有余的叙事、他对1947年前后美国的全景式刻画，以及对他口中的“洛丽塔”的描摹……热爱文字和文学的人有福了，同时也被欺骗了。事实是亨伯特在近两年的时间里多次强奸了一名12岁的儿童，而他甚至没有受到应有的惩罚。要是放松警惕，你便很可能忘记这码事。

作家米基塔·布罗特曼（Mikita Brottman）就遇到了这种情况。她曾于马里兰州的一所重刑监狱带领犯人读书，并在《重刑监狱读书会》（*Maximum Security Book Club*）中记录下自己在讨论《洛丽塔》时所感受到的认知失调。布罗特曼提前阅读这本小说，“一下子就爱上了书里的叙述者”。毫不夸张地说，亨伯特·亨伯特的“倜傥、幽默和修养让［她］原谅了他的一切过错”。她知道自己不应同情恋童者，却无法控制地为之神魂颠倒。

相比之下，读书会里的犯人们丝毫没有上当。讨论刚开始一小时，有人向布罗特曼大喊：“他就是个老变态！”另一位犯人补充道，“还不是扯淡，他那些花言巧语，我一下就看透了。都是伪装。我知道他脑袋里想的那点事儿。”还有一位犯人一针见血地指出，《洛丽塔》“不是什么爱情故事。把那些优美词句都去掉，换成底层（原话如此）的语言来讲，就是成年男人在猥亵小女孩儿”。

听了这些非常直接的评价，布罗特曼才意识到自己有多愚蠢。当然，被语言控制、拜倒在美妙文字下的人不止她一个。数以百万计的读者竟都浑然不知，《洛丽塔》中糅进了一个女孩真实的人生，她曾经历多洛蕾丝·黑兹在书中遭受的全部苦难。若你忘记了现实生活中的黑暗，对艺术的欣赏可能会让你上当受骗。

了解了萨莉·霍纳的故事后，《洛丽塔》的光芒并不会暗淡下来，纳博科夫的创作依然大胆、巧妙，但小说中捕捉到的恐怖感确实会增强。

写纳博科夫不是件容易的事，无论当时抑或现在都是如此。研读他的作品和资料，感觉就好像有无数道通电篱笆拦着我，不让我接近真相。线索如幽灵般出现又消失，信件与日记内容若有所指，但又缺乏确凿的依据。我探究纳博科夫主要是为了弄清：关于萨莉·霍纳，他到底知道多少，是什么时候知道的。他一生都在否认、隐瞒自己小说的灵感来源，这种态度甚至在他死后仍在延续，我的追查工作可谓举步维艰。

纳博科夫平生最恨有人通过搜刮生活细节来分析他的作品。1948 年至 1959 年，纳博科夫于康奈尔大学任教。其间他在一次关于俄罗斯文学的演讲中表示："我很不喜欢去搅动伟大作家们的宝贵生活，我讨厌在别人家的围墙上偷窥，我讨厌粗俗的'人性化报道'。裙边的窸窣、时间回廊里的嬉笑，这些我都不喜欢——我的个人生活不会让任何传记作家瞄见一眼。"

将虚构故事的表层内容还原到现实，纳博科夫对这种行为的不齿早在 1944 年就尽人皆知了。在当年出版的尼古拉·果戈理（Nikolai Gogol）的传记中——写得相当尖锐，风格独树一帜，选择资料很有目的性——纳博科夫怒斥："我们常常为了某种病态的满足感而去追寻一部文艺作品背后的'真实故事'（大多是假的，或根本无关紧要），这真是咄咄怪事。莫非大家的自我感觉会更良好，因为作家也和我们一样，没法用自己的才能凭空编出故事？"

这部传记其实并不完全在论述果戈理，它更像是一个了解纳博科夫本人思想的窗口。就他自己的作品来说，纳博科夫不希望评论家、研究者、学生，或普通读者在其中寻找某种直接的含义，或者探寻现实事件对作品的影响。原始材料都是他文学磨盘下的谷粒，能且仅能为他所用。1958 年《洛丽塔》在美国出版，纳博科夫一时间名声大噪，他这种掌控全局的态度此时就派上了很大用场。有非常多的人想要采访他，而无论是写信、电视对谈，抑或是面对面交流，采访者都必须遵守他定下的规矩。他们提前交给他问题，然后收下他在家仔细写好的回答，再把问答缝补成仿佛是即兴的对话。

纳博科夫在有关自己个人生活的信息周围树起了许多路障，这不仅是为了保护自己神圣不可侵犯的讲述权，其背后还有更为深刻、复杂的原因。他有一些不希望公之于众的、或微小或庞大的家族秘密。想想倒也不奇怪，毕竟他亲历过俄国革命[1]，辗转过许多国家，见证过纳粹上台，也体验过作品风靡全球的滋味。另外，1940 年移民美国后，他抛下写了半辈子的俄语，改用英语创作。尽管文采和语感令英语国家的读者都叹为观止，他仍声称失去母语与截肢无异。

纳博科夫一生都在为不被好事者打扰而奋斗。在此期间，有一个人始终站在他身旁给予协助，那就是他的妻子薇拉。她接手了所有纳博科夫不愿或不能做的事，是他的助理、信件主笔人、第一读者、司机、附属权代理人，另外还有许多较难定义的职责。她自愿将自己埋没在他的艺术当中[2]；如果有谁非要到她那永不磨灭的忠心深处探秘，妄图在其中寻觅任何不满之情，她的反应要么是强烈地否认，要么就是装作没听见，又或者随便编造一些完全不属实的谎言。

但假若纳博科夫设下的路障真的有那么坚挺，这本书也不

---

1 1917 年的两次俄国革命。二月革命后，纳博科夫的父亲曾就职于俄国临时政府；十月革命爆发时纳博科夫一家逃往克里米亚，1919 年初白军战败后又流亡至西欧。

2 薇拉·斯洛尼姆在圣彼得堡和柏林曾是非常成功的企业家、律师。1925 年与纳博科夫结婚后，她放弃了自己当时刚有起色的文学事业，通过文员及翻译工作赚钱养家，并对纳博科夫的写作施以帮助。

会存在。其他人最终还是触及了他的个人生活。安德鲁·菲尔德（Andre Field）为他作了三部传记[1]，其主观色彩逐步递增——菲尔德与传主的关系本来十分融洽，但纳博科夫于 1977 年去世前，两人早已反目成仇。布赖恩·博伊德（Brian Boyd）著有上、下两部奠基性的传记[2]，在近三十年后的今天仍被奉为圭臬，是所有纳博科夫研究者的必读书目。此外，史黛西·希芙（Stacy Schiff）的薇拉·纳博科夫传[3]于 1999 年出版，揭露了这对夫妻间的种种谜团，并从繁杂的资料中梳理出了薇拉内心世界的点滴。

自从国会图书馆在 2009 年撤销了对纳博科夫的文件五十年限期保护，向公众开放文献后，我们对他写作的动机又增添了几分了解。纽约公共图书馆伯格馆藏中的资料要更全面——虽然仍处在限制期，但我有幸在此深入研读了纳博科夫的笔记、手稿，以及许多富有时代背景的资料，例如简报、信件、照片和日记。

奇怪的是，我在出版物和档案馆中流连忘返，却发现纳博科夫变得更加难以捉摸。其实这是此类作者身上常见的悖论，因为他们的作品充满着无数隐喻和影射，也已无数次被学者和读者们剖

---

1 分别是 1974 年出版的《纳博科夫：艺术人生》（*Nabokov: A Bibliography*）、1977 出版的《纳博科夫：部分生活》（*Nabokov: His Life in Part*），以及 1986 出版的《VN：弗拉基米尔·纳博科夫的生活与作品》（*VN: The Life and Art of Vladimir Nabokov*）。

2 1990 年出版的《弗拉基米尔·纳博科夫：俄罗斯时期》（*Vladimir Nabokov: The Russian Years*）和次年出版的《弗拉基米尔·纳博科夫：美国时期》（*Vladimir Nabokov: The American Years*）。

3 《薇拉（弗拉基米尔·纳博科夫夫人）》[*Vera (Mrs. Vladimir Nabokov)*]。该作品获得了 2000 年普利策传记文学奖。

析、解读。博伊德甚至在完成纳博科夫传记的十五年后表明，自己还没有完全理解《洛丽塔》。

我在一遍又一遍的反复阅读中对这部小说有了更深的认识。有时我会把它当成圈钱的流行作品来对待，一口气囫囵翻完；有时则会细细咀嚼，交叉对比每个句子。没人能在初读时就明白所有典故，注意到所有反复出现的内容。再次拿起这本书，你会得到更多满足。纳博科夫自己就认为有些书必须在人生的不同阶段重读，而除此之外的书根本不值得看。一旦领会了精髓，《洛丽塔》那看似自相矛盾的叙事和情节结构便会展露出背后自洽的逻辑。

某次重读时，我想起了纳博科夫早期小说《菲雅尔塔的春天》（*Spring in Fialta*）里主角说过的话："我个人从来都不明白杜撰书籍、编造一些从未以任何形式发生过的事情有什么益处……如果我是作家，我会只允许我的心灵保有想象，让其余一切都依靠回忆——那属于个体真相的长长的黄昏之影。"

纳博科夫从未明说他自己也持有上述这种态度，但线索摆在作品里。《洛丽塔》就是最好的例子，全书细致入微地描绘了当时的流行文化、前青春期[1]女生的行事方式，以及琐碎庸常的美国生活。在这些地方都能找到指向现实的蛛丝马迹，要一一细究却很不容易。我发现要调查的不只是书里出现的东西，没有出现的那些东西同样很重要。而我一方面要考察事实，另一方面也经常要依赖推理与合理的猜测。

1　指尚未出现第二性征的年龄段，通常在 10 ～ 13 岁。

有时，需要的信息会直接掉在你面前，但也有时候你想追踪的事只能摸到一个非常间接、模糊的脉络——纳博科夫对萨莉·霍纳到底知道多少、是什么时候知道的，就完完全全属于后面这种情况。除此之外，我还想知道他是如何将萨莉的故事纳入《洛丽塔》之中的。通过这一系列调查，我察觉到现实与虚构之间还有着更深的联结，也发现了纳博科夫酝酿了二十多年的主题。不过他对这一主题的思索是时断时续的，偶尔迸发出写作的冲动，直到《洛丽塔》才发展成熟。

有证据表明，《洛丽塔》的内容高度依附于现实罪案。后者对前者的影响远比纳博科夫承认的要更深远。

在调研和写作本书的四年中，我和不少人聊起过《洛丽塔》。有人说这是自己最爱的小说（或最爱之一），有人从来没读过却仍发表了意见；有人对它深恶痛绝，也有人根本就不屑于读它。没人持中立态度，对这本书来说倒不奇怪。而我提起有关萨莉·霍纳的那段时，没有一个人有印象。

我也不能说纳博科夫刻意把书写成这样，就为了让读者注意不到萨莉。故事毕竟进行得太快了——或许是对高速公路的致敬？亨伯特与多洛蕾丝在横跨全国的远征中驶过了数千英里[1]，想必读者错过的内容不止一星半点。不过，《洛丽塔》的普通读者有数千万之多，另有无数人对这本小说有所耳闻，无论是作品本身也好，还

1　1英里约等于1.61千米。

是改编的两部电影也罢，抑或听说过它在过去六十年中的文化地位，我认为所有这些人都应该去关注萨莉·霍纳，因为她的故事也是全世界许许多多女性的故事。很多时候，那似乎只是某种日常的不公：女人早早被剥夺了向上的权利，婚姻和母职如铁链般拴着她们。但也有更为可怕的时刻——残忍的虐待、攻击、绑架，甚至更糟的待遇。

但与此同时，萨莉·霍纳的劫难也有独特的美国色彩。第二次世界大战的阴影尚未散去，胜利带来了中产阶级的崛起，新兴的经济力量发展迅速、人数众多，却终究无法阻挡衰败的来临。萨莉的家在新泽西州卡姆登市。要了解她遭到绑架的过程，就必须了解这座城市的纹理。当时的卡姆登自诩为美国梦的至高代表，而如今我几次徘徊在这里的街道上，目光所及之处尽是凋敝。萨莉本可以出于自己的意愿环游美国，那才是真正实现了美国梦，而现实却与此相反：她受到胁迫、被强行掳走，美好的出游变成了噩梦。

萨莉的生命太过短暂，她的故事却为一本小说提供了灵感。出版六十余年后仍有人在讨论这部作品、为它争论不休。通过语言运用和形式上的创新，弗拉基米尔·纳博科夫把这个虚构世界的权力交到了恋童癖手中，这样的写作曾使数百万读者陶醉，同时也令他们感到恶心。我探究萨莉·霍纳的故事为的即是揭开虚构的面纱，将真相公之于众。亨伯特·亨伯特对多洛蕾丝·黑兹做的事，实际上就是弗兰克·拉萨尔 1948 年对萨莉·霍纳做的事。

在我的书中，萨莉·霍纳才是主角。像纳博科夫最爱的蝴蝶，她的形象从虚构与现实的双重牢笼中浮现，正要飞向自由。

—

小卖部[1]

萨莉·霍纳走进了位于百老汇和费德勒尔街交叉口的小卖部。她要偷一个五分钱的笔记本。学校的女生小团体要她试胆，当时她拼命想要加入她们。萨莉长这么大从没偷过东西。这家店是她平时买文具和最喜欢的糖果的地方。小团体的成员告诉她，事情很简单，她是东北小学（Northeast School）五年级的荣誉学生、红十字会少年团的主席，像她这样的孩子偷东西也不会遭人怀疑。萨莉被说服了，虽然内心还是充满了对违法犯罪的恐惧。那是 1948 年 3 月一个普通的下午，萨莉没有想到，一次简单的顺手牵羊就足以毁掉她的人生。

踏进店门后，萨莉直接拿起她在亮白色的五分钱货架上看到的第一个笔记本。她把东西塞进包里，转身就往出口走，并注意保

1 指美国的“five-and-dime”（或称“Woolworth’s five-and-dime”）。1879 年 2 月，弗兰克·伍尔沃思（Frank Woolworth）在纽约州尤蒂卡市开设第一家 five-and-dime。早前这种商店只贩卖售价为五美分（nickel，或 five cents）和十美分（dime）的商品，现在 five-and-dime 也泛指廉价商店。

持目视前方。马上就要自由了，但还未及跨过那道门时，有人抓住了她的胳膊。

萨莉仰起头。一个体形瘦长、五官锐利的男人几乎是从她的上方逼近过来，绅士帽的宽帽檐下面露出铁灰色的头发，眼睛时蓝时灰。他的鼻子右侧有道伤疤划过脸颊，衣领处盖着另一道疤，抓着萨莉的那只手上还有块更旧的、半月形的烧伤。任何成年人都能将其定位为四五十岁的中年男子，但在10岁的萨莉眼中，他已老得不能再老了。

他对萨莉说："我是FBI探员，你被逮捕了。"

在这种情况下，萨莉的反应就跟许多小孩子一样：她哭了、畏缩了。耻辱感如狂风骤雨涌上心头。

她僵在原地。男人声音低沉，眼神冰冷。马路对面的市政厅是卡姆登最高的建筑，他指着那里说，像她这样的小姑娘要送进去听候发落。刚开始她没有明白是什么意思，于是他解释道，为了惩罚偷盗行为，她会被关进少管所。

萨莉对少管所了解得不多，但那肯定不是什么好地方。她还在哭。

男人冷酷的态度突然缓和了。他说她的运气很好，碰上的不是别的FBI探员。如果她答应每隔一段时间就到他身边汇报，他可以放她走。从轻发落，网开一面。

萨莉不哭了。原来他会放她走。这样她就不用从少管所给母亲打电话——她那可怜的、劳累过度的母亲埃拉。五年前，酗酒的丈夫（萨莉的父亲）自杀身亡，从那时起埃拉便一个人辛苦支撑着家庭，每天早出晚归，去裁缝店工作。萨莉放学回来，家里经常是空荡荡的。

但顾不上想这些了。

她现在要逃脱的是真真切切的惩罚。对小团体的向往早已抛在脑后，她现在只感到庆幸：她好像不用去面对那更加使她害怕的事情了。

萨莉不知道这次缓刑是有期限的。而它逾期的日子随时可能悄无声息地到来。

FBI 的男人好几个月都没联系她。春天一点点流逝，夏天到了。萨莉在东北小学念完了五年级。她成绩还是很好，一直是荣誉学生。她在红十字会少年团的工作也没有停下，常去医院做志愿者。

班主任萨拉·汉林（Sarah Hanlin）特别指出，萨莉“是个非常惹人喜欢的孩子……很优秀的学生。聪明，有礼貌”。萨莉虎口脱险成功，她肯定每天都为自己还拥有自由而庆幸感激不已。

萨莉儿时的卡姆登与现在的卡姆登有着天壤之别。萨莉的同学埃玛·迪伦佐（Emma DiRenzo）表示，在这里长大是“极好的”：“卡姆登以前是个很完美的地方，但现在你要这么说的话，人家都会瞪大眼睛看着你。”市政厅里常有学生欢呼呐喊[1]，基督教青

1 这里描述的是“pep rally”。通常在进行体育比赛前，学生们会聚在一起为自己学校的队伍加油助威（经常会有啦啦队表演）。

年会[1]会举办各种社交活动。女孩儿们在人行道上跳绳，路边是大理石台阶的房子。卡姆登的居民热爱自己的社区，并为生活在其中而骄傲——无论是城南的意大利人，城北的爱尔兰人，还是城东边克拉默希尔（Cramer Hill）附近的德国人，抑或是芒特伊弗雷姆（Mt. Ephraim）大街上的波兰人（可以见到他们在亚斯科尔斯基[2]的店门口排队买烟熏红肠，或在莫顿面包房里等新鲜面包出炉）。他们才不想什么迁徙的事[3]，因为压根就没有理由搬走。

萨莉家住在椴树街（Linden Street）944号，夹在九街和十街中间；东边隔着几条马路就是科尔内留斯·马丁公园（Cornelius Martin Park），向西步行可达市中心的商业区，到通往费城的本·富兰克林大桥也只有几分钟的路程。社区本身非常安静，又能享受到临近闹市的种种便利。可如今那里甚至已经没有社区了。萨莉童年的联排房屋几十年前就拆毁了。马路对面还剩下一些房子，但全都年久失修，门窗钉上了木板。

萨莉在卡姆登的生活远非无忧无虑。虽然表面上看不出，但她很孤独。她能照顾自己，可这也是迫不得已。她不想母亲工作到很晚，不想放学后回到空无一人的家里。她知道自己跟同学们不一

---

1 即YMCA, Young Men's Christian Association，其宗旨为团结各地青年、发扬基督精神。据2018年YMCA蓝皮书统计，该组织在全球120个国家及地区有超过6400万名成员及受惠者。

2 Jaskólski，波兰姓氏。

3 指“白人迁徙”，又称“白人群飞”（“white flight”或“suburban flight”）。二战后一些有色人种搬进了原本只有白人的城区，因此许多白人选择迁至郊区（suburb）居住。

样，他们既有母亲也有父亲。汉林老师常在放学后送她回家，萨莉会向她倾诉烦恼。

不知道萨莉有没有非常亲密的同龄朋友，但或许是因为缺少陪伴，才渴望被受欢迎的女孩们接纳。父亲拉塞尔去世时，她还差三个星期满 6 岁，不过在此之前她也很少能见到他。母亲埃拉整天都在工作，回到家时疲惫不堪，对萨莉总是冷冷的。姐姐苏珊怀了第一个孩子，萨莉对当小姨期待不已（当小姨到底是怎样的感觉？她想），但这终究让姐妹间 11 岁的年龄差变得更加难以逾越了。萨莉还是个小孩，而苏珊不仅已经是大人，还将很快成为母亲。

1948 年 6 月中旬的一天，萨莉放学后独自回家。从位于北七街和瓦因（Vine）路口的学校走路回家约十分钟。路上，之前在小卖部遇到的男人把她截了下来。萨莉本来已经放下心，觉得他把自己忘了，因此看见那人时吓了一大跳。

别忘了萨莉才刚 11 岁。她真的以为他是 FBI 探员，他身上虚假的权力令她恐惧。她坚信如果不听他的话，自己就会被送进少管所。少管所是个恐怖的地方，而她在想象中更把它越发地妖魔化了。具体过程并不清楚，但男人最终说服了萨莉：她必须得跟他去一趟大西洋城。政府方面对此很坚持。

但她要怎么让母亲同意？即使母亲再怎么冷漠、疲惫，这也不是件容易的事。男人早已准备好方案：萨莉跟母亲说他是学校里两个朋友的父亲，放暑假他们一家想请她去海边玩。剩下的他会在电话里跟她母亲谈妥。不必担心，他不会把萨莉违反法律的事说出去。然后他便放她回家了。

等母亲下班回来，萨莉把 FBI 探员的话重复了一遍。埃拉显然有些不安。萨莉似乎确实很想跟朋友去泽西海岸（Jersey Shore）度假，但这家人是谁？埃拉从没听她提起过这两个女孩儿，也完全没听说过她们的父亲弗兰克·沃纳（Frank Warner）。又或许萨莉说起过，反正她没印象。

电话响了，那头的男人说他是沃纳先生，萨莉两个好朋友的父亲。他和蔼可亲又有礼貌，似乎是个风度翩翩的人。打电话时，萨莉一直站在母亲身边听着。"沃纳"告诉埃拉，他和他的妻子在大西洋城有一套五居室的住处，"完全有地方"让萨莉借住一周。

在他的强烈劝说下，埃拉逐渐放下了顾虑。"萨莉好不容易有一次出去旅游的机会，"埃拉几个星期后说道，"我自己没办法带她去。"让她仍有些疑惑的是，萨莉并没有表现出对旅行很兴奋的样子。这不太像她。通常她都很活泼，喜欢去新的地方。

6 月 14 日，埃拉把萨莉送到了卡姆登巴士站。她亲了亲萨莉，目送她登上了直达大西洋城的大巴。她隐约窥见一个中年男子坐在萨莉身边——应该就是"沃纳"了。但他没有下来跟埃拉打招呼，埃拉也没瞧见他的妻子和孩子。尽管如此，她还是压下了疑心。她太希望萨莉能开开心心去玩上几天了。而后来萨莉从大西洋城寄来的头几封信也充满了愉悦之情。

埃拉·霍纳做梦也没有想到，几周之内，她的女儿就会成为幽灵般的存在。她把萨莉送上了大巴，而真正的终点，即将到来的噩梦足以把任何母亲的心撕碎。

二

海滨之旅

罗伯特·普费弗（Robert Pfeffer）和琼·普费弗（Jean Pfeffer）是一对新婚夫妇。两人都才 22 岁，没有钱度蜜月，只能和家里人出去简单游玩一趟。夫妻俩加上罗伯特的母亲埃米莉、17 岁的妹妹——也叫埃米莉——和 9 岁的妹妹芭芭拉，还有其他四位不知名的家庭成员，一行人打算从费城北部的尼斯敦（Nicetown）出发，前往大西洋城东边的布里根泰恩海滩小镇。这里海风习习，离家有一定距离但又不会太远，既可以享受难得的假日，又能在天黑前归宿。

1948 年 7 月一个周末的早上，罗伯特、琼、埃米莉母女俩和芭芭拉挤进了罗伯特的车，往海滨驶去（其他四人开了另一辆车）。结果在 40 号公路上汽车突然爆胎，径自冲出了马路，并以侧面着地。

普费弗一家从车里爬出来，吓得魂飞魄散。万幸没人受伤，可是车已经损毁得没法再开了。罗伯特站在路边想着拖车修车要花多少费用。就在这时，一辆旅行车[1]停到了面前。有个男人从车里冒出来，一个小女孩也从乘客这边下了车，男人介绍说是他的女儿。

从这里开始，罗伯特·普费弗讲述给《费城问询报》（*Philadelphia Inquirer*）及卡姆登市《信使邮报》（*Courier-Post*）的故事就变得有些离奇，各种矛盾点让人如坠五里雾中，部分人物和地点根本就对不上，时间线也出现了错乱。但有一点很清楚：那个7月的早上发生的事让他极为不安。他上报给警方但没人理会，于是就联系了报社。

男人说自己的名字是弗兰克，女儿名叫萨莉（据罗伯特事后回忆，对方用的是拉萨尔这个姓，但此信息不一定准确）。他主动说可以载普费弗夫妇去请求救援。于是两人坐上旅行车的后座（萨莉坐在副驾驶座），由拉萨尔带到了路边最近的公共电话前。罗伯特打给了父亲，告诉他发生车祸以及遇到好心人的事情，并拜托他来接母亲和妹妹。

服务站有家卖汉堡的小店，拉萨尔、萨莉、罗伯特和琼去那儿吃了一口。店员认识弗兰克和萨莉，以名字相称，罗伯特由此知道他们肯定是常客。饭后，大家回到了车祸发生的地点。拉萨尔提出坐他的车去布里根泰恩海滩，这样度假计划便不至于泡汤，还说拖车和修车都由他来处理。普费弗一家欣然接受。

---

1 即“station wagon”，有一排或多排可折叠座椅，无单独行李舱的车型。现在已基本被SUV（运动型多用途车）取代。

芭芭拉和萨莉的年纪只差两岁。她们立马就成了朋友，一起游泳，一起在沙滩上玩耍。拉萨尔告诉普费弗夫妇，他在大西洋城管理一家加油站兼修车间，他离婚了，萨莉暑假时来跟他住。萨莉表现得很正常，管弗兰克叫“老爸”，对他很是亲昵。“她给我们讲了他对她有多么好。”罗伯特回忆道。

晚一点的时候，萨莉提议带芭芭拉回家洗个澡，她的“爸爸”可以开车载她们。他们住在大西洋城的太平洋大道，开车只要十分钟。

时间十分钟、十分钟地过去，然后变成了一小时，一个半小时……留在海滩上的普费弗一家开始担心，芭芭拉怎么还不回来？罗伯特的父亲来了，全家人都挤进了他的车里，要去大西洋城看个究竟。他们就这么让芭芭拉跟两个陌生人走了（哪怕其中一人是个性格随和的蓝眼睛小姑娘）？才出发几分钟，他们就迎面看见了拉萨尔的车。萨莉和芭芭拉都在后排坐着。

他们回到了车祸地点。拉萨尔把损毁的车挂在了自己的旅行车后面，大家分别坐上旅行车和罗伯特父亲的车，往大西洋城的一家汽修店驶去——拉萨尔自称在这儿工作。罗伯特注意到马路对面就是警察局。

普费弗一家回费城前，萨莉邀请芭芭拉去她家住上一周，拉萨尔说非常欢迎她来。他们没有接受邀请。

一家人记住了这个中年男子和他的“女儿”，而几天后发生的事将会让他们更有理由将这次漫长的偶遇铭记于心。

每当埃拉·霍纳开始怀疑自己不该送萨莉去大西洋城时，她就会收到萨莉的来信或者接到电话——每次都是从公用电话打来的——这使她的愧疚减轻了许多，心情也平静下来。萨莉好像玩得很尽兴，起码埃拉是这样告诉自己的。或许经济上难得的喘息也让她感到轻松，她那少得可怜的工资往往连负担萨莉的基本需求都略显拮据。

离家将近一周后，萨莉跟母亲说她想过几天看完“冰花仙”[1]的演出再回来。埃拉勉强同意了。到第二周时，萨莉留在大西洋城的借口变得没那么明确了，不过埃拉觉得女儿整个人的状态还是很不错。第三周往后，萨莉不再来电话了。埃拉写的信都被退了回来。

1948 年 7 月 31 日，埃拉终于等来了一封信。萨莉在信里说自己要离开大西洋城，跟沃纳先生一道前往巴尔的摩。她答应周末之前回卡姆登，又补充说：“我不想再写信了。”

终于，埃拉察觉到了什么。“我觉得我的女儿不是自愿跟那个男人待在一起的。”她姐姐苏珊几天后就该生产了，萨莉马上要当小姨，她怎么会不想回家？埃拉这才意识到可怕的真相。她报了警。

卡姆登警署的约瑟夫 · 舒尔茨（Joseph Schultz）警探[2]向埃拉了解情况后，派了同事威廉 · 梅尔特（William Marter）和马歇尔 · 汤

---

1 1936 年开始进行巡回演出的冰上剧团“ice follies”，融合了花样滑冰、舞台剧、滑稽喜剧等多种表演形式，是现在“迪士尼冰上世界”的前身。该剧团参演了琼 · 克劳馥主演的电影《1939 年冰上大歌舞》（*The Ice Follies of 1939*）。

2 这里的警衔是“detective”，负责具体的案件调查工作。级别在警员（“police officer”）之上，警长（“sergeant”）之下。

普森（Marshall Thompson）去大西洋城寻找萨莉。8 月 4 日，他们抵达了寄件人地址上写的太平洋大道 203 号。这是一家家庭旅馆，他们从房东麦科德女士（Mrs. McCord）处了解到，沃纳曾带着萨莉住在这儿，并谎称是后者的父亲。她没有见过沃纳的其他女儿，也没有什么妻子，只有一个小女孩——萨莉。

警探同时获悉，“沃纳先生”化名为弗兰克·鲁宾逊（Frank Robinson），在加油站工作，但没能从那里找到他。他很久没来上

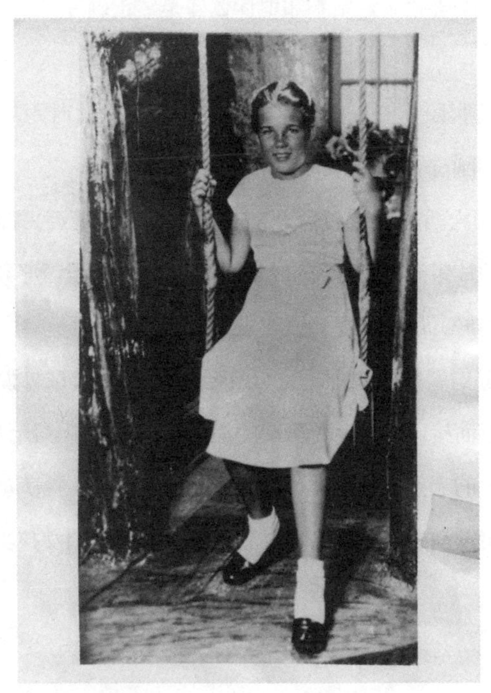

1948 年 8 月，萨莉失踪六周后，警方在大西洋城一家家庭旅馆找到的萨莉照片

班，甚至连最近一次的工资都未领走。“鲁宾逊”带着萨莉消失了。他们住的房间里还剩下两只行李箱，以及几张萨莉本来想寄给母亲的明信片。“他一件衣服也没拿，包括那女孩儿的衣服，”汤普森告诉《费城问询报》的记者，“他连帽子都没顾得上戴。”

房间里还有一张埃拉从没见过的照片。可以看到萨莉坐在秋千上直视着镜头，双脚刚好离地。她穿着米黄色连衣裙、白袜子、黑皮鞋。梳起的栗色头发间杂着蜂蜜的金色。她的眼神混合了恐惧以及无限的讨好。她仿佛想要正确地解读那个瞬间、正确地出现在其中，但一切都错了，她不知道什么才是“正确”。

拍下这张照片的人很有可能就是绑架者。此时距离萨莉的 11 岁生日才刚刚过去三个月。

负责在大西洋城寻找萨莉的是马歇尔·汤普森。搜索任务落空，他把照片带回卡姆登警察总署进行了传真分发。必须要找到萨莉，越快越好。他们现在知道要捉拿的是什么人了。

卡姆登的警探们没能把女儿带回来，这对埃拉来说已经是晴天霹雳。然而接下来还有更糟糕的消息：那个自称“沃纳”的男人是当地警方的老熟人。据他们所知，他叫弗兰克·拉萨尔。绑架萨莉时他刚出狱六个月，罪名是对五名 12 至 14 岁的女孩实施了法定强奸[1]。

---

1 “statutory rape”，指通过非暴力手段与法定年龄以下的未成年人发生性关系。

三

从韦尔斯利到康奈尔

1948 年，这一年在弗拉基米尔·纳博科夫的生命中至关重要。他侨居麻省剑桥已有六年，工作是向韦尔斯利学院的本科生教授文学。空闲时，他会光顾哈佛的比较动物学博物馆，投身于他酷爱的蝴蝶研究。来到美国八年后，迁居的动荡和创伤渐渐平复。纳博科夫多次提到，英语是他最早有记忆学习的语言。对美国的向往支撑着他从革命中的俄国逃到了德国，又从纳粹德国逃到巴黎——如果你的伴侣是个对自己的犹太身份深感骄傲且毫不畏惧的女性，这当然是无可避免的。

美国，特别是波士顿地区，总体上的确为一家人提供了轻松愉快的环境。纳博科夫、薇拉和儿子德米特里（1948 年时他 14 岁）拥有了属于自己的避风港。在这里，纳博科夫筹备了一本关于他又爱又恨的尼古拉·果戈理的书[1]，出版了小说《庶出的标志》（*Bend Sinister*），并开始创作数年后将以《确凿证据》（*Conclusive Evidence*）

1　即《尼古拉·果戈理》，1944 年出版。

为题发表的自传——这个版本后来重写成了《说吧，记忆》(*Speak, Memory*)。

与此同时，纳博科夫三次遍游了美国，分别是在 1941 年、1943 年和 1947 年的夏天（此后他还会再做四次横跨全美的旅行）。他从不自己开车，而是把这项任务全权交给妻子薇拉或者某个研究生。1941 年那回，语言课上一位叫多萝西·莱乌托尔德（Dorothy Leuthold）的中年学生曾驶着崭新的庞蒂亚克——它的昵称是庞卡，即俄语里的马驹[1]——把纳博科夫夫妇从纽约一路送到了加州的帕洛阿尔托。

三个人全程都住在汽车旅馆、廉价酒店等便宜的落脚处。纳博科夫沿途见到的美国最终永久定格在《洛丽塔》中，化身为“充满信任、梦幻一般的迷人的辽阔的国土”，如亨伯特·亨伯特所形容：“在受到耕种的平原那头……银灰色的雾霭中的一个低低的太阳，用温暖的、剥了皮的桃子的色彩，把跟远处情意绵绵的薄雾融在一起的那道平面的、鸽灰色云层的上部边缘染红。”虽然婚姻关系已恢复稳定，十年前薇拉先行前往巴黎时，一桩婚外情险些酿成了大祸。也许他对至少一位韦尔斯利学生心怀不轨的消息还没有传到她的耳边——又或者，她觉得那种轻浮的调情不值得放在心上。

1948 年上半年，纳博科夫大部分时间在病中度过。春天，他反复受到肺部问题的困扰，所有医生都不能给出确切的诊断。起初

1　庞蒂亚克，Pontiac，美国通用汽车公司的中级品牌，于 2010 年停产。庞卡，Pon'ka。

他们认为可能是肺结核，因为他咳了大量的血。但并不是。接着又猜测是癌症。也被推翻了。最终医生们给他打了局部麻醉，从气管插入了硫化橡胶管来检查患病的肺部，却只发现有一根血管破裂。据纳博科夫自己判断，他的身体是在“卸净三十年重度吸烟所造成的破坏”。卧床期间，他有足够的体能写作，只是不能去教课，于是薇拉就成了代课讲师。

暑期旅行结束后，纳博科夫从来都很乐意回到剑桥。韦尔斯利是他在学术和个人世界的避难所，但校方屡次拒绝了他晋升教授的恳求。在哈佛那边，他异想天开地提出要成为专业的蝴蝶研究者，也没能如愿。不过纳博科夫一家即将时来运转。向他们伸出援手的是莫里斯·毕晓普（Morris Bishop），康奈尔大学的罗曼语文学教授；此后他与弗拉基米尔和薇拉二人都保持了亲密的友谊。凭借毕晓普的游说，纳博科夫在康奈尔谋得了俄语文学教授一职。7 月 1 日，全家人搬来纽约州伊萨卡市，在“葱绿环绕下的宁静夏日”中找到了安慰。8 月，他们租下了东塞尼卡街 802 号。比起“剑桥那间皱巴巴的侏儒式公寓”，这座房子要大上许多。以它为原型，纳博科夫创造出了另一幢房子，名为亨伯特·亨伯特的男人就是在那里发掘出了自己的迷恋对象。

此外，纳博科夫还在这个夏天读到了一本对他影响深远的书：哈夫洛克·霭理士（Havelock Ellis）的《性心理学》（*Studies in the Psychology of Sex*）。这本书是文学评论家埃德蒙·威尔逊（Edmund Wilson）寄来的，他特别为纳博科夫标出了附录中一篇来自 19 世纪末的自白。叙述者是一位不知名的乌克兰裔工程师，他在 12 岁时初次体验性爱，对方也是孩子。因为太过陶醉，他在那之后又重蹈覆辙，还与雏妓发生了肉体交易，最终导致婚姻破裂。自此他便不断堕落下去，甚至在公共场合向小女孩暴露下体。纳博科夫曾在采访中提到，这篇自白“以绝望收场，主人公的整个人生终于被失控的饥渴毁于一旦”。

纳博科夫很喜欢威尔逊的礼物，读过书里的案例后，他给后者写信道，“那个俄国人的情感生活读来相当有趣，令我啧啧称奇。他在儿童时期能够遇到许多[一拍即合的女孩]，可谓是异常幸运……结局有点虎头蛇尾”。纳博科夫还曾直接向自己的首位传记作者安德鲁·菲尔德表示，霭理士对他影响很深：“我一直对心理学很有兴趣，哈夫洛克·霭理士的论著我还是非常熟悉的……”

这时候距纳博科夫完成《洛丽塔》手稿还有五年，在美国轰动出版还要再过五年。但是在过去的近二十年里，他始终努力将他想写的主题推敲锻打成一个完整的轮廓，即最终定形为亨伯特·亨伯特的那个角色。

让我们跳过《洛丽塔》第一章已被无数次引用的开头。即使是从没读过这本小说的人也很可能对它烂熟于心，或者至少知道它的某个版本。直接来看第二段：“早晨，她是洛，平凡的洛，穿着一只短袜，挺直了四英尺十英寸长的身体。她是穿着宽松裤子的洛拉。在学校里，她是多莉。正式签名时，她是多洛蕾丝。”

在亨伯特·亨伯特眼里，这个名叫多洛蕾丝·黑兹的女孩是张引人遐想的白纸。她身上投射的是他自己的视角和欲望，同时叙事的角度也代表了读者——“可是在我的怀里，她永远都是洛丽塔。”她无论如何都不能作为她自己存在，至少在亨伯特的陈述中不能。

初见读者时，多洛蕾丝·黑兹还不到12岁。她出生于1935年1月前后，比萨莉·霍纳大两年零三个月。她比萨莉矮3厘米，体重却只有35公斤，足足比现实中的原型轻了9公斤。关于萨莉的信息和数据仅限于这些。亨伯特则仔细测量了多洛蕾丝的每个身体部位：胸围69厘米，腰围58厘米，臀围74厘米，大腿、小腿、脖子的围度分别是43厘米、28厘米、28厘米。

多洛蕾丝出生于皮斯基（Pisky），她的母亲夏洛特·贝克尔（Charlotte Becker，婚前名）和父亲哈罗德·黑兹（Harold Haze）曾居住在这座以盛产猪肉、玉米和煤矿闻名的中西部小镇。但母亲怀上她却是在墨西哥的韦拉克鲁斯，正值蜜月旅行期间。1937年，黑兹夫妇的第二个孩子降生，与萨莉同岁。这个金发男婴在两岁时夭折。那之后的某个时间点（亨伯特描述得很不确切），哈罗德离世，夏洛特成了寡居的单亲母亲。她带着多洛蕾丝迁往东部，来到拉姆斯代尔（Ramsdale）。母女俩在草坪街342号安了家，后来她们在这里遇到的那个男人将永远地改变两人的命运，并导致不可估量的后果。

第一次见到多洛蕾丝时，亨伯特·亨伯特用了非常诗意的语言去形容她：“蜜黄色的肩膀，同样柔软光滑、袒露着的脊背……一头栗色头发。”她的“胸口扎着一条圆点花纹的黑色围巾”，挡住了亨伯特那对“苍老而色迷迷的双眼”[1]投来的视线。

亨伯特向读者透露，他 9 岁时曾遇到一位与他同岁的女孩，名叫安娜贝尔·利（Annabel Leigh）。两个孩子建立起了颇具浪漫色彩的友谊，时常在海滩幽会。然而好景不长，安娜贝尔因病匆匆离世，田园诗永远地中断了。她的消殒在亨伯特身上留下了烙印，使他一生都偏好特定类型的女孩。她们的年龄在 9 到 14 岁，她们的“真实本性”在亨伯特看来与现实生活毫无相似之处，她们是他口中“销魂夺魄的小精灵”。亨伯特和他的创造者共同将她们永久定格为精灵般的性感少女[2]。

亨伯特·亨伯特描述了某种特殊的冲动，弗拉基米尔·纳博科夫意欲塑造的则是一个典型。在此过程中，艺术形式的自由遮蔽了那些在真实世界中符合“性感少女”这一神话形象的小女孩们。萨莉·霍纳，还有那些跟她经历相仿的女孩，她们所经受的折磨不应被绚丽的文字吞噬、湮没，无论由此呈现出的作品是多么才华洋溢。

---

1 aging ape eyes，这里的 ape 指猿类，即灵长目人猿总科的统称。《洛丽塔》中亨伯特多次将自己比作猿猴。纳博科夫的文章《关于一本题名〈洛丽塔〉的书》指出，小说最初的灵感来源于 1940 年初前后法国某报纸上刊载的有关巴黎植物园（Jardin des Plantes）一只猿猴的报道。经过科学家几个月的指导，这只猿猴画出了关着自己的笼子的铁条。目前没有证据表明该报道真实存在。

2 nymphet，纳博科夫在《洛丽塔》中创造的词汇，指有性吸引力的小女孩，后文将采用音译“宁菲特”。nymph 即古希腊神话中的精灵 / 仙女，类似于自然元素的化身，通常被描绘成少女；但这个词也有“若虫”的含义。-et 作为后缀表示“小”。另，“nympholepsy”一词用来形容成年男子对年幼女孩的渴求，字面意义为“被精灵捕获”。

四

追本溯源

母亲的选择早已为萨莉之劫埋下种子。埃拉经常对往事缄口不提。自己出生以及父亲去世时的情况，萨莉一概不清楚，或许苏珊是了解的，但也从不对家人提起。在挖掘这些秘密的过程中，我不小心成了一名系谱学法医侦探。有好几个月的时间，我只顾着调查萨莉的背景故事、研究报道和实情之间的冲突，因为我认为这样才能更好地理解埃拉的行为方式。

埃拉在女儿失踪这件事上作出的选择遭到了现代社会的猛烈抨击。她让女儿跟着陌生人离开了家，而她自己与对方仅有电话交流。在家里人看来，她变得越来越冷淡，甚至到了难以捉摸的程度，对邻居们来说就更是如此了。“难相处”的负面标签好像理所当然地贴到了她头上——其实女性只要不是完美地符合所有期待，就经常要承担这样的指责。埃拉是一名生活在 1948 年的单身母亲，她没有钱，更没有社会资源，她做任何事情都要比别人受到更多限制。她所能做到的最好对萨莉来说依然不够，但直到她在卡姆登车站与女儿告别时，这已经是生活教给她的全部。

“萨莉”是个绰号。没人记得是怎么来的，谁先开始这么叫的，怎么传开的。1937 年 4 月 18 日，萨莉在特伦顿医院降生，出生证明上写的名字是弗洛伦丝 · 霍纳，没有中间名。母亲（婚前名埃拉 · 凯瑟琳 · 戈夫，Ella Katherine Goff）自己把萨莉带回了新泽西州罗布林小镇（Roebling）的家，当时她和拉塞尔 · 霍纳（Russell Horner）同居。他们住的房子位于第四大道 238 号，距离东边的河岸线轻轨仅有几步之遥，南边隔着几条街就是特拉华河。现在那里早已变成了更现代的联排别墅区。

埃拉的大女儿苏珊也和他们住在一起，但拉塞尔并不是她的亲生父亲。11 年前，19 岁的埃拉与一名 30 岁左右的男性有过来往。家里人问起时，她说自己跟苏珊的生父是结了婚的，后来他去世了。她从来没透露过他的名字。苏珊知道父亲的真名叫威廉 · 拉尔夫 · 斯温（William Ralph Swain），因为她的结婚证上需要填写此项信息，不过除此之外她应该对他一无所知。

埃拉并不是无缘无故地隐瞒斯温的存在，隐藏他的身份。记录显示，苏珊出生时，斯温正处在另一段婚姻中，出生证明上写的“婚生”是弄虚作假。斯温和埃拉的婚姻记录现在还没有找到，不过以后可能会突然出现。即使在同一个州内，每个城市之间保存档案的方式也各不相同。更令人觉得混乱的是，在 1930 年的人口普查文件上，埃拉登记的姓氏是阿尔巴拉，这个姓她之后至少又用了六年。文件还显示她已婚，但我没有查到埃拉和某位“阿尔巴拉”的结婚记录。

埃拉独自一人抚养苏珊长大，她的父亲乔布 · 戈夫（Job Goff）

和母亲苏珊娜·戈夫（Susannah Goff）偶尔也会帮忙。苏珊出生后不久头部便受了伤，5岁才真正开始说话，一度让大家颇为担忧。母女俩后来搬到了普罗斯珀敦（Prospertown），好能离日渐衰老的父母更近一些。

正是在这里，埃拉遇见了拉塞尔·霍纳。他是鳏夫，带着一个也叫拉塞尔的儿子。霍纳开始追求她，当地报纸刊登了他们的几次会面——这在当年是很常见的做法。1935年12月9日，《阿斯伯里帕克报》（*Asbury Park Press*）刊发消息，埃拉和拉塞尔"近期至莱克赫斯特访友"。1936年6月8日，埃拉和苏珊到新埃及区拜访了拉塞尔父子（两个人的名字都少拼了一个"l"）；8月8日，埃拉又单独来访，这两次见面也都被该报纸如实刊载[1]。但埃拉和拉塞尔并不是夫妻。她好像再度陷入了从斯温那会儿开始的行为模式。拉塞尔的第一任妻子，也就是他儿子的母亲，的确去世了，但他后来又结了一次婚，且一直没有和第二任妻子正式离婚。1937年年末，拉塞尔和埃拉以夫妻的身份住进了位于罗布林第四大道的房子里。

小拉塞尔在萨莉·霍纳出生前两个月结了婚。萨莉一辈子都不知道自己有个同父异母的哥哥。母亲和苏珊从未提起过他。

埃拉和拉塞尔各自有过的恋情都很短暂，现在这段同居关系亦是如此。萨莉三岁时，两人的感情已经很不稳定。拉塞尔嗜

1　罗布林、普罗斯珀敦、阿斯伯里帕克、莱克赫斯特、新埃及等都是新泽西州的非建制地区，由附近的县管辖，占地面积不大，当时地方报纸对居民的日常生活会有报道。

酒——这对他开起重机的工作造成了很大影响——而且对妻女有暴力行为。苏珊记得母亲挨打的场景，但直到暮年她才敢唤起那段回忆；萨莉在父母分开时年纪还很小，她可能对那些最糟糕的事情没有太多记忆。

埃拉最终逃离了这段关系。她带着苏珊和萨莉来到卡姆登，在椴树街 944 号的联排屋住下。拉塞尔居无定所，在新泽西南部的村镇四处漂泊，始终没找到工作。因为被抓到抄近路横穿火车轨道，他的驾照还被吊销了。1943 年年初，霍纳搬回了父母在卡斯维尔的农场。3 月 24 日，他吊死在家中车库的椽架上，死前给母亲留下了标明尸体位置的字条。州警称他此前“因为健康状况而长期心情低落”。

警方告诉《阿斯伯里帕克报》，拉塞尔结过两次婚，“和现任妻子关系破裂”——没有说明“现任妻子”指的是不是埃拉。但拉塞尔的死亡证明上登记的地址是他跟埃拉在罗布林住过的那幢房子。地址正下方手写着他女儿的名字：弗洛伦丝。

父亲自杀时，萨莉还不到 6 岁。我们不清楚她对父亲的背景和死亡有多少了解。后来到了必须要理清她出身的时候，她说：“我的生父在我 6 岁那年就死了，我还记得他长什么样。”

在此之前，埃拉虽然也过着单亲母亲的生活，但拉塞尔死后她就真的孑然一身了。埃拉的母亲苏珊娜于 1939 年过世，父亲乔布则在 1943 年 1 月去世。仅两个月后，拉塞尔自杀身亡。埃拉不得不做起裁缝养家糊口。

苏珊这时 16 岁，已经离开学校，在工厂上班。那年夏天，苏珊在朋友的派对上邂逅了正在休假的海军水手阿尔文·帕纳罗(Alvin Panaro)。阿尔[1]对小自己三岁的苏珊一见钟情，但当时正值二战，他们又没有到结婚的年龄。阿尔家在弗洛伦斯，离苏珊和萨莉住过的城区不远。他的父母有一座温室，准备等战后就交给阿尔来经营。当然他们明白这只是最好的情况。即使是海军，伤亡率也依然很高。

苏珊 18 岁时，她和阿尔决定不再等下去。1945 年 2 月 17 日，趁着阿尔休假，二人在弗洛伦斯结了婚。战争结束后，阿尔以荣誉军人的身份退役，夫妻俩一同经营起温室，婚姻生活这才真正开始。他们想要孩子。苏珊前几次怀孕都很快流产，后来终于交上了好运。

1948 年 6 月，距离苏珊和阿尔的女儿黛安娜出生还有两个月，埃拉即将迎来第一个外孙女。可是 8 月份孩子降生时，一家人却无心庆祝。萨莉失踪了，而他们现在知道是谁带走了她，也清楚他是什么样的人。

---

1 阿尔（Al）是阿尔文（Alvin）的简称。

五

寻找萨莉

1948 年 8 月 5 日，即萨莉从卡姆登失踪六周后，八个州的警察对萨莉展开了联合搜索。媒体很关注这起绑架事件，并指出埃拉没有在与女儿失联后及时报警。从犹他州盐湖城到纽约州罗切斯特的电报报道，再到卡姆登本地的《信使邮报》和《费城问询报》，全国各地都能看到萨莉坐在秋千上的照片。

罗伯特和琼·普费弗读到报道后很疑惑。“萨莉随时都有机会向我们求助，但她什么也没说。”罗伯特打给了卡姆登警署，向接起电话的警察描述了布里根泰恩海滩的那次偶遇，还提到小妹芭芭拉去了拉萨尔的住处，全家人在煎熬中等待了一个半小时之久。他应该是读到了拉萨尔的前科，因此想知道那九十分钟里到底发生了什么。但警方在此之后一次都没有联系过他。

去大西洋城取车来回要两个半小时。或许是受到了萨莉事件的冲击，再加上家里的一些琐事，普费弗推迟了好几周才过去。他甚至无从得知自己的车是不是拉萨尔亲手修好的。

另一边，萨莉和拉萨尔早已离开了大西洋城。警方现在非常确定（并感到十分不安），萨莉的家人完全有理由担心拉萨尔可能会对他们家的小女儿不利。

起初，马歇尔·汤普森只是卡姆登警署调查萨莉案件的人员之一。但从 1948 年秋天开始，这项工作就一直是由他全职负责了。眼看好几个月过去，警局同事们并没有遮掩内心的想法：女孩儿肯定死了。明明大家都知道萨莉和绑架者的相貌特征，也知道他们假扮成父女，她怎么可能就这样消失得无影无踪？

汤普森不这么认为，他感觉萨莉一定还活着。他猜测萨莉应该还在卡姆登附近——即使不在，他也会找到她。作为警探，办好每个案子是他的本职，而这个失踪的小女孩又让他尤为揪心。

他是去年才被提拔为警探的，当时已有近二十年警龄。1928 年 3 月，汤普森被任命为警员，他唯一的女儿卡罗琳也在那年出生。当时他和妻子埃玛刚搬到卡姆登东北部的克拉默希尔社区不久。夫妻俩都是土生土长的卡姆登人，尤其是汤普森——他的父亲乔治担任过治安法官[1]，祖父约翰·里夫·汤普森（John Reeve Thompson）则是卡姆登首届市议会的成员。

在卡姆登做警察的这些年里，汤普森不时需要整治“黑市拳

1 Justice of the Peace，简称 J.P.，治安法官，又称“太平局绅”“太平绅士”。在英美、马来西亚、澳洲等地，政府会委任有威望的民间人士担任 JP，协助维护社区安宁，有一定执法权力，例如在美国的很多州，JP 可以处理轻罪案件及交通案件等。

手”、突击搜查非法酒吧[1]、清除私家赌窝，总的来说就是处理一些小型犯罪事件。他一般都和内森·珀蒂 (Nathan Petit) 警长搭档，在受到当地报纸关注的各类案件中，二人的名字经常并列出现。

不执勤时，汤普森爱弹古典钢琴曲给家人和朋友们听。这是母亲哈丽雅特在他小时候教给他的。1939 年，《信使邮报》某专栏作家略显浮夸地点评过他的音乐才能：“马歇尔·汤普森是我们卡姆登的杰出市民，也是一名才华横溢的钢琴家。他从没请过音乐老师。”

汤普森与生俱来的坚韧，使他成为寻找萨莉·霍纳和弗兰克·拉萨尔的完美人选。在持续的调查中，他已很熟悉这名绑架者的习惯，从拉萨尔常剪的发型到“他喝咖啡时习惯的糖和牛奶的量”，汤普森统统了如指掌。汤普森不会放过任何线索，对每条情报都十分重视。有人打来电话说拉萨尔就躲在卡姆登的闹市区，特伦顿大道和华盛顿路交叉口上的一幢房子内。州警署则通过传真告知，拉萨尔去了萨莉小时候居住的弗洛伦斯，现住在第三大道和萨姆纳大道附近的住宅区。他根据这两条线索做了严密的搜索，但最终都无功而返。

自从开始专职负责本案，汤普森就把醒着的全部时间都投入其中。他或通过电话，或面对面联系了以下机构及部门：联邦调查局；宾夕法尼亚州警署；哥伦布市、牛顿市、里弗顿市及兰霍恩市

1　指禁酒时期的地下酒吧。1920 年，国会通过宪法第 18 号修正案，直到 1933 年废除；在此期间，美国全国范围内禁止制造、贩卖、转运以及进出口任何酒精饮料。

警署；特伦顿和卡姆登辖区的假释官[1]；宾州所有的侦探事务所；特伦顿邮局。萨莉失踪后的几个月内，费城、新泽西北部市区及新泽西南部的度假村都有人传来消息说看见了拉萨尔，还有一位服务生说在哈登菲尔德镇某餐厅看见了他。汤普森均进行了调查，却仍没有结果。

汤普森想把网撒得更远、更深，因此周边的各州各市也没有放过。他会定期联络新泽西州警署；阿布西肯市、普莱森特维尔市、梅普尔谢德（Maple Shade）、纽瓦克市、奥兰治市、佩特森市警署；大西洋城的假释办公室；利斯堡的州立监狱农场；甚至还有特伦顿的劳动赔偿局——这样假如拉萨尔在本州领取或兑现工资支票，警方就能及时发现。

某些时候他会连续工作二十四小时甚或更久。搜寻萨莉·霍纳的任务对他来说比睡觉更重要。汤普森在缅因州波特兰市找到了拉萨尔的第一任妻子，但她对他的动向毫不知情。他又联系上了拉萨尔的第二任妻子，这位女士现在跟女儿、新任丈夫以及小儿子住在特拉华镇。她向汤普森深入介绍了自己那刚愎自用的罪犯前夫，并详细讲述了他的行为习惯以及过往经历——其中包括他们那段开头轰轰烈烈、结尾鸡飞狗跳的婚姻故事。

即使是放假，汤普森也会为案件四处奔波。有一次，他利用六天的“假期”去了特伦顿的农业博览会。每天早上他都守在场地入口，寄希望于拉萨尔可能会来找工作，甚至带萨莉过来。

1　即监管假释人员的司法官员。

所有的线索最终都成了死胡同，匿名电话和来信提供的情报也是一样。每条信息都必须跟进，但马歇尔·汤普森警探没能得到他渴求的答案。他仍不知道萨莉究竟身在何方。

警探工作的实质就是希望燃起再破灭的循环。很多同事都断定萨莉已经死了，但汤普森没有。他就是放弃不了。他有种直觉，自己早晚有天会把萨莉活着带回卡姆登的家，带回她的母亲和家人身边。

而且他一定会找到弗兰克·拉萨尔，将他绳之以法。

六

最初的创作冲动

马歇尔·汤普森仍在苦苦追寻弗兰克·拉萨尔的下落，但是收效甚微。而纳博科夫长期以来想要深入探究、刻画的同样是一名痴迷于年轻女孩的男性。到目前为止，他的努力都不太成功。纳博科夫本可以直接放弃，也确实尝试过放弃，毕竟可写的题材还有很多。但他非常渴望以合适的方式呈现出这个故事，而不是只把它当作一种写作练习。否则，他为什么要在二十多年里一遍遍重复同样的主题？“中年男子对小女孩的迷恋”几乎贯穿了纳博科夫文学生涯的每个阶段。

马丁·艾米斯（Martin Amis）在2011年发表于《泰晤士报文学副刊》（*Times Literary Supplement*）的文章中指出，“在十九部虚构作品当中，有不下六部作品的全部或部分内容与前青春期少女的性吸引力有关……尽可能明确地说就是‘甯菲特’的显著泛滥……这是一个美学问题，与道德无关。这方面的作品未免太多了。”

称其为“美学”也未尝不可。但我认为罗伯特·罗珀（Robert Roper）在2015年出版的《纳博科夫在美国》（*Nabokov in America*）

纳博科夫拿着一只蝴蝶
1947 年于哈佛比较动物学博物馆——当时他是那里的研究人员

中给出了更为合理的解释：纳博科夫写这个题材有瘾（compulsion）——“与恋童癖那种难以消解的冲动（impulse）类似，但这发生在文学领域”。学者和传记作家们一直在找寻纳博科夫与未成年人有直接接触的证据，但至今一无所获。纳博科夫的冲动是文学上而非字面意义上的，就好比有些作家在生活中完全是“正常人”，却一辈子都在写令人毛骨悚然的罪案故事。对于把连环杀人犯写成民间英雄的作家，我们通常不会抱有这类怀疑。例如，即便托马斯·哈里斯（Thomas Harris）以可怕的心理洞察力塑造了汉尼拔·莱克特[1]一角，我们也不认为他会做出笔下角色的行为。

纳博科夫自己大概也意识到了作品中重复出现的主题，所以才会坚决否认《洛丽塔》与现实人物间的关联。他后来甚至宣称小说的灵感来自法国某报纸上的一篇简短报道，其主角是“植物园的一只猴子，经过一名科学家几个月的调教，创作了第一幅动物的画作：画中涂抹着囚禁这个可怜东西的笼子的铁条”。

但谁也不能绕开纳博科夫作品中一次次出现的暗流涌动的欲望。为了弄懂这个令人发指的主题为何对他有如此大的吸引力，我通读了他早期用俄语写的小说，并参考了近期一些文学评论家的报告。

纳博科夫首次写成年男子对少女的扭曲欲望是在 1926 年，也就是他开始创作小说的第一年。在此之前他只写过诗歌。小说 / 散文的体裁能否让纳博科夫更加自由地去反抗那些本就包围着他的黑暗和动荡？他的父亲，知名律师、记者[2]弗拉基米尔 · D. 纳博科夫（Vladimir D. Nabokov）于四年前被刺身亡。他自己和薇拉 · 斯洛尼姆结婚刚满一年。革命后有很多俄国人流亡到柏林，他们就是在那时形成的俄国人社区认识的。两人都不怎么喜欢这座城市，但在这里一住就是十五年。纳博科夫在文学界的名气与日俱增。

1　Hannibal Lector，由托马斯 · 哈里斯创作的悬疑小说《沉默的羔羊》系列的主要角色。

2　也是激进派政治家。

除了靠写作赚钱外，他还向在校生教授网球、拳击和外语。

1926年，纳博科夫出版了他的首部小说《玛申卡》(*Mashen'ka*，英译*Mary*)，署名弗拉基米尔·西林（V. Sirin[1]）。迁去美国之前，他包括诗歌在内的所有作品都以这个笔名发表。同年，纳博科夫以西林之名发表了短篇小说《一则童话》(*A Nursery Tale*)，其中出现了一名身穿成人小礼服、露出乳沟的十四岁小姑娘，不过主角埃尔温可能没有立即注意到这一点：

“那张脸有点怪，怪就怪在她的眼睛太过明亮，目光飞快地游移。假如她不是个小女孩的话——毫无疑问，她是那老头的孙女——会让人以为她的双唇是涂过口红的呢。她屁股一扭一扭地走着，扭得很轻很轻，两条腿也夹得很紧。她正在问老头什么事情，声音银铃般好听——埃尔温虽没有从心里暗暗发出指令，但他知道他一闪而过的隐秘愿望已经实现了。”

这里“一闪而过的隐秘愿望”就是指埃尔温对女孩的不当欲望。

两年后，纳博科夫将这个主题带到了诗歌中。1928年的《莉莉丝》(*Lilith*)同样着重描绘了一个小女孩那所谓恶魔般的力量，她“黄褐色的腋窝”以及“绿色的眼眸”让年长的男子神魂颠倒：“她在鬈发间簪一朵睡莲，优雅有如妇人。”紧接着，

啊多诱人，多美，
她那扬起的脸！借由性器狂野的

1 据说来自俄国民间传说中的西琳鸟，其形象为鸟身女人头。

冲撞，我刺入
难以忘怀的孩子。
蛇内之蛇，器中之器，
滑润熨帖的所在，我在她身内冲荡，
透过那不断攀升的痒预感到
无法言说的欢愉的勃发。

但男子被这次禁忌的交媾毁掉了。莉莉丝封闭起自己，将他逼了出去，而正当他大喊“让我进去！”时，他的命运已然落定：“门依旧沉默，而当所有人都看见 / 我痛苦蠕动散落自己的种子 / 我陡然明白我那是在地狱。”完成《洛丽塔》二十五年前，纳博科夫已经预知了亨伯特·亨伯特口中的“完全有能力跟夏娃交欢，但他渴望的却是莉莉丝”。

《黑暗中的笑声》(*Laughter in the Dark*) 中也能见到一位初代“宁菲特”，名叫玛戈。她的年龄没有那么小：1932 年出版的俄语原版《暗箱》(*Камера Обскура*) 里是 18 岁，六年后大幅修改并重新命名的版本里是 16 岁（纳博科夫在 20 世纪 60 年代第三次改写了这部小说）。一名年长而富有的艺术评论家盯上了玛戈，他叫阿尔贝特·欧比纳斯（Albert Albinus）[1]，这个名字可以说是亨伯特·亨伯特的前身。

---

1 在最初的俄语版本里，这个角色名叫布鲁诺·克雷奇马尔，玛戈则是玛格达。——原注

我们只能通过欧比纳斯的主观视角去了解玛戈的行为和性格。在他的描述中，她喜怒无常、异想天开，擅长操纵人心。与《洛丽塔》中克莱尔·奎尔蒂（Clare Quilty）打乱亨伯特的计划相同，《黑暗中的笑声》里也有一名不速之客阻挠了欧比纳斯和玛戈的关系。阿克谢·雷克斯（Axel Rex）和玛戈的来往更多是为了利益，他的目标是欧比纳斯的地位与财富，而奎尔蒂则与亨伯特·亨伯特一样对多洛蕾丝本人图谋不轨。

在多洛蕾丝的所有前身中，只有玛戈是一个实实在在的角色，剩下的都只是诱惑并折磨着男主人公的意象。随着纳博科夫的写作不断成熟，这一意象也在不断生长、发展。1935 年至 1937 年这两年时间里，纳博科夫完成了《天赋》（*Дар*），这本书直到 1952 年才在俄国出版（十年后有了英文译本 *The Gift*），其中有一段话基本概括了《洛丽塔》未来的情节。“我能一气写出怎样的一部小说哟！”一名次要角色边在脑海中审视着自己那极为年轻的继女，边如是说道。

> 心中构想这档子事：一个老家伙——不过仍处于盛年时期，激情似火，渴盼幸福——结识了一个寡妇，她有个女儿，年纪尚幼的一个小丫头，你晓得我的意思，尚未成形，可她的走路姿势已经让你想入非非——一个小姑娘的过错，模样俊俏，皮肤白皙，眼睛下面涂成蓝色。当然她没拿正眼瞅那老东西。怎么办？嘿，顾不上多想，他突然娶了那个寡妇。好了。他们三人成了个家。

这里你可以讲下去，随便怎么编——诱惑，无边的苦难，心痒难熬，疯狂的欲望……

纳博科夫并不是一拍脑袋就想出了《洛丽塔》的蓝本，继《天赋》之后还有一次失败的尝试：《魔法师》（*Волшебник*），即他的最后一部俄语小说。这本书是在纳博科夫人生的关键节点写成的，当时他和家人正在观望是否能逃离欧洲，移民到美国。但是等他去世近十年后，《魔法师》才得以出版。

1939 年 9 月，德国闪击波兰，将全世界拖入战争。此时纳博科夫正处于极大的压力中。妻子薇拉和儿子德米特里被困在德国很长时间，现在全家终于在巴黎团聚。为同家人相聚，他结束了与俄国同胞伊琳娜·瓜达尼尼（Irina Guadanini）的婚外情。然而随着维希政府越来越亲近纳粹，巴黎已不再是安全的港湾。薇拉和德米特里都是犹太人，如果无法离开法国，也许就会落入集中营。

个人命运迎来了空前的危机，纳博科夫的身体也出了状况。那年秋天，又或者是 1940 年初冬，他因“急性肋间神经痛发作，不能动弹”，这种神秘的疾病将反复不定地伴随他一生。他除了读书和写作几乎什么也做不了，想象的世界成了他的避难所，而最终产物便是《魔法师》。这部五十五页的中篇在结构上最为接近未来将要成形的那本小说。

《魔法师》的叙述者与亨伯特·亨伯特不尽相同。他没有名字（不过有一次纳博科夫称他为“亚瑟”），也没有亨伯特那种慧黠的放肆。从第一句话开始他就饱受折磨：“我怎样才能真正认识自己？”这位珠宝商一会儿打算全盘接受自己对未成年人的爱恋，一会儿又下定决心不付诸任何行动。他总是这样摇摆不定地挣扎在深深的煎熬与自负的辩解之间。“我可不是一个强暴者，”他声称，“我是个扒手，不是入室窃贼。”而亨伯特则会对这种虚伪嗤之以鼻。

从行文中可以看出，纳博科夫当时还没有达到艺术造诣的巅峰：“并非遇上的每一个女学生都会让我有好感，绝对不是这样的——人们在灰暗的清晨的马路上，可以看到多少身材高大健壮的，非常瘦的，长着一串小痘痘的，或戴眼镜的——这些类型，从性爱的意义上来说，我一点都不感兴趣，就像别的人对长一身赘肉的熟悉的女人毫无兴趣一样。”叙述者在公园轮滑场选中了自己的猎物，却无法用“宁菲特”去形容她。他还不知道有这个词，因为纳博科夫还没有想出这个词。

不过在这本书中还是能窥见一点《洛丽塔》的绝妙文采，例如当叙述者讲到“[某个女孩]大而略显空茫的眼睛晶莹发亮，多少让人想起半透明的醋栗”，抑或“露在外面的胳膊显出夏日太阳晒的颜色，前臂上有狐狸似的细滑光泽的软汗毛”。虽说相较亨伯特对多洛蕾丝的溢美之词还略差些，主要是缺少那种催眠般的韵律（“她出神的浅灰色眼睛上乌黑的睫毛……她的头发是赤褐色的，她的嘴唇红得像舔过的红色糖果”），但那种躁动已然具备，如暗门等待开启。

与后来的小说相同，叙述者利用对方的母亲来接近他幼小的猎物。然而《魔法师》里的这位母亲形象非常模糊。她只是一把钥匙，是情节中的一个齿轮，助推着男子和女孩的命运发展。相比之下，对女儿怀有许多愤怒和希望的夏洛特·黑兹（Charlotte Haze）还算有趣。

《魔法师》的叙述者或许确实为自己的特殊喜好而备受折磨，可他完全明白他将要引诱那个女孩跨过一道无法回头的鸿沟——也就是说她现在是单纯无辜的，但他得手后情况就会改变。而亨伯特·亨伯特则永远不会这样露骨。他可以用“花里胡哨的文笔”来表达甚至歪曲自己的意图，以至于当他真的把显而易见的事情挑明（并反复呈现）时，读者就像中了蛊一样，认为多洛蕾丝既是被追逐的一方，同时也是主动出击的一方。

这两个男人有着相同的计划：“他知道，等到他们相互之间爱抚的演变又登上了一个无形的台阶的时候，他才会试图得到她最严格与最庸俗意义上的童贞。”《魔法师》的叙述者如是说。他同样选择了一家遥远的旅馆来实施诱奸，以为这样就能掩人耳目。这家欧洲旅馆没有亨伯特选的“着魔的猎人”那么破旧，但作用是一样的：叙述者可以在这里盯着熟睡的小姑娘，并违背她的意愿开展行动。

其结果和《洛丽塔》有所不同。女孩儿仰卧在床上，睡袍半敞，叙述者彻底沦陷了，“一点点，一点点，施展他的魔法……在她的身体上使用他的魔杖”，仿佛是“拿着一根念了咒的尺子”测量她的身体。亨伯特·亨伯特又该冷笑了，但他不知道被看穿了恋童癖的本质是怎样一种感受，他面前的小女孩没有“眼睛睁得圆圆地望着他竖起的赤裸”；当她尖叫着拒绝他的攻势，他也不曾“被自己的恐怖吓得听不见声音”。亨伯特无须经历这些，他自始至终都只顾为自己辩护，而《魔法师》的叙述者则从未对猎物的态度产生错误的幻想。

他试图安慰她——“你别叫喊，这不是什么坏事，这不过是一种游戏，有时候人们都玩的游戏，你别叫喊”——但她仍在激烈抵抗。两位老妇人闯进了房间，他匆忙逃跑，却撞上了一辆卡车，那血肉模糊的场景仿佛“上演肢解的瞬时影院”。叙事者的结局注定是悲惨的。我们看到的是掠食者被狩猎、捕获、铲除的过程。一辆路过的卡车惩罚了扑向小姑娘的大灰狼。

纳博科夫生前并没有出版《魔法师》，因为他知道这篇故事只是供自己参考的材料，其本身不足以构成一部完整的作品。我读的时候也对此有明显的感受，它比较简单直白，没有《洛丽塔》那么成熟。1986年，《魔法师》的英译本 *The Enchanter* 最终出版时，学者西蒙·卡林斯基（Simon Karlinsky）写道，阅读这部中篇小说“就像研究贝多芬出版的手稿一样乐趣无穷：眼前所见是如此晦暗、渺茫的材料，而耀眼的杰作正是由此打磨出来的”。

换句话说，在《洛丽塔》的创作过程中，这篇虚构小说和萨莉·霍纳的真实故事起到了同等重要的作用。但纳博科夫一生都在强调：艺术是善变而无情的。《魔法师》自身就具备强大的生命力。它没有《洛丽塔》那样文过饰非、混淆视听的功力（这让后者在与广大读者的道德对决中大获全胜），而是以较为“去浪漫化”的手法描述了一种偏常的欲求及其可能带来的悲剧后果。

此外还有两部作品对《洛丽塔》影响尤深。亨伯特·亨伯特的初恋名叫安娜贝尔·利，这是在致敬埃德加·爱伦·坡（Edgar Allan Poe）的诗《安娜贝尔·李》（*Annabel Lee*）[1]。小说完成前的暂定标题《海边的王国》同样出自这首诗。亨伯特与安娜贝尔在海边暧昧不清，而她四个月后即死于斑疹伤寒。他对她回忆中的很多内容都与爱伦·坡的诗句相呼应（纳博科夫："我是一个孩子，安娜贝尔也是一个孩子。"坡："我是一个孩子，她也是一个孩子。"）。

另一部作品没有在《洛丽塔》中直接出现，却为之提供了重要的参考，那就是刘易斯·卡罗尔（Lewis Carroll）的《爱丽丝梦游仙境》（*Alice's Adventures in Wonderland*）。纳博科夫二十岁出头时曾将这本书翻译成俄语，因此对它颇为熟悉。他曾告诉小阿尔弗雷德·阿佩尔（Alfred Appel）：

"[卡罗尔]和亨伯特·亨伯特之间有一种可悲的相似性。但出于某种奇怪的顾忌，我没有在《洛丽塔》里影射他丑陋的变态心理，还有他在昏暗房间里拍的那些意味模糊的照片。他没有因猥亵儿童而受到惩罚，维多利亚时代有许多像他这样的人。他的那些可怜巴巴的小'甯菲特'们一个个骨瘦如柴，看起来脏兮兮的，而且衣衫不整——也可以说是半遮半掩，仿佛正在参演一场土气、拙劣的滑稽剧。"

纳博科夫同时还坚称《洛丽塔》和他在现实生活中熟知的某个人毫无关联，这或许也是出于"某种奇怪的顾忌"。此人名叫亨利·兰茨（Henry Lanz），是斯坦福大学的教授，纳博科夫初到美国

1　讲述年轻的恋人死去。是诗人最后一首完整的作品。

教书时就与他结识。兰茨有着复杂的欧洲血统："老家在芬兰，父亲加入了美国国籍，生于莫斯科，在俄国和德国都受过教育。"他会说多国语言，热衷下国际象棋。一战爆发时，他住在伦敦，时年三十岁，而他的妻子年仅十四岁。

纳博科夫是于1940年5月乘坐尚普兰号邮轮抵达纽约的。来到美国不久后，兰茨便安排他在斯坦福大学教课。二人的关系变得越来越好，这都是时常凑在一块儿下棋的缘故，纳博科夫赢了兰茨不下两百次。在此期间，兰茨向纳博科夫透露了自己的特殊癖好——他极爱勾引小女孩，且喜欢看她们小便。四年后，五十九岁的兰茨因为心脏病发作逝世。

纳博科夫的第一位传记作者安德鲁·菲尔德认为兰茨是亨伯特·亨伯特的原型，但纳博科夫本人对此坚决否认："不，不，不。可能我潜意识里模模糊糊地想到了兰茨。他自己有所谓的窥尿癖，跟《尤利西斯》（*Ulysses*）里的布卢姆一样。首先，这是再常见不过的事情。瑞士的报纸上通常管他们叫'不幸之人'（un triste individuel）。"

纳博科夫会这么说并不奇怪，毕竟此后他还曾多次否认现实生活对作品的影响。然而在好几个月的时间里，他吸收了一名恋童癖几乎全部的人生经历，这难免会在他的写作中发挥作用——也多少让他内心深处更加渴望呈现这一丑恶的主题了。

七

暗影重重的身份

弗兰克·拉萨尔完全不具备亨伯特·亨伯特的学识。他在监狱里写的材料既不可靠，也没有《洛丽塔》文字中那种标志性的细腻闪光。无论是说话还是写作都啰里啰唆，含混不清，时常出现语病。偶尔能找到工作时，他做的也都是些蓝领职业，和教外语搭不上边。

拉萨尔为人粗鲁，嘴里很少有实话。到中年时他撒过的谎已堆积太多，以至于完全无法核实他人生的前四十年都经历过什么。一个接一个的假名连成无数个死胡同。我给全国各地的档案管理员打电话、发邮件，他们都很友善，希望能帮上忙，但最终除了对我的不断失败表示同情之外，所有人都无能为力。

我不了解他的童年和成长轨迹，也无从判断他的偏好是否很早就有所表现，单凭他在较长一段时间内对年轻女孩有持续的欲望，我无法摸清他的底细。拉萨尔有恋童行为，但很难确定这就是他的性癖——因有欲求总能找到实施的契机——还是说他一时兴起才抓住了这个展现自己权力的机会。总之，无论他从前是怎样的人，现在都已经不是什么好人了。

他出生在中西部某地，生日应该是1895年5月27日，前后偏差不超过一年。弗兰克·拉萨尔大概不是他的本名。他有时说自己的父母是弗兰克·帕特森（Frank Patterson）和诺拉·拉普兰特（Nora LaPlante），有一次写的是弗兰克·拉萨尔和诺拉·约翰逊（Nora Johnson）。他的家在印第安纳波利斯，不过也可能在芝加哥。他自称在1924年到1928年之间因非法贩酒在堪萨斯州莱文沃思的联邦监狱坐了四年牢，但那里并没有他的入狱记录。他曾是帕特森、约翰逊、拉普兰特，以及奥基夫，每换一个姓氏就要编一个新的背景故事，不过据我所知，他的名字几乎从来没有变过。

仿佛是为了与他疑点重重的人生相契合，弗兰克·福格（Frank Fogg）[1]成了他最臭名昭著的代号之一。

通过福格这个身份，后来的“拉萨尔”形象也慢慢清晰起来。1937年夏天，福格同妻子和9岁的儿子住在新泽西梅普尔谢德上的一间拖车屋里。他声称妻子带着儿子跟一个机械技工跑了——这有可能是真的。他们在6月14日那天离开，一周后福格便过起了流亡生活，并很快有了下一任妻子。

他们是在嘉年华上认识的。多萝西·戴尔（Dorothy Dare）当时还不到18岁，棕色卷发衬着一张戴眼镜的率真面孔。她出生在费城，是六个孩子中的老大。现在她们一家住在卡姆登的商特维尔区（Merchantville），距梅普尔谢德只有十分钟车程。多萝西刚从高

1 Fogg，音同“fog”，迷雾之意。

中毕业一个月，常与父亲发生激烈争吵。因为父亲管教非常严格，她不顾一切地想要找寻宣泄的出口——就在这时，她在嘉年华上遇见了这个自称弗兰克·福格的男人。

他的年龄是多萝西的两倍，但她并不在乎。他想和她结婚，而她觉得私奔是个绝好的主意。于是几天后他们就来到了美国的“格雷特纳格林小镇[1]”——马里兰州埃尔克顿市。在这里结婚只需要眨眼工夫，人家什么也不会问你。

多萝西的父亲大卫·戴尔（David Dare）气得冒烟。虽然他和女儿一直争吵不断，但他知道她本质上是个好孩子。严格来说，她不算未成年人，但还很年轻，而这个福格的年纪已经不小了。戴尔得知此人真名不叫福格，还结过婚，便谎称多萝西只有 15 岁，尚未达到知情同意年龄，以此促动当地警方于 1937 年 6 月 22 日拿到了八州范围内的逮捕令。对福格的指控是绑架以及法定强奸。十天后，法律的脚步终于追上了这对情侣。

拉萨尔于宾夕法尼亚州罗克斯伯勒镇遭到逮捕——他在那里找了份工作，仍化名为福格——警察将他押送至新泽西州哈登菲尔德看守所，罪名为诱骗未成年人，不可保释。同时，他们在费城维萨希肯区（Wissahickon）的一间出租屋里找到了多萝西，并把她也带到了监狱。然而二人的情况与警官预想的有很大不同：多萝西不是未成年人，他们是通过合法途径在埃尔克顿结婚的。福格向他们

1 Gretna Green 是苏格兰的一个教区。苏格兰的法定最低结婚年龄比英国和威尔士要低，且不需要父母同意，因此从 18 世纪中叶开始，位于苏格兰南端且有列车通过的格雷特纳格林小镇就成了年轻人私奔结婚的热门地点。

展示了7月31日刚办好的结婚证。

多萝西紧张地拨弄着左手上金光闪闪的戒指。“他没有骗我！”她哭喊道，“我知道的。他不可能结过婚。但要是真这样的话——那，我只想去死！”不久后多萝西便被送回了家，但又一次从父母身边逃走。她还不想就这么放弃自己的新婚丈夫弗兰克。

隔天早上，拉萨尔在特拉华镇法院出庭。多萝西没有来，也没人知道她在哪里。不过所有人都会记得她的父亲来了——见到拉萨尔后，他照着对方的下巴就是一拳。主审法官拉尔夫·金（Ralph King）确认了拉萨尔没有胁迫多萝西，两人的婚姻是合法的，因此驳回了控告，这让戴尔大为光火。

他多次在法庭上大声要求拘留拉萨尔，金法官只得警告他：“你再不注意的话，我就把你关起来。”但戴尔的愿望最终得到了实现。拉萨尔与法院的交锋还远没有结束。

八州联合搜查令发出一天后，马尔顿（Marlton）附近发生了一起肇事逃逸事件。被撞的车主名叫柯特·舍夫勒（Curt Scheffler），另一辆车与拉萨尔的车外观相近，车主逃离了现场。拉萨尔在法庭上称开车的人不是他。治安法官奥利弗·鲍恩（Oliver Bowen）没有接受他的说辞。1937年8月11日，拉萨尔被罚款50美元，拘留15天。在此基础上，他因未付清200美元的虚假陈述罚款而被加刑30天。刑期结束时，多萝西仍在等他。被打断的婚姻生活重新走上正轨；有证据表明，他们在接下来的几年里过得还算幸福。

多萝西和弗兰克搬到了大西洋城，把名字从“福格”改回了“拉萨尔”。1939年他们的女儿马德琳（化名）出生，一家人住在太平洋大道 203 号。次年，人口普查的人来了家里，然后警察也来了。拉萨尔因重婚罪被捕。很多细节已经无从考证。重婚对象是上文提到过的那任妻子，还是另有其人？可以确认的是，拉萨尔最后被判无罪。

两年后，即马德琳 3 岁那年，多萝西把弗兰克告上了法庭，罪名是遗弃及拒付抚养费。戴尔家族内有传闻说，多萝西发现丈夫和另一个女人在车里乱搞，气得用自己的鞋打了她的头。

这个既悲伤又有点好笑的家庭小故事背后其实隐藏着更加阴暗的真相。1942 年 3 月 10 日凌晨，多萝西 · 戴尔之前发现的秘密终于浮出水面。

三名卡姆登警员走进百老汇上近佩恩路的一家小餐馆。一个女孩独自坐着。即使是现在，凌晨三点单独出现在公共场所的女性也会很引人注目。可以想象在 20 世纪 40 年代，警察大半夜看到一个 12 岁的女孩无人陪同是什么反应。

代理警长爱德华 · 夏皮罗（Edward Shapiro）和两位巡警托马斯 · 卡罗尔（Thomas Carroll）、唐纳德 · 沃森（Donald Watson）上前询问她为什么在“这个时间自己跑出来”。见女孩没有正面回答，他们便把她带回了警局，准备让局里的同事再跟她聊聊。

在警长约翰 · V. 威尔基（John V. Wilkie）的温和引导下，女孩承认她出门是为了“跟一个大概 40 岁的男人约会”。她说他的名字是弗兰克 · 拉萨尔。他给了她一张名片，上面写的是他打工的那家费城修车厂的地址和电话。

威尔基在报告中写道，女孩称拉萨尔“强迫她进行亲密行为”。当然，她的原话不会这么含蓄。她还告诉威尔基，拉萨尔逼她把自己的四个朋友介绍给他，不然就把他们做的事情告诉她的母亲。

这五个女孩的名字是：洛蕾塔、玛格丽特、萨拉、埃尔玛、弗吉尼亚[1]。从现存的资料中无法看出哪一个是餐馆里的女孩，但根据出生日期判断应该是洛蕾塔或玛格丽特（萨拉年龄最大，不到15岁）。她们都住在卡姆登县，有的在卡姆登市内，有的在旁边的彭索肯市（Pennsauken）。多萝西·戴尔于1944年提交的离婚申请书中称她们与她丈夫进行了“通奸”。

据威尔基的报告记录，另外四名女孩也被带来警局接受询问，其中每个人都讲述了“被拉萨尔强奸的经过”。

威尔基警长取得了逮捕令，也把来自十几岁女孩们令人作呕的控诉告知了费城警方。可警察并没有在拉萨尔的工作地点找到他，他的家里也没有人影。天知道拉萨尔是怎么知道自己在被追捕的，总之他逃跑了。警方进一步得知，拉萨尔再次启用了福格的假名，他们挖出了梅普尔谢德的一处地址，接着又收到消息说他和多萝西、马德琳都搬回了卡姆登。

1 此处省略姓氏，一是为了保护家属的隐私，二是因为很难找到她们的后代来证实信息。——原注有线报称拉萨尔一家现住在库珀街 1000 号街区[1]的某栋房子中。警方在此展开了不间断的盯守。3 月 15 日晚，一辆轿车停在房子门口，车牌在拉萨尔名下。

警察立马冲进屋内。他们找到并逮捕了一名自称拉萨尔小舅子的 19 岁男性，但没有看到拉萨尔。威尔基坦言："我们后来发现，就在探员们走上正门台阶时，拉萨尔从后门逃走了。"

近一年的时间过去了，拉萨尔法定强奸五名女孩一案于 1942 年 9 月 4 日正式立案。情报如潮水般涌向卡姆登和费城警署，大部分号称拉萨尔在新泽西某处，也有人说他在宾州，但没有一条情报真正派上用场——直到 1943 年 2 月初。有人向警方透露，拉萨尔现居费城欧几里得大街 1414 号，也就是现天普大学（Temple University）的校园中心。

2 月 2 日，警方展开了突击搜查，在这里抓到了孤身一人的拉萨尔，并将其押送至卡姆登等候传讯。主持 2 月 10 日卡姆登法院庭审的法官就是之前签署起诉书的米切尔·科恩（Mitchell Cohen）。七年后，科恩和拉萨尔将会有一次更为剑拔弩张的会面。

卡姆登大陪审团[2]投票通过了针对拉萨尔强奸多人的起诉。他起初选择不认罪，却又在 3 月 22 日改成了服从判决。经主审法官

---

1 ××× 号街区（××× block）用来表示区域，在警察系统中比较常见，指某条街上从这个门牌号开始的一百幢建筑；1000 号街区就是 1000—1099 号房屋范围内的区域。

2 即 grand jury。美国的大陪审团通常有十六到二十三名公民成员；指控必须由大陪审团表决通过，才能开启诉讼。

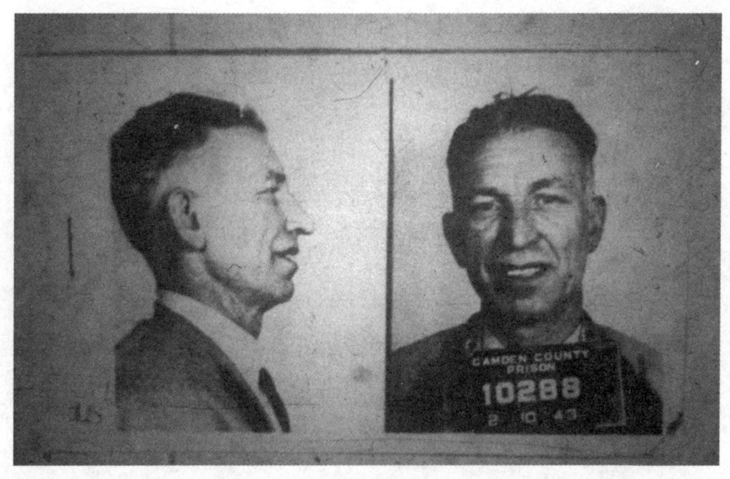

1943 年弗兰克 · 拉萨尔因法定强奸五名女孩而入狱时拍摄的面部照片

巴塞洛缪 · 希恩（Bartholomew Sheehan）裁定，每项强奸罪分别判处两年半监禁，于特伦顿州立监狱合并执行。

拉萨尔服刑期间，多萝西决定带着马德琳搬回离父母更近的商特维尔区，并立即开始筹办离婚事宜。1944 年 1 月 22 日，多萝西提交了离婚申请，其中提到拉萨尔在 1942 年 3 月 9 日（即第一位女孩向警方表明自己遭到强奸的那天）到 1943 年 10 月（即拉萨尔最终被捕的时间）这段时间内“多次”与五名女孩“进行通奸”。弗兰克经常从狱中给她写信——后来他还会再捡起这个习惯——不知他有没有挽留她，总之她打定主意要结束这段婚姻。

拉萨尔在服刑 14 个月后获得假释，1944 年 6 月 18 日，他住进了百老汇与费德勒尔街交叉口上基督教青年会里的一个房间，去征兵处登了记，拿到了社保卡。按规定他还得到市里登记罪犯信息。1944 年 6 月 29 日拍下的这张模糊照片显示，他是一个灰头发、蓝眼睛、高颧骨、略微眯眼的中年男人，表情相较 1943 年 3 月拍的入狱照要更深沉。在之前那张照片里，他朝镜头咧嘴笑着，一副无忧无虑的样子。

拉萨尔在费城做起了汽修工，但远没有就此安分下来。一起针对他的性侵诉讼于万圣节当天被撤回。次年 8 月，他在卡姆登第三国民银行兑现价值 110 美元的假支票未遂，被当场抓获。9 月份开始起诉流程后，他很快就被判犯有诈欺取财罪。当月，他和多萝西的离婚手续也已基本完成。8 月 21 日，家事法庭将马德琳的抚养权完全授予多萝西。11 月 23 日，离婚正式通过。

拉萨尔因新的罪行被判处 18 个月至 5 年监禁。1946 年 3 月 18 日，他又回到了特伦顿联邦监狱服刑，之前法定强奸罪余下的刑期也要继续服完。1948 年 1 月，拉萨尔的刑期全部结束，于当月 15 日再次获得假释。

重获自由后，拉萨尔大约是冲着低廉的房租住进了卡姆登市中心的基督教青年会。马路对面有家小卖部。几周后那个凉爽的 3 月下午，一名 10 岁的小女孩会从这家店里偷走一个价值 5 分钱的本子，而拉萨尔则将在暗处观察她的一举一动。

八

“孤单的母亲在等候”

时间一个月一个月地过去，还是没有萨莉·霍纳的消息。整个家变得越发阴云密布。受到最大冲击的自然是埃拉。萨莉是她的女儿，而她就这么让自己的女儿跟一个陌生人走了。那人自称是萨莉同学的父亲，还说她的朋友们在泽西海岸等着她。埃拉相信了男人逼女儿说的谎话，因此失去了她。

或许她的脑海中也曾短暂浮现出“萨莉已经死了”的念头，只是没有公开承认过。她在军需供给站找到了一份做制服的工作，这样家里起码有足够的钱点起电灯，并且保持电话畅通。萨莉没有再打来过，但万一她打来时电话断线，后果将是灾难性的。

1948 年 12 月 10 日，《费城问询报》发表了一篇题为《圣诞树亮着，孤单的母亲在等候》的文章，埃拉在其中诉说了她的哀痛之情。当时萨莉失踪已有半年，埃拉还在等女儿安全回家；她心里那根守候的蜡烛永远也不会熄灭。距圣诞节还有不到两周，这位未署名的记者告诉我们，埃拉装饰的圣诞树上“满载着以往圣诞节的快乐回忆”，只为让蜡烛那“微小的光亮”扩散开来：埃拉坚信萨莉会回到她身边，而这是她所能想到的表达信念的最好方式。

当萨莉回到家——埃拉只能去想是“什么时候”，而不是“可不可能”——她需要适应家里的一个重大变化。《费城问询报》刊出这篇文章时，萨莉的外甥女黛安娜已经五个月大了。然而外祖母埃拉也好，苏珊夫妻俩也罢，黛安娜的诞生无法不让一家人感到五味杂陈。他们仍不知道萨莉身在何方，而她曾那么期待成为小姨。

因为每天都忙于照顾新生儿，这对年轻夫妇可以暂时忘掉内心的惶惑与绝望。除了换尿布、哄孩子睡觉，以及挤时间获得小段小段的休息之外，他们还要打理家里的温室——毕竟花草不会自己给自己浇水施肥。

当外祖母让埃拉感到很激动，但只要萨莉不在她身边，她就不能尽情去体会这种喜悦。她告诉《问询报》的记者，当萨莉重新踏进椴树街 994 号时，她不会受到任何惩罚或指责。“无论她做了什么，我都能原谅她。我只希望她能回来。”

1949 年 4 月 18 日，萨莉·霍纳过完了自己的 12 岁生日。还是没有任何音信。难道她就这么溶进了空气？会有人发现她的尸体吗？还是说她正待在什么地方满怀希望地等着被找到，等着回家的那天？卡姆登警方仍在调查此案，马歇尔·汤普森依旧追查着每条新出现的线索。

一个月前，案子突然变得更紧急了。3 月 17 日，卡姆登县检察署在拉萨尔已有的诱拐罪（abduction）上又填了一项更严重的罪名：绑架（kidnapping）。诱拐的最高刑期只有不到 10 年，而绑架罪名一旦成立，刑期就会加码到 30 至 35 年——对弗兰克·拉萨尔这个年纪的人来说基本相当于无期徒刑。

我在现存的文件中无法找到对增加罪名的解释。可能是检察官或卡姆登警署方面得到了有关拉萨尔藏匿处的可靠线报，因此想通过散播这个新消息促使他行动；也可能执法人员担心如果萨莉长期甚至无限期失踪，诱拐罪在法律程序上会有一些局限。

媒体已经不关注这起案件了。她失踪一周年当天没有任何报道。1949 年圣诞节期间，他们也不再呼吁公众协助她安全返家。新近发生的轰动新闻占据了当地报纸的版面。卡姆登东区发生了一起大规模枪击案；另外，又有一位居民神秘失踪：她是费城执法官朱尔斯·福尔施坦（Jules Forstein）的妻子。

所有的调查人员都对多萝西·福尔施坦（Dorothy Forstein）失踪案毫无头绪。四年前多萝西在自家门口差点被一名身份不明的袭击者杀害，自那时起她便生活在持续的焦虑中。1949 年 10 月 18 日晚，她的丈夫朱尔斯独自出门参加派对，他说他邀请了多萝西与他同去，但她无论如何都更想跟两个孩子——9 岁的马西（继女）和 7 岁的爱德华——一起待在家里。

晚上十一点半，朱尔斯回来后发现多萝西不见了。惊慌失措的孩子们说一个陌生男人闯进来把妈妈敲晕了。他一下就把这个身高不足 160 厘米，体重 56 公斤，穿着睡衣和红色拖鞋的女人放在肩上扛了出去，离开时甚至没有忘记锁好房门。走之前他还拍了拍马西的头，叫她“回去睡觉”。据马西回忆，该男子头戴一顶棕色帽子，“外衣里头穿着件棕色的东西”。

朱尔斯表示自己当时以为马西是在编故事，所以没有立即报案。奇怪的是，他觉得多萝西肯定就在家附近，可她早就表现出了广场恐惧症[1]的症状，是万万不会自己跑出去的。四个半小时后，将近凌晨四点时，朱尔斯才报了警，而警察也认为马西的话不足为信。警方派来的女心理医师向马西提了许多问题。经过数次长时间的交谈，医生最终认定她没有撒谎。

接下来的几天里，费城的各个区域都有人报告说看到了多萝西。最初的调查甚至波及了卡姆登。多萝西失踪那周的周五，卡姆登巡警爱德华·夏皮罗注意到有一名金发女性在百老汇和四街附近游荡。夏皮罗告诉费城的探员们，他是在该女子从一家糖果店旁边的电话亭里出来时注意到她的。她看见夏皮罗时好像吓了一跳，而夏皮罗自己也因为她长得太像多萝西·福尔施坦而吓了一跳。他尾随她来到了一家酒吧。她点了杯啤酒，但一瞧见他便迅速离开了。

第二天晚上，夏皮罗又在同样的地方看到了她，并听到了她跟身旁的一个男人说，“我只有一边胳膊能用”。这句话让他立刻警觉起来。之前的袭击给多萝西留下的身体创伤之一就是单侧肩膀习惯性脱臼，为此她每年要去好几趟医院。警方认为多萝西即便使用假身份也肯定要到某家医院把肩膀接好，但她并没有出现。朱尔斯·福尔施坦悬赏1000美元，仍没能得到新线索。七年后，朱尔斯

1 即agoraphobia，焦虑障碍的一种，常见表现为大面积开放空间、人群密集场所等引发的焦虑或惊恐。

在家中突发心脏病去世；次年，即1957年，法院宣告多萝西死亡[1]。

公众对萨莉一案逐渐失去了兴趣，她的家人认为这正说明他们不应再提起她失踪的事——即使在家里也如此。萨莉的缺席化作了某种持续不断的低声鸣响，谁都能听到，可谁都不发一语。他们当然非常担心，也怕她会有危险。但是没有消息，没有答案，萨莉的命运已远远超出他们所能掌控的范畴，而生活还要继续。

1949年8月，小黛安娜1岁了。据父母的讲述以及后来她自己的回忆，她小时候过得很快活，总是兴致勃勃，话很多，爱吃“葡萄坚果”牌麦片、喝苹果汁。阿尔经营着温室，苏珊时不时会过去一趟。埃拉仍住在椴树街944号，但在这里的每一天都如同噩梦。她后来回忆道：“萨莉在的时候，家里完全是另一个样子。她总是开开心心的，特别有生命力。”

埃拉难以入眠。夜里她常会去萨莉的房间，拿出女儿的玩具和棋牌，“然后就那么坐着，一直盯着它们看”。她把萨莉的衣服洗了又洗，“这样她一回来就有的穿了”。

春去秋来，埃拉陆续换了几份工作，有时一连几个星期都付不起电话费，或者因交不上电费导致家里停电。每隔一段时间她会去弗洛伦斯找苏珊，顺便帮忙照顾外孙女。除此之外她都是独自一人，一遍遍地回想自己是如何犯下诸多错误，最后终于失去了萨莉。

1　公民失踪超过一定期限后，其家属等可以向法院申请宣告死亡。

九

检察官

萨莉·霍纳失踪之前几个月，米切尔·科恩刚成为卡姆登县的检察官——任期十年，到1958年结束。在此期间他将成为卡姆登市司法史上相当关键的人物。数十年后，市中心联邦法院的外墙甚至刻上了他的名字。其实之前他在当地就已经颇具名气，而检察官的新身份无疑又让他更如鱼得水。20世纪40年代末期的卡姆登并没有那么多重大案件，因此检察官的工作并不是全职。科恩会不时地接到工作，其他时间里便与共和党的从政人士混在一起。就这样，他在政界取得了不小的成功，也因此成为了本州党内事实上的领袖，与当时的新泽西州州长阿尔弗雷德·德里斯科尔（Alfred Driscoll）关系密切。

检察官只是科恩在执法部门做过的许多工作之一。在他漫长的法律生涯里，科恩曾在本地的小律所从事过个人咨询，也在新泽西的联邦地区法院当过主审法官，能在控诉罪犯和裁定刑罚之间熟练切换。然而科恩并不会沉浸在个人成就中，他总是忙于工作，因此没有太多时间去回首往昔。

但科恩确实会花时间把自己打扮成大牌律师该有的样子。他穿着定制西服的形象介于大卫·尼文（David Niven）和弗雷德·阿斯泰尔（Fred Astaire）之间。某位律师曾对科恩的儿子弗雷德说："每次要在你父亲面前出庭时，我都觉得我要系条白色领带，穿件燕尾服。我得展现出自己最好的状态，因为他真的特别优雅端庄。"

科恩可能是有意在外形上向大明星靠拢的。他从年轻时就痴迷于戏剧，上纽约看百老汇的演出对他来说比什么都重要。为了听音乐会、看舞台剧，学生时代的科恩每周六晚上都在费城音乐学院的剧场排队，要花老大力气才能买到 25 美分的最上层座位票。而自从在法律界站稳脚跟后，他就可以跟一位朋友共享剧院包厢了。

科恩和赫尔曼·莱文（Herman Levin）是在南费城高中认识的，高三时科恩家搬到了卡姆登，但两人保持着深厚的友谊。他们一场不落地看完了费城所有演出的首映——按照传统，所有即将进军百老汇的戏剧都会先来这座城市试水，改掉现有的问题，了解观众的反应。莱文后来成为了百老汇的制作人，他打造的剧目包括《绅士爱美人》（*Gentlemen Prefer Blondes*）、《碧血烟花》（*Destry Rides Again*）以及《窈窕淑女》（*My Fair Lady*）。《窈窕淑女》于 1956 年开演前，莱文叫科恩"砸锅卖铁"投资制作这部剧，科恩照做了，最终该剧的票房创下纪录，他赚得盆满钵满。后来科恩自己也成为了一名戏剧制作人。1956 年及 1957 年夏季，他曾主管昙花一现的卡姆登县音乐剧场。

科恩的时尚品味、戏剧爱好，乃至政治抱负，这些都不能超越他对法律正义的追求。法律和公正在他心里有很高的位置。他认为法官应当适时地作出不起诉的决定，这与起诉的工作同样重要。1938 年科恩刚开始担任卡姆登市的主审法官时，曾受理过一对夫妻的案件，原因是妻子试图服毒自杀——这在当时是不被法律允许的。

“我们吵架了，我觉得他不爱我了。”当事人（28 岁）说道。

“你爱她吗？”科恩向她丈夫（29 岁）提问。

“肯定的啊。”

“那你们就回家去，当这件事没发生过好了。”

科恩从不特意搜罗轰动一时的大案子，它们都是自己找上他的。打赢官司后，他也不会对过程中的细节念念不忘。通过这些案件以及科恩处理它们的方式，我们可以较为深入地了解 20 世纪 40 年代的卡姆登，并且预先体察以后将在这座城市引起剧变的一些社会力量。

1939 年秋，米切尔 · 科恩即将诉讼谋杀万达 · 多雷奇（Wanda Dworecki）的嫌疑人。虽然三年前科恩就已被任命为卡姆登市检察官，但在此之前他还没有处理过死刑案件。那时的卡姆登很少发生命案，还远不是 2012 年统计数据所显示的全美“谋杀之都”。一名还有几个月就年满 18 岁的女孩被残忍绞杀，这对当地居民来说是极为震撼的事。

1939 年 8 月 8 日早上，有人在卡姆登高中附近的一处幽会胜地发现了万达的尸体。大家用一串红白相间的玫瑰漂漂亮亮地盖住了她的脖子。掐死她的凶手使了很大力气，她的锁骨和胸骨都断了。随后他拿起一块石头砸向了她的头部，造成颅骨破裂。

调查此案的警察们并没有特别惊讶于她的惨死。四个月前，即 1939 年 4 月，两个男人驱车在街上劫持了万达。他们几乎将她殴打至死，然后开车到了位于卡姆登南部的塞勒姆县，把她抛在了荒郊野外。她为此住院疗养了好几个星期。

这还不是万达第一次遭受暴力袭击。1938 年年底，她和朋友走在家附近的路上时，几名男子曾试图绑架她们。警方由此认定——起码他们是这么说的——万达“命中注定要被杀死”。他们很快会发现，有一个男人自始至终都在操控这一切，因此她的“命运”才会变成现实。

万达的父亲沃尔特·多雷奇（Walter Dworecki）于 1913 年从波兰移民至美国，看上去是个正直的人。多雷奇一家之前住在宾夕法尼亚农村地区，后来搬到卡姆登，沃尔特在此创办了第一波兰浸礼教会，成为了教会的牧师。正处于青春期的女儿让他头疼不已——尤其是 1938 年她的母亲特雷莎去世后（她是在吃早餐时突然倒下的）。沃尔特因为万达对异性表现出兴趣而颇为不悦，他不仅时常对万达进行贞洁方面的说教，还习惯在她的妹妹米尔德丽德和弟弟阿尔弗雷德面前打击、羞辱她，叫两个孩子引以为戒。

受人尊敬的外表下可能掩藏着可怕的秘密，而多雷奇的秘密未免太多了点：例如为拿保险金而烧毁了宾州切斯特市的一所房屋，后被保释出狱，或者因为使用假币被判五年缓刑，以及据称在盛怒下用扫帚柄打碎了邻居小孩的下巴。又比如在妻子特雷莎过世后，他拿到了 2500 美元的生命保险赔偿金（相当于 2018 年的

45000 美元）。官方鉴定特雷莎的死因是“大叶性肺炎”，与当时费城数起骗保谋杀案的被害人死因一致，而这些案件的加害人都和多雷奇牧师有过接触。

有一个秘密则是万万不能被人知道的：他常游逛于费城的各种低级酒吧，搜寻愿意且有能力杀死他女儿的人。

万达死后，多雷奇瞬间进入了悲伤父亲的角色。在停尸间看到女儿时，他大叫了一声：“我可怜的万达！”然后就昏倒了。案发当晚他有不在场证明，但警方展开调查后，他悲痛欲绝的表演立刻就站不住脚了。

有证人看见万达在被杀害的前一晚同一名“高大的金发男士”待在一起。经查明，此人名叫彼得·谢尔丘克（Peter Shewchuk），20 岁，是多雷奇家的房客，总想追求万达。谢尔丘克得知警察要找他问话，就从卡姆登逃回了宾州农村的老家。8 月 27 日，警方接到其父举报后将其抓获。

来到审讯室，谢尔丘克抽了探员递过来的一根烟就全招了。他说 8 月 7 日傍晚他和多雷奇在费城碰了次头。“他给了我五毛钱路费，然后就回去主持他的教堂仪式了。我去约了万达出来散步。”走过幽会胜地时，谢尔丘克说他“突然有杀掉万达的冲动”——没错，就要用她父亲吩咐他的那种杀法：“掐她，拿石头砸她，扭她的脖子。”多雷奇答应事成后付给谢尔丘克 100 美元，可现在万达死了，他又不想付钱了。

有了谢尔丘克的证词，卡姆登警方传唤了多雷奇牧师，这才发现他之前给女儿也上了保险，跟她母亲的保险几乎是同时间购买的。四月份那次，他雇了包括谢尔丘克在内的三名男子，对万达实施绑架谋杀，结果行动失败，她没有死。于是他把女儿的保险金额加码到将近2700美元，还附加了意外死亡情况下的双重赔偿条款，准备再试一次。

多雷奇牧师最终在长达近30页的认罪书中坦白了一切。他承认因为万达的作风而对她心怀怨恨，但声称最先想到谋杀万达的是他在宾州遇到的两名男子：乔·罗克（Joe Rock）和约翰·波波洛（John Popolo）。多雷奇称他们极力鼓动他杀害女儿以取得保险金，并不停地向他施加压力。后来，多雷奇得知谢尔丘克到处炫耀说他跟万达上了床，于是就劝说他也参与谋杀。谢尔丘克一开始表示拒绝，但最终还是没能抵御住牧师的威逼利诱。

1939年8月29日，二人于卡姆登县法院认罪。多雷奇拒绝与现场任何人对视。谢尔丘克则选择了相反的策略，每次视线和别人对上时都笑脸相迎。市检察官米切尔·科恩向法庭上所有人——包括两名震惊的被告及其辩护律师——说明了为什么他们的认罪书必须作废：当时新泽西州的法律规定，主动认罪的被告人不能判处死刑，而针对谋杀一类的死刑案件，则强制要求进行完整的审判、裁定以及判决。

科恩宣布认罪无效，并把案件移交给了县法院检察官塞缪尔·奥兰多（Samuel Orlando，几年后科恩会接替他的位置）进行起诉。科恩的工作已经完成，但他继续关注了这宗案子的情况。法庭上，奥兰多特别慷慨激昂地盘问了谢尔丘克和多雷奇。谢尔丘克在对多雷奇的控诉中做了第一证人，因此获判无期徒刑。多雷奇牧师的认罪内容被采纳为证据——尽管他的律师对此提出了抗议。陪审团稍作商议后一致认定多雷奇有罪。

谢尔丘克入狱后也体验了一把差点被打死的感觉。他在 1959 年获假释出狱，于 20 世纪 80 年代末去世。1940 年 3 月 28 日，多雷奇接受电椅处决，行刑前他恳求活着的两个孩子要虔诚地生活，并祈愿“上帝怜悯他们的灵魂”。多雷奇葬在被他谋杀的女儿墓旁。

科恩并未负责多雷奇一案的控告工作，但他在之后一起备受媒体关注的谋杀案审判中承担了较为重要的角色。1945 年 8 月 14 日，日本政府宣布无条件投降，正当费城、卡姆登……全国上下都在欢庆胜利时，当天夜里，23 岁的玛格丽特 · 麦克达德（Margaret McDade，朋友都叫她丽塔）遭到杀害。当晚，玛格丽特最好的朋友，和她一起在餐厅打工的安 · 拉斯特（Ann Rust），曾看见她和一个陌生人伴着约翰尼 · 默瑟（Jonny Mercer）的歌曲跳舞。五天后，人们从污水处理厂附近的蓄水箱底打捞上了她一丝不挂的尸体。法医鉴定结果显示，她生前曾遭到强奸与猛烈殴打，然后被丢进蓄水箱活活溺死。

很快，警方逮捕了玛格丽特消失那晚跟她跳舞的陌生人。霍华德 · 奥尔德（Howard Auld）是一名刚退役不久的陆军伞兵。起初他说他叫“乔治 · 杰克逊”（George Jackson），还说自己是无辜的，可他身上就带着写有真名的退役证，所以这个谎言不难识破。经过仔细的审问，奥尔德承认杀害了麦克达德。

他讲述了一个令人毛骨悚然的故事，更可怕的是我们已经对它太过熟悉：跳过舞后，奥尔德想要跟丽塔进行更亲密的接触，丽塔拒绝了，他气得一拳打在她脸上，又把她掐昏了过去。奥尔德称他没有探到丽塔的脉搏，就把她扔进了蓄水箱（事实是她还活着，而且他省略了强奸的部分）。奥尔德服役期间曾数次在精神病院休养，并反复出现暴力行为。庭审时，法院为他指派的辩护律师罗科·帕莱塞（Rocco Palese）列出了他的这些经历，以争取减刑。

1946 年，奥尔德因谋杀玛格丽特·麦克达德被判死刑，但几个月后经申诉作废。即使陪审团裁定奥尔德犯有一级谋杀罪，他们也可以建议宽大处理——也就是说可能作出非死刑判决——而主审法官巴塞洛缪·希恩没有依规定告知这一信息。卡姆登县检查署立即着手准备复审，但直到 1948 年整个流程才正式启动，这时候检察长已经换成米切尔·科恩了。

第二次的主审法官还是巴塞洛缪·希恩。科恩依照新泽西州法请求死刑判决。法院为奥尔德指派的新律师约翰·莫里西（John Morrissey）（罗科·帕莱塞现在已经是法官了）则希望陪审团心怀慈悲——鉴于他的委托人只是个“脑袋不大灵光的男孩”，他请求以精神患病为由作无罪裁定。然而陪审团还是更同意科恩的意见。莫里西表示会继续申诉，后来也正因为他反复提出申诉，死刑执行时间被延迟了六次。直到 1951 年 3 月 27 日，霍华德·奥尔德才死在了新泽西的“烧烤架”[1] 上。他的遗言是：“耶稣，怜悯我吧。”

---

1 新泽西、宾夕法尼亚和田纳西州对电椅的代称。1907 年至 1963 年期间，有 159 名犯人在新泽西被处以电刑；该州于 1983 年废除电椅刑罚，2007 年彻底废除死刑。

到 1949 年年底，米切尔 · 科恩已经是真正意义上的卡姆登县检查官了。他不仅参与了一起死刑案件的审理，还亲自控诉了另一起死刑案件的被告，然而他内心对这种刑罚方式是深感矛盾的。十几年后他的儿子弗雷德回忆说，谈及此事时，科恩产生了“很大的情绪波动”，所以后来他们甚至再也没有提起过这个话题。无论是以检察官身份提出最严肃的指控，还是作为法官去作出死刑宣判，科恩都会尽职地完成工作，但他不一定喜欢这些事。他和家人住在里滕豪斯广场（Rittenhouse Square）边的联排别墅——除了弗雷德提到的那一次特殊情况外，他坚决不把工作上的情绪带回家里。

接下来有一起案件将会撼动整座城市的根基。此后数十年里，类似的大规模枪击案层出不穷。科恩对这起案件的处理也使他一时成为了全国范围内的焦点。不过直到那时，他都没有放弃萨莉 · 霍纳失踪一案。据他所知，新的绑架罪名并未惊动弗兰克 · 拉萨尔，萨莉依然音信全无。而过去的时间越久，最终得到好消息的机会就越渺茫。

十

巴尔的摩

在本书的这个节点，我想讲讲萨莉被拉萨尔从大西洋城带走后所经历的事情。从 1948 年 8 月到 1949 年 4 月，他们都待在巴尔的摩，我想告诉你这八个月里都发生了什么，但问题是，我对此知之甚少。仅凭一大堆零散无序的地址和法院文件，并不足以还原一个小女孩的所思所感。即使走在她住过的街道上，察看她曾经的校园，我也仍然无法跨越几十年的时间鸿沟。无论是人口结构上还是社会经济方面，这片街区都发生了很大改变。如果萨莉还活着的话，应该也很难相信自己的眼睛。

书面资料寥寥无几，这让我很受挫。为了重现萨莉在巴尔的摩那几个月的生活图景，我到处搜寻与之相关的记录，却常常无功而返。好不容易找到的信息，最终只是把我带进一个又一个死胡同，我的耐心快要磨没了。也许她交到了朋友，遇到了可以信赖的人？我无从得知。如果真的有人在那段时间见过她，而且现在还活着，我也不知道去哪儿找他。如果她在被绑架期间曾写过日记，那么现在也已经遗失了。可以确定她在巴尔的摩上过学，是一所天主教学校，然而即使当时的档案还有留存，也没有人愿意把几十年来沉积下来的废品堆翻个底朝天。

但我需要理解（或者说尽量试着去接近这种理解）萨莉有哪些想法和感受，于是我找到了与她相似的受害者——比她晚出生一两个年代，承受了绑架者数年或数十年虐待的女孩——并通读了她们所有人自己讲述的经历。同时我还了解了萨莉案件发生前十年中的其他绑架案。

直到现在，陌生人绑架也非常少见，在萨莉小时候那个年代就更为稀有了。所以 1932 年小查尔斯·林德伯格（Charles Lindbergh, Jr.）失踪案在全美国引起了轰动，并且几个星期都热度不减——当然，他的父亲查尔斯·林德伯格（Charles Lindbergh）是明星飞行员，母亲安妮·莫罗·林德伯格（Anne Morrow Lindbergh）也颇有名气[1]；不过更关键的是，他的失踪正反映了每个家长内心最大的恐惧，即：自己的孩子竟会半夜被陌生人从卧室偷走。直到几周后小查尔斯的尸体被找到，新闻上的密集播报才告一段落。

与此相比，儿童被绑架很长时间后成功获救的情况甚至要更加罕见。因此，在萨莉·霍纳失踪的十四年前，亚利桑那州图森市某富裕家庭的女儿琼·罗布尔斯（June Robles）遭到绑架一案就显

---

1 查尔斯·林德伯格（Charles Lindbergh），或称林白，首位完成单人不着陆横跨大西洋的飞行员。安妮·莫罗·林德伯格（Anne Morrow Lindbergh），作家。小查尔斯·奥古斯特·林德伯格（媒体称之为“林白小鹰”）是他们的长子，被绑架时仅 20 个月大。“林白小鹰”案是美国历史上最著名的绑架案之一；阿加莎·克里斯蒂以其为原型创作了《东方快车谋杀案》（*Murder on the Orient Express*）。

得尤为独特。1934 年 4 月 25 日放学时，一名男子驾驶福特轿车在校门口等候 6 岁的琼，并哄骗她上了车。罗布尔斯家接连收到了几封勒索信，刚开始时索要 15000 美元，后来又改成了 10000 美元。许多天下来，警方只收到一些错误的情报，逮捕迟迟没有成功。这时突然有一封盖着芝加哥邮戳的信寄到了亚利桑那州州长 B.B. 姆尔（B. B. Moeur）的家中，上面写着琼被囚禁的地点。搜救人员跟随指引来到图森沙漠，最终从地下近一米深处挖出了一个金属盒子。琼就在这个盒子里：被链子拴着，营养不良，浑身上下都是蚂蚁噬咬的伤痕，但还活着。

考虑到她被囚禁在小盒子里长达 19 天，琼的精神状态可以说是相当不错。获救数日后，她便出席了由百代电影公司全程摄像的新闻发布会 [不过记者没有向琼直接提问，父亲费尔南多始终从旁协助、引导她]。小女孩表现得很镇静，给出的答案像是排练过的；她说她很期待回到学校，周五就能开始上学。这是罗布尔斯最后一次接受媒体采访，此后她再也没有就此事公开发表过任何言论。

琼保持着沉默，案件的调查也似乎陷入了死循环。线报都没有派上用场，警方没能逮捕任何人，大陪审团未通过起诉。联邦调查局私底下认同大陪审团对于“据称发生了绑架”的判断，最终也逐渐放弃了调查。琼没有离开图森，她在这里结婚、生育，还当了祖母。2014 年，琼悄无声息地离世了，没有引起任何注意，三年后媒体才将她和多年前那个遭遇奇祸的女孩联系到一起，此时警方和相关机构仍无法回答是谁绑架了她。我们可能永远不会知道这个问题的答案；同样的，我们也无从得知这场劫难究竟对琼及其家人造成了何种影响。

通过其他被囚禁者的故事——例如近期得到搜救的一些年轻女性，包括伊丽莎白·斯马特（Elizabeth Smart）、杰西·杜嘉德（Jaycee Dugard）、娜塔莎·坎普希（Natascha Kampusch），以及阿里尔·卡斯特罗（Ariel Castro）绑架至克利夫兰市的三名女子——我们或许能够管窥萨莉可能有过的一些想法或心态，也可明白绑架者是如何得以年复一年地对这些女孩和成年女性施行性、物理以及心理上的虐待。

斯马特、杜嘉德，还有被精神控制了七年的"箱中女孩"科琳·斯坦（Colleen Stan），她们都曾在囚禁期间离开过绑架者的房子，逛过超市，甚至出门旅行过（斯坦回家探望了父母），却始终没有找任何人求助。为了生存，她们必须调整自己的思维体系：对她们来说，暴力是可以忍受的，但在其他人眼里又不完全是正常的。劫持者日复一日不断地告诉这些女性，她们的家人已经把她们彻底忘记了。许多年里，她们对"爱"的体验都仅来自虐待、强奸、折磨她们的人，这样一来她们便无法跳出认知失调的旋涡。

杜嘉德在与绑架者朝夕相处的十八年中生下了两个女儿。因为害怕失去孩子，即使所处的环境已经极为恶劣，她起初也没有向警方承认自己的真实身份。直到感到彻底安全，确定不会再受到绑架者的威胁后，杜嘉德才揭开了真相。斯马特也是一样，必须先建立对执法人员的信任，然后才透露自己的真实情况。

我们了解这些女孩是怎么应对的，也知道她们内心的想法，因为她们中的好几个人都将自己长期以来的痛苦经历写成了书，例如斯马特、杜嘉德，还有克利夫兰三人组——其中阿曼达·贝里（Amanda Berry）和吉娜·迪赫素斯（Gina DeJesus）合著了一本书，米歇尔·奈特（Michelle Knight）则单独写了一本。她们都在自己选择的时机，以自己所希望的方式讲述了当年的故事，而在此过程中，她们也为那段经历赋予了意义。

萨莉·霍纳既没有机会像后来这些受害女性一样向外界讲出自己的故事，同时也不能像琼·罗布尔斯一样完全保留自己的隐私。把法院文件上碎片式的记录放在一起，再加上市政档案提供的线索，可以大致拼凑出她和弗兰克·拉萨尔颠沛流离的旅程。没有出现的信息与已有的证据同等重要。许多事情无法确知，只能靠推测，再剩下的就只好交给想象力了。

盛夏的热浪已过去数周，去巴尔的摩的长途大巴上依旧热得透不过气。弗兰克·拉萨尔和萨莉·霍纳打了车去费城的巴士站。萨莉或许在疑惑，既然要去南边，那之前为什么绕了一大圈远路。她可能想问，为什么他们这么快就得离开大西洋城，拉萨尔的旅行车去哪儿了，为什么没有带上衣服和照片。不过她大概率是把所有抱怨和问题都埋在了心里。

她必须时刻记住，拉萨尔是她的父亲。他的话就是法律。她必须按照计划行事，如果露馅就会受到惩罚。她必须忍受他日常点滴的折磨。只有躲进自己的内心世界，她才能逃脱眼下这种情况的虚空。

出租车在费城车站前停下，弗兰克和萨莉登上了去巴尔的摩的灰狗大巴。十一点准时发车，弗兰克买了票，萨莉勉强达到了半价票的标准，两人找到位置坐下。接下来三小时的车程中，他们似乎又添了一名旅伴。萨莉说，有个叫“鲁宾逊小姐”的人跟他们一起。拉萨尔告诉萨莉，这位阿姨是助理或者秘书一类的角色。她的年龄在 25 岁上下，不过 11 岁的孩子可能对成人的岁数没有准确概念。

灰狗大巴离开费城，路过特拉华州停了一站——不是在威尔明顿就是在牛津。稍作停留后，大巴开上了40 号公路，随后汇入珀拉斯凯公路（Pulaski Highway）。这条公路还很新，宽阔的道路和飞驰的汽车是否令萨莉赞叹不已？在大巴驶进巴尔的摩市中心车站前的这三个小时里，她允许自己做着怎样的梦？她企盼有机会逃跑吗，还是说她已经接受了拉萨尔对她生活的全新规划，甘心居于牢笼？

下午两点一刻刚过，他们抵达了巴尔的摩。“鲁宾逊小姐”（如果存在的话）再也没出现过。或许大家下了车，拿了行李，准备打车或坐公交前往住处时，她就和他们分道扬镳了。第一晚，他们大概是在市中心找了个地方落脚，接下来的几天则住在芒特弗农广场附近的西富兰克林路附近，紧临着这座城市的主要景点——市政厅、美术馆，还有原版的华盛顿纪念碑。它们美丽耀眼，象征着巴尔的摩的权力，但对萨莉而言，这些都是她触不可及的庇护所。

拉萨尔亟须赚钱，他可能在丽城酒店（Belvedere Hotel）打过工。这是个十足奢华的地方，伍德罗 · 威尔逊（Woodrow Wilson）、西奥多 · 罗斯福（Theodore Roosevelt）、爱德华八世（King Edward

VIII）和沃利斯·辛普森（Wallis Simpson）[1]都曾在此投宿。从西富兰克林路过来这里只有一英里[2]路程。拉萨尔后来在法院文件上将一位名叫安东尼·詹尼（Anthony Janney）的门童列为了品行证明人，这样看来他在酒店打过工也是比较合理的。况且对一个流窜犯来说，每天走进巴尔的摩最高档街区的新古典主义建筑，融入为社会名流提供服务的酒店员工之中——还有比这更好的藏身之所吗？

另外，我在这片区域乱转时意外地发现，伊诺克·普拉特自由图书馆（Enoch Pratt Free Library）竟离萨莉住的地方那么近。该图书馆为研究者提供了非常好的环境和资源，也是所有爱书之人的避风港。萨莉很喜欢读书。没准她可以通过阅读想象自己在一个不同的、可控的世界？还是说，图书馆只是又一个可望不可及的禁区，在拉萨尔无休止的侵犯下，她曾幻想那是她的避难所？

来到巴尔的摩后，两人的相处模式发生了一些改变。在公共场合他们仍假充父女，可私下里，这段权力不对等的关系变得越发险恶了。萨莉表示，强奸自那时起就成为了日常行为。正是在巴尔的摩，弗兰克·拉萨尔渐渐开始使她从心理和身体上都完全服从于他的意志。甚至在拉萨尔把“女儿”送去学校后，外面的世界仍对这一切毫不知情。

要想维持正常的表象，他就绝不可能让萨莉成天在家。暑期

---

1 爱德华八世的情人。她是巴尔的摩本地人，曾两次离异；爱德华八世为了与她结婚而退位为温莎公爵。

2 约 1.6 千米。

已经结束，他上班期间，一个 11 岁的小女孩无论是被锁在家里还是在街上乱跑，肯定都会引起怀疑。没错，拉萨尔不能控制她在学校的所有想法和行为，但通过反复威胁、强奸、道歉和奖励的循环，拉萨尔已经有足够的信心认为萨莉会严格奉行他说的每个字，一刻也不违背他的要求。

1948 年 9 月，为了能让萨莉入读圣安天主教学校，他们离开了西富兰克林路的住处，搬到了城东的巴克利区。新公寓位于东二十条街，就在巴克利大道和格林芒特大道（Greenmount Avenue）之间，和南边的公墓只隔一个街区。当时那里是一片中产社区，挤满了砖砌的联排别墅，邻居们可以随意聊天社交，想自己待着的话也可以不被打扰。在接下来的八个月里，萨莉习惯了拉萨尔给她取的新名字：马德琳·拉普兰特（Madeline LaPlante）。

萨莉·霍纳在 1948 至 1949 学年中的普通一天，想来应该是下面这样的。起床，着装，在“老爸”面前扮演女儿的角色，刻意将现在这种绝不普通的局面抛到脑后。开学第一周，他很可能每天都亲自送她上学，好确保她不会贸然行动——例如把他们的事情说出去，或者直接逃跑。之后他就有信心让萨莉独自去学校了。她知道他得早早去城区的另一头上班。她不想让他失望；很久之前她就下决心永不让他失望。

她向去上班的邻居点头微笑。当然，也要跟房东打招呼——玛丽·特洛伊（Mary Troy）还是安·特洛伊（Ann Troy）来着，她总是把她俩弄混，虽然人家已经反复告诉她，这两个人没有血缘关系。出门后，她沿着东二十条街向西走。到下个路口就能看见

“钻石快餐厅”，拉萨尔经常带她来这里吃饭。他没时间也没耐心下厨，而她那时还没怎么学会做饭。萨莉通常不吃早餐，而是等到晨祷结束后才吃点东西。有时，餐厅的女侍者玛丽·法雷尔（Marie Farrell）会给她包好一个热气腾腾的炒鸡蛋三明治，记到拉萨尔的账上。

萨莉拿上早餐，然后顺着格林芒特大道往右一直走。圣安就坐落在二十二街口，其背后的罗马天主教堂已有百余年历史。在学校，事事都要严格遵守时间表。早上的第一要务是参加弥撒，全体学生一起坐在硌人的教堂长椅上，听圣安的神父兼校长奎因阁下（Monsignor Quinn）用拉丁语和英语吟诵当日的祷词。萨莉敏锐的眼睛紧盯着年长的修女院长柯尼留斯（Cornellous）。一旦被院长看到没有乖乖坐好，就必然要受到责备。

领圣餐前须禁食，萨莉如果注意遵守了规则，神父便把一块面包搁在她的舌头上。面包慢慢化开时，萨莉跪下来，为永恒的灵魂祝祷。她的祷词里是否有逃离的愿景？她可曾祈祷有人能看穿马德琳·拉普兰特平静的伪装，看见被囚禁的萨莉·霍纳？她有没有疑惑，弗兰克叫她做的那些“完全正常”的事，或许其实是不可饶恕的罪过？又或者她祈求一切保持现状，只要不变得更糟就好？

萨莉领过圣餐，回到自己的座位上。弥撒结束了，现在正好可以把略微放凉的炒鸡蛋三明治拿出来吃掉，接下来就该去上课了。接下来一连那么多小时，她都可以不用想学习以外的事。如果没有保持优等的成绩，回家后会有新的惩罚。萨莉应该成绩不错，但又不想引起过多注意，以防有人——尤其是奎因阁下或柯尼留斯院长——产生怀疑，问一些不该问的事情。像现在这样做个透明人，别太惹眼就好。

最后一遍下课铃响起，该回家了。萨莉重新踏上早晨走过的路。但如果时间还够，又或者她突然拾起了那么一点点勇气，她会多绕一个街区到蒙德公园（Mund Park）。在这里，她的思绪可以飘去远方，设想自由。这里绿草茵茵的景象跟卡姆登很像。她回忆起自己真正的家。她想知道自己还有没有可能再见到它。

在巴尔的摩也好，在其他地方也罢，不知为何，拉萨尔总想让萨莉上天主教学校。认识他的人都知道他从不去教堂礼拜，也算不上什么宗教人士。萨莉在被绑架前应该不是天主教而是清教教会成员。可能拉萨尔的考虑是，教会学校无须遵守公立学校的那些规章制度，能够接纳中途插班、隐姓埋名、手续不全的学生，也不会招致一大堆麻烦问题。对于像萨莉这样的女孩，比起怀疑、警惕，大多数管理人员也许反而会抱有类似同情的态度。

但我猜测拉萨尔根本是把天主教学校当成了一个正大光明的绝佳藏匿处。现如今，他们数十年来的丑事都暴露在公众面前。一代又一代的受害人被迫噤声，教会为了维护形象而掩盖恋童癖神父的罪行，让他们换个教区继续作恶。或许拉萨尔早就看穿了教会学校的本质，即共谋与包庇的猖獗之地。这里的人不会过问萨莉·霍纳是否正经受着可怕的罪行。

十一

死亡的步调

回到卡姆登这边，萨莉·霍纳一案已被打入无望的炼狱。所有长期调查无果的失踪儿童案件都会面临此种命运。她的城市没有忘记她，可也不再那么关注她了。卡姆登的居民们想要与时俱进，尽情享受生活。他们以为欣欣向荣的日子会永远持续下去。后来那起重大案件发生得没有任何征兆，让他们感到无比困惑茫然，但它却是卡姆登在不久的将来迅速衰败的前奏。

1949 年秋季，卡姆登人对本地经济满怀信心。在 1936 年经济大萧条的冲击下，当地政府的错误决策差点导致城市破产，但最后也有惊无险地度过了。私人企业依旧欣欣向荣。纽约造船厂[1]照常接到海军和海事管理局的订单，小一点的造船厂，例如约翰·马西斯公司（John Mathis & Company），在二战期间增加了一倍雇员，随时准备扩大经营。当地制造业的工作岗位将于次年达到 43267 的历史峰值，金宝汤（Campbell's Soup）位于卡姆登的总部仍有上千

1 New York Shipbuilding Corporation，总部在新泽西卡姆登。

名雇员。

最能代表这种自居“未来之城”态度的企业莫过于胜利唱片（RCA Victor）。1949 年 6 月，胜利推出相较哥伦比亚公司的“LP”密纹唱片体积更小、转速更快的 45 转 / 分唱片，并开始向电视技术进军。他们出产的设备不仅成为了电视演播厅的必需品，也供普通家庭购买使用。

卡姆登走向衰落的背后有各种复杂的原因，但萨莉 · 霍纳遭到绑架一事并没有成为最终的导火索。在我看来，1949 年 9 月 6 日早晨发生的事情才是进步与阻抗、希望与绝望、兴盛与衰败之间的拐点。那起犯罪的声势之大，叫人以为它是一场注定不可理解的偶发事件，但在接下来的数十年里，同样的罪行不断荒唐地重复着，仿佛在告诉人们：非比寻常的恶完全可能变成一种常态。

那天早上八点，一位母亲叫儿子起床吃早饭。后者前一天晚上大半夜还没回家，一直在费城市场街的电影院里闷闷不乐地坐着。他等的人没有出现。他的同性恋取向算不上什么秘密，但也不可能完全公开，毕竟男性之间发生性关系在当时尚属违法。

他与那天的约会对象已经交往数周，对方爽约让他颇感耻辱。等回到位于克拉默希尔的家中，他又发现自己之前建在自家和邻居家中间的隔挡栅栏被拆除了。

他喝了一杯牛奶，吃了母亲弗蕾达做的煎蛋，然后走进地下室。地下室的墙上挂满了他参战时的纪念品，他曾在这里一丝不苟地记录了自己杀过的每个敌军士兵。他端详着手中的 9 毫米手枪：一把鲁格 P08，有两个弹夹和三十三枚零散的枪弹，并在脑海中列出了所有他想铲除的人——附近的住户和店家，甚至还包括他的母亲。

他抄起一只扳手回到厨房，把它举起来吓唬弗蕾达。她惊叫："霍华德，你这是要干吗？"他不回答。于是她边重复着问题边往后退，最终夺门而出，跑到了邻居家里。他到地下室取了手枪和弹药，还拿上了一把 15 厘米长的小刀和一根 13 厘米长的笔形武器，后者经过装饰性的改造，可以装盛六枚弹壳。他穿过后院，开枪射向他遇上的第一个人——坐在卡车里的面包房送货员。

霍华德·昂鲁（Howard Unruh[1]）未能命中他的首个目标，但之后几乎弹无虚发。二十分钟，十三人身亡。从此，一个社区、城市，乃至一整个国家，都永远烙上了他那"死亡漫步"的痕迹。

昂鲁的杀人狂欢对马歇尔·汤普森造成了极为强烈的心理冲击。整件事就发生在他家门口——昂鲁和母亲住在东卡姆登的主干道滨河路，9 月 6 日早晨的伤亡人员大多是住在这条路附近的居民，而汤普森一家就住在咫尺之遥的北三十二街 932 号。

拐入滨河路之后再往前走几米就是克拉克·胡佛（Clark Hoover）的发廊，汤普森完全可能去那儿理发。早上案发时，年仅 6 岁的奥里斯·史密斯（Orris Smith）正坐在店里的小木马上，他和理发师胡佛均中枪身亡。如果汤普森需要修鞋或擦鞋，他大

---

1 Howard Unruh，被认为是美国第一个大规模谋杀犯。此次屠杀事件被称作"Walk of Death"，即"死亡漫步"。

概会去发廊隔壁的鞋铺。鞋匠约翰 · 皮拉齐克（John Pilarchik）那天也被昂鲁杀害了。沿街继续往前是托马斯 · 杰格里诺（Thomas Zegrino）的裁缝店。昂鲁光临时，杰格里诺恰巧出门了，他的新婚妻子海伦在看店，并为此付出了惨重的代价。

接着，昂鲁枪击了电视维修员阿尔文 · 戴（Alvin Day）。保险代理詹姆斯 · 赫顿（James Hutton）从药妆店出来看热闹，因此葬送了自己的性命。66 岁的埃玛 · 马特拉克（Emma Matlack）和女儿海伦 · 马特拉克 · 威尔森（Helen Matlack Wilson）刚从彭索肯镇开车过来，打算在卡姆登玩一天，屠杀开始时，她们甚至都没弄清发生了什么。昂鲁射杀了她们，海伦 12 岁的儿子约翰脖子中了一枪，次日在医院死亡。

有几名受害者受了伤，例如马德琳 · 哈里 (Madeline Harrie) 和她的儿子阿曼德。昂鲁闯进了他们家，阿曼德在奋力抵抗后受伤，马德琳则避开了两发子弹，第三枪打在她的胳膊上。

屠杀狂欢过半，是时候去找积怨最深的仇人了。昂鲁开始追杀住在他家隔壁的药剂师莫里斯 · 科恩（Maurice Cohen）[1]（即药妆店老板），誓要让他为隔挡栅栏的事情付出代价，顺便也把过往的所有矛盾一并解决。昂鲁在店里没找到他，于是上楼去了他们一家住的地方。莫里斯爬上了房顶，他的妻子罗丝把 12 岁的儿子查尔斯塞进了衣橱，自己则躲进另一只衣橱。昂鲁在屋里找了一圈，然后上了房顶，正瞧见试图逃跑的莫里斯。他朝莫里斯的背后开了一

1　和检察官米切尔 · 科恩没有亲缘关系。

枪，直接把他打下了屋顶。莫里斯在落地前已经身亡。

昂鲁回到屋内，朝罗丝藏身的衣橱连开数枪。罗丝当即毙命。莫里斯的母亲明妮还在卧室，被昂鲁发现时，她正手忙脚乱地试图打电话报警。昂鲁朝明妮的头部和身体开了几枪，她倒在床上死了。

等到周遭彻底陷入寂静，查尔斯才从衣橱里出来。警员们终于找到他，可无论怎么安慰都不起作用。他全都听见了。查尔斯把半个身子探出窗户，叫喊着："他要杀了我！他把所有人都杀了！"

霍华德·昂鲁走下楼梯，进入了哈里斯家。他在那里用光了子弹。听见警笛声后，他掉头回到母亲的住处，等候命运对他的审判。

如果换成更大的城市，警察巡逻的区域不在自己家周边，马歇尔·汤普森可能就不会参与抓捕霍华德·昂鲁的行动。但这次他哪怕想躲也躲不掉。汤普森在卡姆登警署的一名探员同事约翰·费里（John Ferry）也住在克拉默希尔社区，是昂鲁的近邻。昂鲁的舅舅是消防署副署长，去年夏天，费里受他嘱托，曾尝试帮昂鲁找工作。

费里刚完成半夜到早上八点的执勤。回家路上，他看见自己的保险代理横尸街头，不远处还躺着其他受害者。在二十五年后的屠杀纪念日上，费里回忆："其他警察陆续赶来时，我回家取了一趟霰弹枪。"伤亡数字不断上升，库珀医院的救护车啸叫着往返。那天早上，五十余名警察拥入克拉默希尔社区，汤普森也在其中。

霍华德·昂鲁挡住了家里所有的入口。拉斯·莫勒（Russ Maurer）探员的小队要负责想办法把他劝出来。莫勒蹑手蹑脚地走到房子前面。一大群警察（包括汤普森在内）掩护着他，随时准备把催泪瓦斯扔进窗口，以防昂鲁冲动行事。《信使邮报》的专栏记者查利·休姆斯（Charley Humes）指出："拉斯完全可能为此付出生命，他面对的凶手几乎百发百中。这是很勇敢的举动。"

约翰·费里和另外几名警察一起蹲守在昂鲁的后院，以备他有任何行动。昂鲁出现在窗口时，费里转头询问组长詹姆斯·马利根（James Mulligan）："吉姆，要我打爆他的头吗？"

"不要，"马利根回道，"死的人已经够多了。"

昂鲁后来告诉警方，他"只要想的话……随时可以把约翰·费里杀了"。费里曾帮他找过工作的事很可能救了小队里所有人一命。昂鲁作出了决定。"好，我放弃抵抗了。现在就下楼。"他朝下方的警察喊道。

"枪在哪里？"一名警长冲他高呼。

"就在这个房间，我桌子上。"昂鲁说，然后又重复了一遍，"我现在下楼。"

昂鲁打开后门，举着双手走了出来。近三十名警官把枪口对准他。其中有人冲他大喊："你怎么回事？你有精神病吗？"

"我没有精神病。"昂鲁说，"我的头脑很清醒。"

卡姆登县检察官米切尔·科恩刚从泽西海岸度假回来。劳动节过后的早晨，他以为办公室会像往常一样繁忙。最新一波预备起诉的案件——从地下赌博到入室抢劫，再到未成年人购买啤酒——应该已经在等着他处理了。

进门后，屋里一片寂静，警探们都不在，整个办公室笼罩着古怪的氛围。电话铃突然响起，是警探长拉里·多兰（Larry Doran）打来的。他告诉科恩，一名本地男子“在滨河路发了疯，到处朝人开枪”，所有警员都出动了。同时他还告知科恩，昂鲁大开杀戒二十分钟后被活捉，现已接受拘留。

科恩走到警察局盘问昂鲁。这名大规模枪击案凶手表现得很配合。在1974年的一次采访中，科恩回忆道：“那是个骇人听闻、

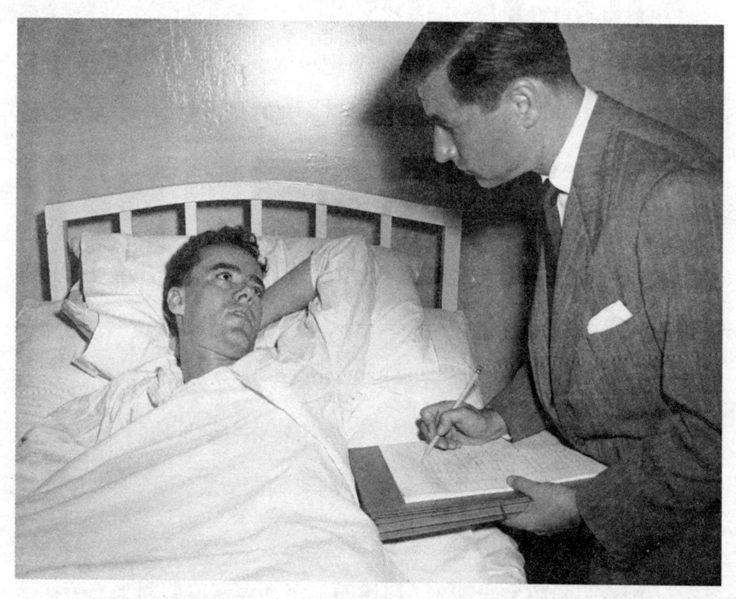

1949年9月7日，米切尔·科恩审问病床上的霍华德·昂鲁

令人反感的故事，他讲述得冷漠而平静，并不试图隐瞒或闪烁其词。他好像没有一般人坦白后那种如释重负的感觉，他没有悔过，也没有眼泪，不带任何感情。”

与科恩交谈的这两个半小时中，昂鲁隐瞒了某些事。科恩意识到这一点后大吃一惊。“我确信［昂鲁］是真的疯得无可救药了，我们聊了两小时后，他站起来，椅子上全是血……他甚至没意识到自己中弹了。”昂鲁被送到就近的医院救治。枪伤痊愈后，科恩又进一步盘问了他。

一个月后，科恩公开了他从心理医生那里拿到的鉴定结果。昂鲁被诊断为精神失常，不符合审判条件。因此，虽有十三名受害者死亡，另有许多人受伤，但这起案件一直没有真正在法庭上得到定论。昂鲁不是没有承担后果，他的余生都将在特伦顿及周边地区的精神病院辗转度过。可对这场屠杀的幸存者，对那些需要多次参与听证从而确保凶手不被释放的受害人而言，这样的处置显得不够公正。2009 年，枪击案的最后一名幸存者查尔斯·科恩（Charles Cohen）去世。一个月后，昂鲁以 88 岁高龄去世。

昂鲁的“死亡漫步”仿佛也预示着卡姆登即将就此衰败下去。“这种事永远都不会真的被遗忘……你会格外小心注意，去保护你的家人、你的财产。”卡姆登县历史学会前会长保罗·朔普（Paul Schopp）在纪念这次枪击事件六十周年的采访中说道，“他不仅夺走了受害者的生命，也剥夺了他们的人格。”大规模枪击留下的创伤，以及对遗忘的集体诉求，这两者似乎才是卡姆登走向衰落的真正起点。

十二

奥兹莫比尔[1]环美之旅

弗拉基米尔·纳博科夫在愤懑中结束了康奈尔大学的1948至1949学年。他找不到多少时间写作。《纽约时报书评》(*The New York Times Book Review*) 未经他同意就删改了他三月份交稿的萨特《恶心》(*La Nausée*) 的书评，这让纳博科夫怒火中烧。他的钱也快花光了：他在做预算时并没有考虑到要从工资里减去社保金（纳博科夫管它叫“老年保险”）和意外的住房开销。日程表上满满的英语和俄语文学本科课程已让纳博科夫疲惫不堪，同时他还给自己增加了额外的工作——翻译俄国诗歌史上的重要杰作《伊戈尔远征记》(*The Song of Igor's Campaign*[2])，用作一门课的阅读材料。

纳博科夫的回忆录《确凿证据》又完成了至少两章，均于年底发表在《纽约客》(*New Yorker*) 上。他其实很喜欢教书，而且事

---

1 Oldsmobile，美国通用汽车公司品牌，创立于1897年，2004年停产。主打中价位车款。

2 Слово о пълкоу Игоревѣ (*The Song of Igor's Campaign*，或译 *The Tale of Igor's Campaign*)，中世纪匿名诗人以古东斯拉夫语写成的一部史诗，取材自真实历史事件。

实表明康奈尔比韦尔斯利更能接纳他的一些古怪之处，但他还是忍不住要抱怨几句。“即使最精打细算地填满时间，我要做的事也永远做不完。”1949 年春，纳博科夫在给好友姆斯季斯拉夫·多布任斯基（Mstislav Dobuzhinsky[1]）的信中写道：“眼下有好几幢大型建筑物的脚手架包围着我，我只能断断续续地在上面工作，进展十分缓慢。”

《洛丽塔》——当时叫《海边的王国》——还算不上正在进行的工作，它更像是纳博科夫脑海中的一粒种子，尚未准备好破土而出。也许暑假再次跟薇拉和德米特里穿越美国的途中，纳博科夫会创作出一部出色的作品。一家人挥别曾在 1941 年载他们到加州帕洛阿尔托的那辆普利茅斯（Plymouth），购置了一辆 1946 年产的二手奥兹莫比尔。八年前和薇拉轮换开车的多萝西·莱乌托尔德这次没有加入，另外两位朋友安德烈·布鲁尔（Andree Bruel）和弗拉基米尔·津济诺夫（Vladimir Zenzinov）也未能抽出时间。最终还是纳博科夫俄语文学课上的一名学生理查德·巴克斯鲍姆（Richard Buxbaum）自告奋勇，于 6 月 22 日在纽约州卡南代瓜市同他们会合出发。

头一个目的地是盐湖城。纳博科夫将从 7 月 5 日起在犹他大学参加为期十天的作家集会。但他们一路向西的旅程差点在开出卡南代瓜几英里后就戛然而止——薇拉在高速上变道，险些撞上一辆迎面而来的卡车。她把车停到路边，转过头对巴克斯鲍姆说：“或

---

1 立陶宛裔艺术家，作品多为城市风景，画法以象征主义、表现主义为主。

许还是你来开比较好。”

由巴克斯鲍姆驾驶汽车，一行人经过五大湖[1]南岸，横跨艾奥瓦州和内布拉斯加州。纳博科夫一家全程用俄语交流。他们鼓励巴克斯鲍姆也说俄语，责怪他总是讲起英文。纳博科夫身上永远带着笔记本，沿路观察美国普通人的日常生活：餐厅里偶然听到的对话也好，远处风景的生动印象也好，不管多么微不足道，他都会记录下来。抵达盐湖城是 7 月 3 日，会议开始前两天。主办方安排他们住在 ΑΔΦ 姐妹会[2]的房子里，纳博科夫一家的房间有单独的盥洗室——这是他答应与会的重要条件。

通过这次会议，纳博科夫结识了一些原本可能不会有交集的作家，其中包括《凯尼恩评论》（*Kenyon Review*）的创始人及编辑、诗人、评论家约翰·克罗·兰色姆（John Crowe Ransom），以及再过几年就要成为儿童文学超级巨星“苏斯博士”（Dr. Seuss）的特德·盖泽尔（Ted Geisel）。纳博科夫认为后者“很有魅力，是会议上最具才华的作者之一”。另外，纳博科夫还和之前在斯坦福认识的华莱士·斯特格纳（Wallace Stegner[3]）重逢了。开会时，二人在小说工作坊辩论，休会时则分别叫上自己的儿子一起去网球场双打。

---

1 The Great Lakes，位于美国和加拿大交界处，由苏必利尔湖（Lake Superior）、休伦湖（Lake Huron）、密歇根湖（Lake Michigan）、伊利湖（Lake Erie）和安大略湖（Lake Ontario）组成，是地球上面积最大的淡水水域。

2 在美国等地的大学里，出于社交目的，学生可以结成姐妹会或兄弟会（sorority / fraternity，通常以希腊字母命名），同住在专门的房子里。

3 美国小说家、历史学家、环保主义者，曾获普利策小说奖、美国国家图书奖等。

纳博科夫重现在便签卡上写作《洛丽塔》的场景

不过纳博科夫并没有多少空闲。他要教授五门工作坊课程，其中三门是长篇小说写作，一门是短篇，还有一门传记写作。他参加了诗歌朗读会，还作了一次名为“政府、评论家和读者”（“The Government, the Critic, and the Reader”）的俄罗斯文学讲座——其实是重复利用一篇旧讲稿，纳博科夫将它稍作修改，取了新的题目。7月16日会议结束后，纳博科夫、薇拉、德米特里和巴克斯鲍姆向北驶入怀俄明州，来到了大提顿山（Grand Tetons）。

纳博科夫又跃跃欲试地准备去抓蝴蝶了，薇拉很担心。她听说提顿山脉是灰熊的栖息地，弗拉基米尔只拿着一张蝴蝶网，该怎么保护自己呢？纳博科夫写信向鳞翅目昆虫学家亚历山大·克洛茨

（Alexander Klots）寻求建议，后者确信道，大提顿“不过又是个游客泛滥的倒霉公园”。即使有危险也是头脑简单的观光客造成的，而不是什么凶猛的熊类。

接下来，四人又出发前往杰克逊霍尔（Jackson Hole），纳博科夫想去那里寻找一种极为罕见的蝴蝶：红珠灰蝶（Lycaeides argyrognomon longinus）。车在半路上爆了胎，德米特里和巴克斯鲍姆动手换轮胎时，纳博科夫说了句：“我在这儿也派不上用场。”然后就去捉了一小时蝴蝶。次日，他们抵达了目的地；从 7 月 19 日前后开始，大家在提顿山脉的山隘农舍住了一个半月。纳博科夫最终成功捕捉到了他梦寐以求的亚种。

在这里的时间并不总是风平浪静。德米特里和巴克斯鲍姆决定去爬一爬大提顿右山脊旁边的失望峰（Disappointment Peak）。通往海拔七千英尺[1]的登顶之路一开始并不崎岖，德米特里凭着 15 岁男孩的过度自信，带着巴克斯鲍姆走了一条难度更高的路线，但他们并没有必需的装备。二人意识到如果继续前进就会被困住，于是适时折返。几小时后他们才回到弗拉基米尔和薇拉身边。那时太阳已经快要落山，在原地等候的人自然是焦急万分。

8 月末，巴克斯鲍姆搭车回家去了。由薇拉开车，纳博科夫一家又去西北的明尼苏达州和北边的加拿大安大略省收集了蝴蝶，最终于 9 月 4 日回到伊萨卡。秋季学期纳博科夫有三门课要教，但总共只有 21 名学生报了他的课。同事们对这样的工作量颇有微词，

---

1 约 2134 米。

可即便如此，纳博科夫还是想要拿更多工资。

时任康奈尔大学文学系主任的大卫·戴希斯（David Daiches）根据他的诉求开出了条件：如果要加薪的话，纳博科夫就必须再教一门“欧洲虚构文学”课（文学专业 311—12[1]）。他可以自己设置课程内容，选择自己喜欢的作家。纳博科夫同意了，并马上着手在戴希斯回信的背面涂写下了一些想法。在接下来的十年里，这门课将会成为他教学生涯的基石。

空闲下来时，纳博科夫终于开始把酝酿已久的长篇付诸笔端。

小说中黑兹母女住在拉姆斯代尔镇，亨伯特·亨伯特也是在这里一点点渗透进她们的生活。纳博科夫虚构的小镇并不是卡姆登的替身，前者应该位于新英格兰地区，所以多洛蕾丝的学校才会在伯克希尔，而亨伯特似乎和她一样对周边颇为熟悉。纳博科夫在麻省剑桥生活过几年，因此并不缺乏这方面的知识。不过黑兹母女所在的草坪街（Lawn Street）和萨莉·霍纳小时候住的椴树街（Linden Street）名称有些类似；两座城市的名字也很相像（分别是 Ramsdale 和 Camden），且都充满着宁静的白人中产阶级社区氛围。接下来我们还会发现，萨莉·霍纳的故事和《洛丽塔》有许多出乎意料的相似之处。

亨伯特·亨伯特按计划来到拉姆斯代尔，但他入住草坪街 342 号却是个巧合。他原本应该借住在麦库夫妇家；他们“有两个小

1　此处数字为课程编号。

女儿，一个还是婴儿，另一个十二岁了”，亨伯特自认为可以借此机会“用法语指导、并用亨伯特方式爱抚那个神秘的性感少女”。然而他抵达时才发现麦库家已是一片焦土，只得重新寻找住宿的地方。

面前“一所白色构架、令人厌恶的房屋出现了，看上去又脏又旧，与其说是白色的倒不如说是灰色的……那种地方，要在浴缸龙头上装一条橡皮管来代替淋浴器”。亨伯特像累赘一样被推到了这里，心中充满了不快。当听到夏洛特·黑兹用女低音问女佣“是亨伯特先生吗”时，他的厌烦更是有增无减。

接着她便从楼上走了下来——“凉鞋、绛紫色的宽松长裤、黄绸衬衫、四四方方的脸依次出现”，食指弹着香烟。在亨伯特看来，夏洛特无甚特别：“这位可怜的太太年纪大约三十五六，额头显得十分光亮，眉毛都修过了，容貌长得相当平凡，但并不是没有什么吸引人的地方，那种类型可以说是经过冲淡的玛琳·黛德丽（Marlene Dietrich[1]）。”然后他瞧见了多洛蕾丝，在他和安娜贝尔的少年恋情过去二十二年后，亨伯特突然感到“事先一点没有预兆，我心底便涌起一片蓝色的海浪……正是从黑眼镜上面瞅着我的我那里维埃拉的情人”，多年的岁月仿佛“成了一个不断颤动的尖梢，最终消失不见了”。他真正痴迷的对象已然现身，夏洛特也就沦为一个可被操纵和容忍的麻烦鬼。

1　德裔美国演员、歌手，主演电影《控方证人》（*Witness for the Prosecution*）、《上海快车》（*Shanghai Express*）、《纽伦堡大审判》（*Judgment at Nuremberg*）等。曾拒绝纳粹德国宣传部长戈培尔的回国邀请，二战期间投身人道主义事业。

某天，夏洛特给亨伯特写了封信，她承认自己是个“感情热烈的孤独的女人，你就是我生命中的恋人”。他感到机会来了：跟夏洛特结婚，这样就能接近多洛蕾丝。夏洛特信中有另一句话很值得注意：她说如果亨伯特借机欺骗、利用她，“那你就是一个罪犯——比奸淫幼女的诱拐犯还要恶劣”。最后她极其令人费解地写道，假若亨伯特不对她表现出任何情爱面的兴趣，同时还留在她家的话，她就认为“你预备把你的生活跟我的生活永远、永远连接在一起，并且做我小女儿的父亲”（当然这只是亨伯特的说法，我们无从知道夏洛特是否真的这样写了）。

他们一个是美国人，一个是欧洲人；一个丧夫，一个丧妻。二人趁多洛蕾丝去夏令营时匆匆忙忙地结婚了，可以说这不算什么好婚事。最让亨伯特恼火的是夏洛特对女儿的敌对态度。多洛蕾丝12岁生日时，夏洛特在自己那本《子女成长指南》里标出了下列描述：“寻衅生事的、吵吵闹闹的、爱找岔子的、多疑的、不耐烦的、动辄生气的、爱打听闲事的、无精打采的、不听话的（画了两道线）和固执的。”

亨伯特早已决定要杀害夏洛特，并把她的死伪装成意外。地点或许可以选在附近一处人迹稀少的海滩（“这种环境对一场轻快的、兴奋激动的谋杀真是万分理想”）。某日夏洛特说她想把多洛蕾丝送去比尔兹利的寄宿学校，这样他们俩就可以去英国旅游。亨伯特的怒火彻底爆发，他拒绝了她的提议，两人大吵一架。最后夏洛特告诉他，她已经读过他的笔记，也知道了他的秘密：“你是个恶魔。你是个讨厌、可恶、不道德的骗子。要是你敢靠近——我就要朝窗外大声喊叫。走开！”

亨伯特出去了。他指出夏洛特的脸“因为情绪激动而变了样子”，而他自己仍非常冷静。他重新回到屋里，开了一瓶苏格兰威士忌，同时开始试图悄悄地对她进行精神操控。“你这是在断送我的生活和你的生活，让我们表现得像有教养的人吧。这都是你的幻觉。你疯啦，夏洛特。你找出来的那些笔记不过是一部小说的片断。”

夏洛特说要回房间写封信。她离开后，亨伯特给她调制了一杯酒——起码他是这么说的——结果发现她并不在房间里。这时电话铃突然响起。“先生，亨伯特太太给车撞了。你最好赶快前来。”命运是不可预料的。夏洛特没能拯救女儿，自己反倒先死了。亨伯特也被戏耍了一番：他本来都准备好要杀人了。

小说形容夏洛特·黑兹的长相跟黛德丽属于同一类型；看到埃拉·霍纳的某些照片时，我不无震惊地想起了这句话。女儿失踪那年，埃拉41岁，头发通常梳起来，有时绾成发髻（一个“铜棕色的圆发髻”）。她的眉毛很细，眼角似与伸长的褶缝融为一体。另外一些面部特征——硬挺的下颔线、高峻的鼻梁、凸出的颧骨——都让人想起离开德国到好莱坞发展前的玛琳·黛德丽。基于埃拉在人生不同阶段的照片推断，她的眼睛可能不常流露出笑意。（亨伯特这样描述夏洛特：“她的笑容只是古怪地扬起一边眉毛。”）

除此之外，说是巧合也好，别的什么也罢，还有件事情能把夏洛特·黑兹和埃拉·霍纳联系在一起，那就是都有人想用婚姻来接近她们的女儿。在虚构的世界中，亨伯特·亨伯特确实动用了这一手段；弗兰克·拉萨尔却是自己建立了这种妄想，以解释他把萨莉带离母亲身边的行为。为了活下去，为了忍受拉萨尔在大西洋城和巴尔的摩对她所做的一切，萨莉不得不全身心地配合他的谎言，而这样的状态还要持续很久。

十三

达拉斯

1949 年 3 月，弗兰克·拉萨尔向萨莉·霍纳宣布了一个消息：他们即将离开巴尔的摩。他说 FBI 派他去西南部调查新案子。当时萨莉已经被劫持九个月了。萨莉不知道，也没办法知道，卡姆登县检察官米切尔·科恩于 3 月 17 日以绑架罪指控了拉萨尔，这才是他们离开巴尔的摩的真正原因。指控升级后，拉萨尔可能面临 30 到 35 年的刑罚。警方仍未掌握他们的位置，但增加的罪名一定会带来更细致的调查，更多警力将投入搜捕工作，成功的概率也会相应提高。对拉萨尔来说，巴尔的摩乃至整个东海岸都不安全了。新的指控并没有把他逼出藏匿所，只是促使他越躲越远。

从巴尔的摩到达拉斯约有 2200 公里，如今开车走 81 号和 40 号州际公路大概需要 20 个小时，可 1949 年时还没有这两条高速公路。拉萨尔和萨莉应该是先沿 11 号国道向南，一直开到路易斯安那州新奥尔良的尽头，然后沿 80 号国道再开不到 300 公里，就进入达拉斯了。无论是以何种路线，总之他们于 1949 年 4 月 22 日抵达了目的地。接下来的 11 个月里，两人继续扮演着父女，用的还是同一套说辞：弗兰克带着萨莉离开了她乖戾的母亲，好给她提供一个更稳定的成长环境。起初，新家的邻居们似乎都没有对此生疑。

他们搬进了西科默斯街（West Commerce Street）上一处安静整洁、管理有序的拖车营地。营地设计成马蹄形，拖车式活动房屋沿圆弧边缘排列，拉萨尔购置的房屋也不例外。这里最多可以容纳一百户家庭。母亲通常负责照看家里，父亲则在农场、钢铁企业或加油站打工。与巴尔的摩相比，拖车房屋营地的邻里关系更为亲近。大家有更多机会关注到新来的住户，并逐渐跟萨莉熟络起来——或者说他们以为自己很熟悉萨莉。

拉萨尔又改了两人的名字。萨莉不再叫马德琳·拉普兰特，而是变成了弗洛伦丝·普兰内特（Florence Planette）。奇怪的是，拉萨尔自己可能没有使用“普兰内特”作为假名。这边的一位邻居戴尔·卡加马斯特（Dale Kagamaster）曾与他共事，在戴尔的印象中，他叫拉普兰特。弗兰克还声称他的妻子已经去世，而之前他在大西洋城和巴尔的摩都只说自己离了婚。

内尔罗丝·法伊尔（Nelrose Pfeil）和查尔斯·法伊尔夫妇（Charles Pfeil）是拖车营地的老板。一年前他们带着三个儿子从俄亥俄州阿克伦市搬来达拉斯，买下了这块地方。汤姆是三兄弟中最大的，弗兰克和萨莉入住那年他 9 岁。他后来说不记得“拉普兰特”这个姓，反而感觉“拉萨尔”听起来很耳熟。据他回忆，“弗洛伦丝”的父亲是个冰冷、疏远的人。“现在我明白了，”法伊尔告诉我，“他必须时刻对周围所有人保持警惕。”他对萨莉的印象很模糊："我可能不算记得她，只知道跟她说过一两次话。我那时候才9岁，除了玩游戏、打球以外也不想什么别的。"

拉萨尔找了份和在巴尔的摩时类似的汽修工作，但他没有告诉萨莉自己每天究竟在做什么。他照旧把萨莉送去了一所天主教学校——位于奥克利夫（Oak Cliff）社区马萨利斯大街（Marsalis Avenue）21号的圣母女子学院，距西科默斯街有七分钟车程。与巴尔的摩的圣安学校相同，圣母女子学院也已经不复存在，1961年它合并进了邓恩主教天主学校，之前的记录无一留存。此外，该学院和圣安一样处在以中产阶级白人为主的城区（如今由于郊区迁移、系统性不平等以及贫困问题，这些社区已经发生了翻天覆地的变化）。

萨莉每天的日程应该和之前没有太大不同。早上乘公交到圣母女子学院，第一件事是做晨祷。学业不算毫无压力，但总体来说萨莉的成绩都很好。拉萨尔还留着她1949年9月到1950年2月学期的成绩单，除了地理和写作拿了B以外，所有课程基本不是A就是A-。萨莉只有在圣母女子学院上学的最后一个月拿过比B低的成绩：语言课，C+。

科默斯街的居民们一开始并没觉得有什么不对劲。萨莉看起来就是个普通的12岁小孩，和她的单亲父亲相依为命——虽说除了上学时间外，他从不让她离开自己的视线。在拉萨尔的管制下，萨莉没有表现出丝毫绝望的迹象，也从未寻求过帮助。

在邻居们看来，萨莉似乎挺喜欢打理家务，时不时还会做些烘焙。她还养了一只小狗，据说对它百般宠溺。拉萨尔从不吝啬给她买衣服和糖果的零用钱。她平常会去购物、游泳、同拉萨尔一起去邻居家吃晚饭。有时拉萨尔说他在调查 FBI 的案子，萨莉便自己一个人去。

戴尔·卡加马斯特的妻子约瑟芬认为萨莉是个很正常的女孩。“我们的确有几次注意到她可能需要母亲的关爱和照顾，但我俩都觉得她父亲给她提供了不错的生活条件。”这对“父女”给所有人留下的印象都是：“看起来其乐融融、感情深厚”。莫德·斯迈利（Maude Smillie）住得离他们很近，她似乎对萨莉实际被囚禁的处境颇为不解：“[萨莉]跟我在发廊待了一天。我给她烫了头发，整个过程中她没有透露任何事。她应该知道她可以对我敞开心扉的呀。”

在数年后的法院文件记录中，内尔罗丝·法伊尔也说过类似的话：“萨莉每天会来我家好几趟。我们有不止一部电话，她想用的话随时都可以用。而且她完全有机会告诉我她被绑架的事，只要她开口我就一定会帮助她——我很确定她知道这一点，她对我非常熟悉。”根据法伊尔的证词，拉萨尔只禁止萨莉跟“人品有问题”的孩子一起玩。

看来法伊尔一家、卡加马斯特一家和其他邻居们都完全相信了拉萨尔编造的谎言。即使萨莉曾有十天忽然消失，没在学校出现，他们也并未注意到任何异常。那段时间她得了急性阑尾炎，在得州儿童医院（现得州苏格兰礼仪式儿童医院）做了手术，住院三天。至于另外七天，她应该都是待在家里养病。

手术后，萨莉身上实实在在地发生了一些变化。她总是一副心事重重的样子。据约瑟芬·卡加马斯特（Josephine Kagamaster）观察，萨莉的行动方式感觉不像“健健康康、无忧无虑的少女”，她有次听到拉萨尔说，这孩子“走路像老太太一样”。

表面上，萨莉行动自由——和拉萨尔把她从卡姆登掳走前一样，仿佛她从未被迫离开所有她爱的人身边。的确，有时很长一段时间都没人照顾她，她常被丢在邻居家看电视看到很晚，还独自一人在医院住了好几天。可如果她说出了真相，又有谁会信呢？无论怎么看，拉萨尔都是她的父亲，甚至是位充满爱心的父亲。在这种情况下，谁会相信她是被绑架的？即使真的有人相信了她，他们能帮上忙吗，还是只会让她陷入更危险的境地？

后来，约瑟芬·卡加马斯特、内尔罗丝·法伊尔、莫德·斯迈利等人都说如果萨莉透露了任何信息，她们一定会帮助她。可那时拉萨尔的罪恶行径已经曝光数月甚至数年了，她们是从回望历史的角度说出这些话的。当时大家都过着幸福安稳的生活，身边这对“父女”的关系竟自始至终都是一场残酷的模仿秀，这简直是不可思议的事情。而且无论她们相信自己会做出怎样的行动，萨莉毕竟没有向她们吐露实情——她并不觉得自己可以完全信任这群邻居。

但萨莉其实向一个人开口了，她叫露丝·杰尼施（Ruth Janisch）。她相信了萨莉说的话。虽然没有人知道露丝的动机究竟有多么复杂，但正因为有了她的信任，萨莉才最终鼓起勇气，作出了人生中最重要的决定。

十四

邻居

1948 年 12 月前后，露丝 · 杰尼施一家来到了科默斯街上的拖车营地。20 世纪 40 年代的大部分时间里，他们都沿着一个圈子兜兜转转。她的丈夫乔治在哪里找到保龄球厅或修电视的工作，他们就去哪里。圈子的起点是圣何塞，露丝和乔治在这里相识并结婚。接着，他们搬到了北边的华盛顿，也即露丝长大的地方，然后往东去了乔治的老家明尼苏达州，最终才搬来差不多位于两者之间的得克萨斯州。某年他们在路上买了辆旅居式拖车，从那以后一家人就住在了里面。

这辆车每隔一段时间就会出毛病。1948 年感恩节当天，一家人在去达拉斯的路上，大概是途经新墨西哥州或者亚利桑那州时，拖车在沙漠中坏掉了。乔治和继子帕特前去寻求救援，露丝带着两个女儿和一个儿子（后者同样是露丝和前夫的孩子）滞留在路边。四个人边等边想，反正也困在这里了，不如直接开始吃感恩节晚餐。

他们从拖车的衣橱里拿出椅子摆到外面。露丝在车内即兴发挥做了煎饼和豆子，孩子们在动弹不得的车外排队领餐，然后拿到沙漠的骄阳底下享用。露丝担心室外会有响尾蛇咬人，于是叮嘱他们不要逗留太久。

乔治和帕特终于带着修车需要的部件回来了。一家人驶向达拉斯，在科默斯街的拖车营地安顿下来。几个月后，即 1949 年 4 月，一名 50 多岁的男子带着“女儿”住进了他们隔壁的拖车。杰尼施家的小姑娘们一下就喜欢上了这个名叫弗洛伦丝 · 普兰内特的女孩。她 12 岁，已经有了少女的样子，却还是愿意关注她们，和她们一起玩。年龄只有 5 到 7 岁的小姑娘们对她的感情介于崇拜和嫉妒之间。

露丝很可能对女孩的父亲怀有特别的情愫——至少她的孩子们现在如此认为。但无论出于怎样的动机，在所有跟这对父女有来往的人中，只有露丝察觉出他们的关系有些不正常。男子和女孩间的种种迹象促使她做出了一个重要的举动，也由此证明她是一个具备基本正义感的合格人类。她余生都会一遍又一遍地重温这件事，并通过剪报簿留下纪念。她并没有因此成为孩子们心中的英雄，但整个事件的确为她带来了许多关注，往后的日子里，她一直都期望能再休会一次那种感觉。

露丝 · 杰尼施之所以会怀疑弗兰克 · 拉萨尔，可能是因为她不习惯信任别人。她从没有得到过她渴求的爱。她频繁地怀孕，没日没夜地照顾一堆孩子，每时每刻都疲惫不堪。乔治倒是一直有工作，可他的工资很难养活不断增员的一大家子人。孩子们犯错时，露丝很容易陷入她从小习得的应对方式：她会像母亲骂她一样辱骂

20 世纪 40 年代前后的露丝 · 杰尼施

自己的孩子，说他们没用、一无是处等。

自从离开华盛顿州与第二任丈夫埃弗里特 · 芬德利（Everett Findley）结婚（她后来说 16 岁结的那次婚不算数，她甚至已经不记得对方叫什么了），露丝就养成了刻薄厌世的人生态度。那时的露丝 · 道格拉斯（Ruth Douglass）千方百计想要从母亲默特尔和父亲弗兰克身边逃离——前者的话语像刀子一样伤人，而后者虽然很受孙辈欢迎，喝了酒的露丝却总说他“其实并不无辜”。孩子们一直都没明白：她指的是父亲的酗酒问题，还是别的什么更恶劣的事情？

露丝结了婚，追随年龄比她两倍还大的芬德利来到圣何塞，并生下了两个孩子。她和芬德利离婚后遇到了第三任丈夫乔治·杰尼施（George Janisch）。乔治来自明尼阿波利斯，个子瘦瘦小小的，有着斯堪的纳维亚人的金发和白皮肤。他搬来西部是为了工作，也为了躲避明尼苏达州的寒冬。

1940 年 10 月 24 日，露丝和乔治特意跑到内华达州卡森城进行结婚登记。或许他们之间真的产生了爱情。在人生的最后一段日子里，乔治向女儿坦白，露丝跟他结婚前是个“好女孩”，可后来她变了，这是他的错。

乔治从来不满足于只跟自己的妻子睡觉，他还非跟别人的妻子睡觉不可。和露丝交往时，他就已是有妇之夫。而另一方面，既然乔治不介意，露丝也会特别关照那些被戴了绿帽子的丈夫。事实上，露丝终生都对男人有着非常强烈的渴望。

因为接连生了三个女儿，夫妻感情本就淡薄了许多，不间断的外遇更是让两人的关系变得剑拔弩张。乔治和露丝似乎总能激发对方身上最差劲的一面。他们（富有技巧性的）的明争暗斗甚至体现在给孩子起名上：每个新生儿的名字都是夫妻中的一方按喜好挑选的，但中间名都是前夫、前妻或前情人的名字。就这样生育了九个孩子后，露丝和乔治终于离婚了。他后来又结了两次婚，而她总共结了十次婚，情人不断。

1949 年，露丝 33 岁（但自称 31 岁）。她的丈夫总让她忍不住发火；她的生活依旧是怀孕——生产的无限循环；她的样貌没什么变化，仍是深色的小卷发、丰满挺立的胸部、高鼻子、厚嘴唇。每生一个孩子，她整个人都变得更加消极，全家人也在贫困中越陷越深。

然而露丝很清楚地在萨莉·霍纳身上看到了某些东西。她从医院回家后走路拖拉的样子、她微笑时眼睛里暗淡的样子。萨莉和弗兰克亲密得有点奇怪。“除了上学时间外，他从不让萨莉离开自己的视线，”露丝后来回忆道，“她没有任何同龄朋友，哪儿也不去，永远都只跟拉萨尔待在拖车里。”她觉得拉萨尔好像对这个据称是他女儿的小姑娘有种“非正常的占有欲”。萨莉做完阑尾炎手术恢复期间，露丝试着诱导她说出“事情的真相”，但没有得到任何回应。

1950 年年初，杰尼施一家收拾好家当，驱车向西。乔治在达拉斯周边已经找不到什么工作了，他决定回圣何塞碰碰运气。于是这家人的拖车又一次停靠在科尔特斯（El Cortez）旅馆——车位可能都没有变，只是车里又多了两个小孩。到达后露丝立马给弗兰克写了封信，劝他也带着萨莉来加州。她说那儿有很多工作机会，还说他们可以继续当邻居。

拉萨尔同意了。或许还有别的原因促使他离开达拉斯。或许他觉得萨莉在逐渐疏远他，搬到新的地方会让两人的关系变得更紧密。总之，1950 年 2 月，拉萨尔给萨莉办了退学。他们把活动房屋挂在车尾，从达拉斯开去了圣何塞。之前在巴尔的摩和大西洋城也是这样，拉萨尔认为他和萨莉必须不断赶路，而萨莉对此没有任何发言权。拉萨尔说什么，她就听什么。出发那天，他的情绪有些不同寻常。这一次他们不再是东躲西藏，而是要去主动寻求机遇。

萨莉和拉萨尔抵达圣何塞起码花了一周时间。他们拖着活动房屋穿越得州，绕行过俄克拉何马州的边界，然后又开过新墨西哥州、亚利桑那州和南加州，最后驶入南湾，开往他们的目的地。这是萨莉一生中到过的离卡姆登最远的地方。从 11 岁开始，萨莉成为拉萨尔的囚徒已近两年。即使是独自一人，表面上可以自由行动时，她也总感到他就在身边。旅途中的那七到十天里，和拉萨尔持续处在同一个封闭空间，她又该感到多么压抑窒息。

如果萨莉允许自己胡思乱想，她可能早已被绝望压垮，或因拉萨尔从她身上夺走的一切而怒火中烧。也许她其实只顾得上考虑最重要的生存问题。白天坐在车里，晚上到服务站，在拖车内休憩，吃过一家又一家快餐厅，这样循环往复的日子一定对她的精神造成了相当严重的创伤。

在西海岸，尤其是北加州，宽阔的大道两旁种满棕榈树，车辆可以自由行驶，而不是像卡姆登那样堵成一片。警察穿着制服短裤，骑着摩托沿街巡逻。达拉斯甚至东海岸的空气都远不及这里凉爽宜人。可长期以来吸引着拉萨尔和其他许多人的美好图景并不曾浮现于萨莉的脑海。她有太多别的事要想。

等到 3 月 18 日，星期六，当弗兰克·拉萨尔把拖车停进科尔特斯汽车旅馆时，萨莉·霍纳总算可以去面对自己内心深处的变化。关键的第一步已经踏出。离开达拉斯前，萨莉鼓起勇气向学校的一位朋友透露，她和“父亲”之间有性交行为。萨莉后来提到了这件事情，她说，朋友告诉她这么做是“错误的”，“她不应该再这样下去”。朋友的劝诫触动了萨莉。她开始拒绝拉萨尔的性要求，但仍配合他扮演着父女的角色。

长期以来，她都觉得她必须保持沉默，必须接受那个假扮她父亲的男人口中所谓自然的事情。她一直在妥协、退让，因为这似乎才是确保生存的最佳方式。而如今，在某个微小的层面上，萨莉感到相对自由了些。不是真正的自由——拉萨尔仍牢牢掌控着她，她不知道该怎么逃离，但现在她能够表示拒绝，拉萨尔也不再像之前那样惩罚她了。或许萨莉的年龄——差一个月十三岁——超出了他癖好的范围，又或许他相信萨莉早已完完全全属于他，因此不需要再通过强奸来控制她的身心。

萨莉现在知道，自己和弗兰克·拉萨尔的关系完全违背了自然法则，是大错特错的。

弗兰克·拉萨尔需要找份工作。抵达营地数天后，他乘公交去了三公里外的城镇上——他的车大概是在坑洼不平的公路上颠簸了太久，需要修理。这时候萨莉已经办好入学，可能四天前就开始上课了。但是拉萨尔出门那天上午，她没去学校。通过这个小小的举动，萨莉扭转了自己21个月前突然变道的人生轨迹。

十五

圣何塞

1950 年 3 月 21 日上午，露丝·杰尼施邀请萨莉·霍纳到她的拖车坐坐。她知道拉萨尔出去找工作还要好几个小时才能回来。如果能在正确的时刻旁敲侧击，萨莉可能会向她敞开心扉。露丝知道这是她唯一的机会。她很有耐心地劝导面前的小女孩，慢慢哄她讲出了一部分实情。之前在达拉斯不肯开口的萨莉，来到圣何塞后显然转变了态度。

正如露丝所怀疑的那样，弗兰克·拉萨尔并不是萨莉的父亲。过去近两年的时间里，他一直强迫萨莉待在他身边。萨莉说自己的母亲叫埃拉，姐姐叫苏珊，她很想她们。她想回家。

露丝需要一点时间来接受女孩告诉她的事。她之前只觉得弗兰克和萨莉的关系有些不对劲，但万万没考虑过绑架的可能性。稍作思考后，露丝马上行动起来。她把萨莉带到电话旁边，并帮助萨莉拨了人生中第一个长途电话。

萨莉先打给了母亲，但没有打通——埃拉一月份丢了她的裁缝工作，失业期间都没有钱交电话费。她又打了苏珊在弗洛伦斯家中的电话，没人接。随后她拨通了温室的号码。

姐夫阿尔·帕纳罗接了起来。

“请问您是否要接通萨莉·霍纳从加州圣何塞打来的受话方付费电话？”接线员问道。

“必须接啊！”帕纳罗回答。

“阿尔你好，我是萨莉。我可以跟苏珊讲话吗？”

他努力控制住自己激动的心情。“你在哪儿？给我你的确切位置。”

“我在加州，一个女性朋友家里。请派 FBI 来找我！跟妈妈说我没事，别担心。我想回家，但一直不敢打电话。”

通话连接不太稳定，阿尔很难听清萨莉说的话，不过他还是成功用笔记下了拖车营地的地址，并向她保证会给 FBI 打电话。她得好好待在原地。

帕纳罗把电话递给和他一块儿在温室的苏珊。妹妹还活着，而且就在电话那头，这让苏珊震惊不已。她叮嘱萨莉要等候救援，千万不能离开。

萨莉挂断电话转向露丝时，脸上已经没有了血色，仿佛下一秒就要昏倒。她不断重复着这句话：“要是弗兰克发现了我干的事，他会怎么做？”

接下来的一小段时间，露丝都在尽量使萨莉保持冷静，同时期盼着 FBI——或者哪怕是当地警察也好——能快点出现，将拉萨尔捉拿归案。萨莉非常焦虑不安。她觉得她应该回自己的拖车等待，露丝便让她回去了，并在心里祈望萨莉不用等太久。

阿尔已经快两年没听过萨莉的声音了。挂掉电话后，他立即打给了卡姆登县警署，请一年多以来专门负责本案的马歇尔·汤普森探员接听。但汤普森上的是晚班，帕纳罗打来时他正在睡觉。另一位警探威廉·梅尔特接了电话。

梅尔特将萨莉的位置传达给 FBI 纽约办公室，并提醒他们要小心处理拉萨尔。他曾逃脱过警方的抓捕，这回绝对不能再让他逃掉。接着，FBI 打给了圣克拉拉县治安署，接电话的是霍华德·霍恩巴克（Howard Hornbuckle）警长[1]。他很快得知，一名被绑架近两年的小女孩还活着，而且正好端端地待在他的辖区。

霍恩巴克三年前被选为警长。他是本地人，也是圣何塞中学的毕业生。从 1931 年读完州立大学加入警队开始，他已经当了十四年警察——开始时是探员，后来升职为警监。业余时间里，霍恩巴克还兼任着交通安全指导员的工作。他总是强调，驾驶有风险，有太多年轻人在交通意外中去世。他想出的警示性标语“40 迈开向死亡”曾被新闻通讯社相中，一度传遍全国。

犯罪活动在圣克拉拉并不罕见，霍恩巴克的上一任警长就因赌博和贿赂受到起诉，而近期县内更是发生了登上各大报纸头版的女高中生残忍被害事件。但眼下的情况极不寻常。FBI 联系当地警方后，许多警员义愤填膺，霍恩巴克却仍保持着冷静的态度。他们要营救一个离家这么远的小女孩，现在可不是头脑发热的时候。

---

1 这里的警长指“sheriff”，即县治安官，由居民选举产生，并非政府雇员。县治安警署即“sheriff's office”。

FBI 和县治安署会合作完成任务。

霍恩巴克派自己的警官去蒙特雷路的拖车营地，这时联邦探员也已经在路上了。来自不同地区的执法人员迅速拥入科尔特斯汽车旅馆。县治安署的探长约翰·吉本斯（John Gibbons）和弗兰克·利瓦（Frank Leva）、道格拉斯·洛根（Douglas Logan）两位警官在拉萨尔的拖车里找到了形单影只的萨莉。

“请趁他从镇上回来之前带我离开这里。”她说。在那一瞬间，恐惧盖过了获救的解脱。万一他在她离开营地之前就回来了呢？万一他还要把她带走呢？如果在那种情况下，他要对她做一些她想都不敢想的事，她该怎么办？

但这回，决定萨莉命运的人是真的警察、真的 FBI，而不是冒牌货弗兰克·拉萨尔。面前的警察向萨莉保证她现在安全了。拉萨尔再不能把她据为己有，也再不能碰她了。三位警官匆忙将她转移至市里的青少年教养所，交给所长莉莲·纳尔逊（Lillian Nelson）照顾。安顿好萨莉后，当地和联邦的警方只需静候拉萨尔返回。

吉本斯探长并没有马上问询萨莉。几小时后被记者逼问细节时，他解释说：“她受到的冲击太大了。”等萨莉平静下来，霍恩巴克警长领她去了问询室。她说出了过去发生的事情，以及她到过的所有地方。萨莉从头到尾讲完了她的恐怖遭遇。霍恩巴克很有耐心地听着。起初她止不住地喘息、啜泣、哭喊。这样激动的表现再正常不过。警长没有催促她。

过了一段时间，萨莉终于可以说话了。她从最开头讲起——首先是在小卖部偷笔记本时被拉萨尔抓住的经过。他自称是 FBI 探员，说要“逮捕她”，她吓坏了。后来拉萨尔决定放她走，她感到无比庆幸。几个月后拉萨尔又在放学路上找上了她。他说“因为政府方面的坚持”，萨莉只有跟他去大西洋城才能免于进入少管所，她被迫告诉母亲拉萨尔是她同学的父亲。

萨莉告诉警长，她和拉萨尔在巴尔的摩住了八个月，然后去了达拉斯，最近才刚到圣何塞。这期间拉萨尔一直在威胁她。“如果我跑回家，或者我的家人派人来找我，或者我逃走的话，我就得进监狱。政府命令他看管、照顾我。他就是这么说的。”

接下来，他们将不得不面对那个最艰难的问题：离家近两年的时间里，拉萨尔是否强迫她进行过性行为。霍恩巴克的用词很委婉，他问萨莉有没有跟拉萨尔“有过亲密的举动”。她否认了。但在医生为她检查过身体后，萨莉吐露了实情。“第一次是在我们刚到巴尔的摩那会儿，从那以后就经常有了。”在达拉斯时，学校的朋友告诉她，她和弗兰克的这种行为“是错的，我不该这样下去。所以后来我就真的没再干了”。

她说拉萨尔“脾气不好，有时会责骂我，但其他时候都像父亲一样对我”。萨莉还说拉萨尔曾有过一把枪，为的是贴近 FBI 探员的形象，不过她认为他把枪留在了巴尔的摩。

萨莉特意强调拉萨尔不是她的父亲。“我生父在我 6 岁那年就死了，我还记得他长什么样。在小卖部那天是我第一次见到 [拉萨尔]。”

她一开始说就没法停下。到最后，她喘了口气说：“我想尽快回家。”

至于那天拉萨尔有没有在圣何塞找到合适的工作，我们无从得知。下午一点刚过，他走下公交，返回拖车。还没等他到门口，几十名警察已经包围上来。他们此前一直躲在其他拖车后面。治安署的警员、FBI 探员、圣何塞当地警方，所有人都因萨莉·霍纳那通电话的连锁反应聚集在这里。拉萨尔顺从地接受了逮捕，没有作出反抗。

到了圣何塞监狱，拉萨尔开始变得激动。他否认自己绑架了萨莉，并坚称萨莉是他女儿，而她的母亲“完全知道我和女儿离开后的每一天都在哪儿”。拉萨尔详细讲述了他脑海里的平行世界：“她还是个小玩意儿的时候我就把她带走了……我有六个孩子，三个是这任妻子（霍纳女士）的，三个是另一任妻子的。我不是从卡姆登带 [萨莉] 离开的——是纽约，并且是四年前，不是两年。她替我做家务，我给她钱，她有人身自由。”拉萨尔声称警方“随时”都可以找到他，毕竟他在达拉斯经营了一家店，“车子也一直是用本人姓名登记的”。作过这番辩解后，他就一句话都不肯说了。

“这是个心狠手辣的家伙。”吉本斯探长评价道。

听闻女儿已经找到，埃拉·霍纳陷入了无边的狂喜，甚至因为太过激动而一时说不出话。平复心情后，埃拉告诉挤在椴树街 944 号门前的大批记者及摄影师，她只在乎萨莉的平安，其他事都不重要。“只要她能回家，我能再见到她就好。我心里非常感激，但我必须亲眼看见萨莉才能彻底宽心。”

1948 年 9 月对媒体说过的话，埃拉私下里应该也说过很多遍。

如今她再次重申："无论她做了什么，我都能原谅她。"

晚些时候，卡姆登本地《信使邮报》的记者雅各布·韦纳（Jacob Weiner）看见埃拉紧紧捏着萨莉的照片——就是1948年8月从大西洋城的家庭旅馆里发现的那张。"已经太久了，萨莉。已经太久了。"她盯着女儿的相片轻声叹息。随后，虽然声音仍在发颤，但她的语气变得坚定起来："我真的松了一大口气。"

埃拉反复提到，萨莉已经离开快两年了。"时间可不短。"她说，"在后来的时间里，她一次都没联系过我。没有来信。没有明信片。没有她的任何消息。"

有人问及她送萨莉跟弗兰克·拉萨尔去海滨度假的那个夏日，她说："我当时一定非常愚蠢……起码我现在知道了。"她又拿起了萨莉的照片，"不管怎样，是我让她走的。从那以后我再也没见过她……"

韦纳问埃拉有没有放弃过萨莉还活着的希望。埃拉说，有些时候确实感到"挺绝望的"，因为"我明白，她肯定知道要给我打个电话，或者写封短信"。然而萨莉却一直杳无音信。

埃拉对弗兰克·拉萨尔有什么看法？"那个男人……"她刚起了个头，就哑着嗓子说不出话了。

韦纳进行采访时，苏珊就坐在母亲身边。她替母亲答道："我希望那个拉萨尔得到应有的惩罚。应该判他无期徒刑……要么就是电椅。"

苏珊提起她最近又跟妹妹通了一次电话。"我都不敢相信对面真的是萨莉。简直不可思议。"她的眼里盈满泪水，"我等不及要去

几个小时前刚得到救援的萨莉正在给家里打电话

见她了。”

电话中，萨莉询问了母亲的状况，还问起苏珊的女儿黛安娜——现在她已经十九个月大了。

“她长得跟你一模一样。”苏珊说。萨莉忍不住哭了。

电话是《洛丽塔》中反复出现的意象。电话铃声不绝于耳，“电话机和它那突然降临的神灵的功德”一次次打断叙事。与此同时，亨伯特·亨伯特的精神出现了裂痕，他内心的邪恶开始与表面的友善人格碰撞交锋。亨伯特得知夏洛特的意外死讯也是通过电话。他光顾着给她调酒，都没意识到她出门去了。

从此再也无须考虑夏洛特。亨伯特去奎营地接多洛蕾丝，他要用自己独特的方式为她带来母亲的死讯——“浑身紧张不安，唯恐耽搁会给她机会抽空往拉姆斯代尔打一个电话”。他接上多洛蕾丝，把她带去“着魔的猎人”旅馆，在那里第一次强奸了她。隔天上午，两人的命运愈发紧密地联结起来，电话在其中再次扮演了重要的角色。亨伯特原本说要带多洛蕾丝去勒平维尔的医院探望母亲。到休息站时，多洛蕾丝说：“给我几个银币和镍币，我想给住在那家医院里的妈妈打个电话。号码是多少？”

亨伯特回道：“那个号码你不能打。”

“为什么？”多洛蕾丝高声道，“要是我想给妈妈打个电话，为什么不行呢？”

“因为，”他答：“你妈妈死了。”

这则消息击垮了多洛蕾丝，让她从此任由亨伯特摆布，而他心里对此再明白不过：“在旅馆里，我们要了两间房，但是半夜里她呜咽着跑进我的房间。我们又温情脉脉地和好了。你们知道，她实在没有别的地方可去。”

自那时起，亨伯特就带着多洛蕾丝在全国各地环游，他们的足迹最终将跨越数千英里。有一段时间，亨伯特变得越来越多疑。多洛蕾丝在学校的好友莫纳曾看出他们的父女关系有些奇怪，亨伯特认为多洛蕾丝可能已经将他的所作所为透露给了她。“那种隐秘的思想……不管怎么说，也许莫纳是对的，她，没有父母的洛，可以揭发［亨伯特］的所作所为，而自身免于处罚。”

多洛蕾丝的第一次逃跑也与电话有关。她叫嚷着“好些粗鄙下流的话”，指责亨伯特犯下了谋杀她母亲以及侵犯她的罪行，而后随着电话铃声响起，她挣脱了亨伯特紧握着她腕部的手（在卡姆登的小卖部，拉萨尔也是这样攥住了萨莉的胳膊）。这次逃跑并没有成功。几个小时后，亨伯特找到了她，“大约十步以外，隔着电话亭的玻璃（膜状的神灵仍与我们同在）”。

从那以后，多洛蕾丝开始主动对行程作出决策。在读者不知情的情况下，她还拨打了一通神秘的电话——也是全书的最后一通电话——根据上下文推断，她应该是向克莱尔·奎尔蒂寻求了帮助。亨伯特总结道：“出于某些难以理解的理由，我的命运可能会受到阻碍的地点”似乎总与电话亭有关。电话是多洛蕾丝与自由世界的联系，她最终通过电话逃脱了绑架者对她生活的彻底掌控，这与萨莉的经历如出一辙。

十六

救援后续

弗兰克·拉萨尔进了监狱，可他的案件应由哪一司法机构负责还不甚清晰。卡姆登县方面已经签署了绑架和诱拐罪的逮捕令，但因为拉萨尔曾携萨莉跨越数州，案件已经升级至联邦等级。对他的最新指控是违反《曼恩法案》（*Mann Act*）："涉嫌出于违背道德的原因拐带女童至多州境内。"

3 月 22 日上午，卡姆登县检察官米切尔·科恩与圣何塞警方人员——包括霍恩巴克警长——通了三十分钟电话。沟通结束后，科恩告诉当地记者，他准备召集大陪审团开启起诉流程，执行先前的逮捕令，并立即着手引渡。

拉萨尔非常抵触回到卡姆登，但科恩不会轻易妥协。"不管拉萨尔对引渡有什么反应，我都得做好万全的准备。"科恩说，"我会马上启动正式程序，尽快让他回到本州。"不过这要取得新泽西州州长阿尔弗雷德·德里斯科尔的批准，而德里斯科尔又恰好在外地出差，因此耽搁了几天。

当日下午，加利福尼亚州的司法专员[1]马歇尔·霍尔（Marshall Hall）开始审理弗兰克·拉萨尔违反《曼恩法案》一案。他设定了一万美元的保释金[2]，并宣布于第二天上午举行听证会。曼尼·戈麦斯（Manny Gomez）将作为拉萨尔的律师出庭，公诉律师则由弗兰克·亨尼西（Frank Hennessy）担任。

3月23日上午十点半，听证会准时开始。亨尼西指出拉萨尔原名弗兰克·拉普兰特。如果事情属实，那么萨莉在被劫持期间曾多次使用拉萨尔亲生女儿的名字和他的真实姓氏登记入学。

警方人员试图将萨莉领进法庭。刚开始她很抗拒，一想到要看见拉萨尔，她就陷入了恐慌。“我害怕，我害怕。”她哭喊道。

少年法庭的看守人员梅·斯马瑟斯（May Smothers）一直陪伴在萨莉身边，安抚她的情绪。萨莉最终死死攥着斯马瑟斯的手走进法庭。她的座位离拉萨尔只有一米多远。整个庭审期间，她有时偷偷瞥他几眼，有时则把头别开，控制自己不要崩溃。拉萨尔则始终面无表情，一言不发地盯着她。

萨莉开始陈述证词前，霍尔问她：“你在害怕吗？有什么需求可以提。”

“我想回家！”

“他伤害不了你。”霍尔说。

1 加州的司法专员由上级法院法官委派，负责审理指定的案件。

2 为了保证犯罪嫌疑人到案的一种机制，如缴纳保证金，则嫌疑人无须受到羁押。类似于我国的取保候审。

于是萨莉又讲述了一遍她的痛苦遭遇，从卡姆登那家小卖铺开始，到圣何塞的拖车营地结束。她当着所有出庭人员的面，描述自己如何在拉萨尔的强迫下与他发生性关系，告诉他们这种持续性的暴力直到达拉斯才终止。拉萨尔也复述了他的版本，同时坚称自己是萨莉的亲生父亲。

霍尔专员确认保释金为一万美元，随即下令将拉萨尔转移至旧金山县监狱。

此次听证也对本案在司法管辖上的归属作了决断。亨尼西告知在场人员，新泽西州方面提出的绑架指控要优先处理，因此联邦法院最终会撤回指控。不过在那之前，拉萨尔都得老老实实地留在原地。据《信使邮报》报道，即使拉萨尔凑齐了一万美元保释金，在等待引渡的这段时间里，联邦机构也表示他们“总能以其他罪名将他关押起来”。

萨莉回到了圣何塞青少年管教中心。起初她很怕拉萨尔可能会逍遥法外，甚至焦虑得吃不下饭。此外，斯马瑟斯看守告诉记者，萨莉“一直在担心，发生了那些事，她的家人是不是就不想要她了”。管教中心的管理人员把萨莉单独隔离开。一位匿名警员告诉《信使邮报》，“这边有不少自甘堕落的孩子，我们不想让萨莉和他们接触。”

几天过后，萨莉放松了许多。斯马瑟斯看守带她去买了新衣服，她知道萨莉的旧衣服已经穿不下了：“她在［拖车营地］的衣服都干干净净，但很破旧，尺寸也不合适了。”斯马瑟斯还说，萨莉不再担心家人会不会欢迎她回去了。“她现在只想着回家，想着到家后要做的所有事情。”

管教中心的一位匿名官员表示：“等待新泽西当局把她接走的这段时间里，我们大家都会对萨莉的身心健康负责。有很多圣何塞市民联系我们，说可以在萨莉回家前照顾她，但我们肯定她在这儿会好好的。”

与此同时，卡姆登警方在持续调查一条中断的线索：萨莉口中那位同她和拉萨尔一起乘巴士前往巴尔的摩，又在下车后神秘消失的“鲁宾逊小姐”。这是萨莉告诉霍恩巴克警长的信息，卡姆登的警员们试图将其与之前调查的结果匹配。他们已经明确知道，萨莉和拉萨尔曾到过大西洋城——太平洋大道 203 号留下的信件、照片、衣物等等都是证据，在此基础上，还有罗伯特和琼·普费弗夫妇提供的证词。那年夏季的某天，他们是跟萨莉和拉萨尔共同度过的。

执法部门始终未发现“鲁宾逊小姐”的踪迹。她成了萨莉绑架案中的又一处未解之谜。我相信她是存在的，因为我相信萨莉。警方没能找到她，几十年后的我也无法确认她的身份，但这不代表萨莉说了谎。

在旧金山举行听证的同一天（3 月 23 日）下午两点二十分，由卡姆登居民组成的大陪审团决定以绑架和诱拐罪名起诉拉萨尔。埃拉·霍纳提供了证词，记录没有保留下来，不过问题无非是她为什么要让萨莉去大西洋城，以及拉萨尔是否真的是萨莉的生父。

起诉书复制了两份，一份由米切尔·科恩提交给新泽西州州长，以启动引渡程序；另一份由罗科·帕莱塞法官签署并航空邮寄至加利福尼亚州，以确保拉萨尔将受到羁押。科恩将与卡姆登市警署探员马歇尔·汤普森、县警署探员威尔弗雷德·杜布（Wilfred Dube）一同出发，把萨莉和拉萨尔分别接回卡姆登，并报销他们的所有路费。

3月26日，星期日，科恩、杜布和汤普森飞往旧金山。几天后，科恩收到通知：新泽西州州长德里斯科尔和加利福尼亚州州长（也是未来的首席大法官）厄尔·沃伦（Earl Warren）已经批准引渡。科恩还借此机会走访了拖车营地的几位住户，其中包括露丝·杰尼施。露丝告诉科恩，她愿意在拉萨尔的庭审上出面作证。

星期四，萨莉离开管教中心，由科恩护送回家。3月31日，星期五，太平洋时间[1]早晨八点四十刚过，萨莉和科恩登上了飞往费城的美联航班机。这是萨莉第一次坐飞机。她穿着海军蓝上装、圆点衬衫、黑皮鞋，身披红色大衣，头戴复活节圆草帽。她向科恩倾诉了期待见到家人的激动心情。她只在飞到芝加哥附近遇上颠簸时呕吐了一次。

卡姆登县检察院助理检察官（未来的新泽西州州长）威廉·卡希尔（William Cahill）开车送埃拉去机场，她坐在车后座上默默等候。苏珊、阿尔和小黛安娜乘另一辆车来。另外几架航班先降落了，埃拉一次次振奋精神，又一次次失落不已。她把脸抵在车窗上

1　加拿大、美国、墨西哥西海岸时区。其中太平洋标准时间（PST）即为协调世界时 UTC−8，夏令时间（PDT）为 UTC−7。

1950 年 3 月 31 日，萨莉 · 霍纳和米切尔 · 科恩登上去往费城的航班

喃喃自语，“怎么还不来呢。”萨莉乘坐的班机晚点了一个多小时，终于在午夜刚过时降落。

萨莉在飞机上瞅见了人群中的姐夫。她立刻就想冲出去，但科恩告诉她要让别的乘客先走。可紧接着她看到了母亲。“我想见妈妈！”萨莉抬高了声音。

“好吧，萨莉。”科恩说，“那咱们走。”

萨莉在机舱门口驻足张望，很快便看见母亲伸出双臂，向她跑来的身影。萨莉飞快踏下舷梯，闪烁着喜悦的脸上已洒满了泪水。

有那么几分钟的时间，她和母亲紧紧相拥，全然无视身旁无数闪光灯此起彼伏的轰炸。她们哭得太厉害，一时间母女两人谁也说不出一句话。片刻后，萨莉说：“我想回家。我只想回家。”

等大家都安安稳稳地坐进助理检察官卡希尔的车里，埃拉向萨莉解释说，她现在还不能回家。政府部门会带她去附近彭索肯镇上的卡姆登县儿童庇护所，她必须一直在那里待到“庭审结束为止”。

她们很快来到了庇护所门口，帕纳罗夫妇开着另一辆车紧随其后。苏珊和萨莉同时下了车。

萨莉一看见姐姐便高呼：“苏珊！”刚下飞机的时候，萨莉的注意力几乎全被母亲占据了——再加上如潮水般涌来的记者和前来对她表示关心的人，她根本就没发现人群中的苏珊。

“我在机场亲了你一口，你都没认出我来！”苏珊说。

这时萨莉才发现姐姐手上抱着一个婴儿。萨莉向小黛安娜伸出手，深深地将素未谋面的外甥女拥入怀中。“天，她长得跟我小时候的照片一样！”

时隔二十一个月，萨莉和母亲埃拉·霍纳终于又相见了

萨莉靠在母亲的肩膀上；几分钟前她们刚刚团聚

舟车劳顿，科恩也疲惫了。他柔和地提醒家属，萨莉需要好好休息。

接下来的几天里，为了保证萨莉在庭审前期的平稳心态，除了埃拉以外，谁也不能去庇护所探视她。幸好萨莉跟负责人相处得很愉快。出庭前一天，她还和所里其他六名儿童一起参加了棕榈枝主日[1]弥撒——多少是种安慰。大家都不知道庭审要持续多少天，也压根不提起这件事，他们怕萨莉会不高兴。她明明早就想回家了。

结果，萨莉并没有在庇护所滞留太久，因为案件突然有了意想不到的进展。

---

1 纪念耶稣进入耶路撒冷，受到民众手持棕榈枝欢迎的日子。棕榈枝主日是复活节前的礼拜日，标志着圣周的开始。

十七

认罪

弗兰克·拉萨尔无法乘飞机从加州前往卡姆登。当时的航空安全条例不允许给乘客戴镣铐，而米切尔·科恩则希望杜绝所有隐患，绝不能让拉萨尔逃跑。“他可能会老老实实待着，”科恩说，“但一不小心的话，也完全有可能出岔子。”

他们决定乘火车运送拉萨尔，这会使旅行时间从几小时增加到几天，但只有在火车上才能全程铐住拉萨尔。马歇尔·汤普森尽心竭力调查许久，最后却收获了跟犯人铐在一起的殊荣——而且还是从西海岸到东海岸的长途旅行。威尔弗雷德·杜布的卧铺就在汤普森和拉萨尔隔壁，他必须全天候对二人寸步不离（其实比较合理的安排应该是两名警官轮班佩戴手铐，但我找到的记录均显示没有实行轮换）。

米切尔·科恩把两位警探和拉萨尔送去了车站。临行前，拉萨尔问科恩，萨莉为什么不乘这列火车。科恩告诉他，自己晚一点陪萨莉坐飞机走。

“那你好好照顾萨莉。”拉萨尔说。

“会比你照顾得好。”科恩回道。

旅途耗费了两个昼夜。太平洋时间下午五点整，拉萨尔、汤普森探员和杜布探员乘坐旧金山城市号（City of San Francisco）离开了旧金山。夜里，火车开过萨克拉门托、盐湖城、夏延、奥马哈、康瑟尔布拉夫斯，于周六清晨抵达芝加哥。三人在此换乘去往纽约的将军号（General）列车。汤普森戴着手铐，另一头连着的是他拼命寻找了近两年的男人，他没办法好好休息，也没有隐私。拉萨尔躲不过法律的制裁，而押送拉萨尔让执法人员倍感压力。

4月1日早上，差六分钟七点，将军号在费城北车站缓缓停下。大批记者和摄影师早早来到车站等候，却扑了个空：警探和疑犯三人组并不在车上。为了避开人群，他们特地提早一站在佩奥利镇下了车。负责接应的是助理检察官威廉·卡希尔，以及卡姆登县警署的詹姆斯·马利根警长。

两组人于清晨六点半会合后直接前往检察院。汤普森从那里回了家——终于不用与拉萨尔携手同行，他想必松了一口气，杜布、马利根和卡希尔则留下来旁听科恩审讯嫌疑人。约四小时后，审问结束。下午一点整，拉萨尔被押送至卡姆登县监狱。

米切尔·科恩随后于星期日告诉媒体，此案基本不可能在6月前开庭。1950年4月3日，拉萨尔将按规定接受传讯，对绑架和诱拐罪的起诉作出应答[1]。3日当天清晨，科恩突然接到县监狱来

---

1 欧美法系中，法官需在庭审之前传讯（arraign）被告，进行罪状认否程序。如被告作有罪答辩，则不召集陪审团，而是直接由法官作出判决；如作无罪答辩，则将开庭审判。

电——拉萨尔想找他谈谈。

早上9点45分，科恩在等候室单独会见了拉萨尔。他还没有请到律师。曼尼·戈麦斯[1]的执业资格证仅在加州有效，因而无法继续为他辩护。科恩提醒拉萨尔，他有权聘请律师，如果他负担不起，法院可以为他指派一位。

"我不需要律师。"拉萨尔回道，"我有罪，也打算在法庭上认罪，时间越早越好。我要坦白一切，然后早点开始服刑。"

科恩问他为什么打算作有罪答辩。拉萨尔给出的解释是："我不想让小姑娘再遭受对她不利的报道了。"

科恩告诉他，案件当前已经开庭，他可以立刻提交认罪材料。

"那我想早办完早结束。"

科恩从县监狱出来，直接前往法院参加传讯。旁听席上挤满了人。萨莉·霍纳坐在后排，紧挨着警方委派来保护她的探员。她在粉色衬衫外面套了件蓝色上装，戴着草帽，穿着绑带漆皮鞋。

中午11点50分，拉萨尔被带进法庭，他身穿深蓝色上装、白衬衫，系一条领带。

罗科·帕莱塞法官走了进来，全场起立致意。帕莱塞和科恩一样，也在此前与拉萨尔有过纠葛。1944年，帕莱塞还是律师，曾负责处理多萝西·戴尔对拉萨尔提出的离婚申请。在拉萨尔因法定强奸罪服刑期间，帕拉塞甚至顶替多萝西的主诉律师布鲁斯·华莱

---

1 原文为曼纽尔·戈麦斯（Manuel Gomez），实为十六章第四段出现的曼尼·戈麦斯（Manny Gomez），此处为笔误。

士（Bruce Wallace）出席了听证。

经调查，帕莱塞法官没有向任何人透露他和拉萨尔的交集。或许他自己都不记得了，也可能他觉得这件事对本案没有任何影响，因为他从未与拉萨尔直接接触过。卡姆登县的律政圈实在太小，今天的辩方律师可能就是明天的公诉人，乃至后天的法官，每个人的工作之间都有密切关联。此刻唯一重要的是帕莱塞在法官席，拉萨尔在被告席。

所有人重新就座，帕莱塞示意公诉人发言。

科恩首先概述了萨莉遭到绑架和囚禁的过程。从 1948 年 6 月中旬起，拉萨尔“诓骗、诱拐”萨莉离开母亲身边，并在反复强奸萨莉后告诉她这是“合乎自然”的行为。萨莉在圣何塞得到露丝·杰尼施的帮助，“看清了拉萨尔的真面目”，最终拨打了那通至关重要的电话。科恩表示，拉萨尔多年来罪行累累，而他对萨莉的所作所为更证明他“道德沦丧、寡廉鲜耻，对整个社会构成了极大危害”。

最后，科恩向法官和在场的听众说道：“这样一个人如果不被关进监狱，全国上下的母亲们都不能安心。我们需要让她们知道，拉萨尔再不能给周围任何人带来伤害。”

帕莱塞法官问科恩是否发言完毕，科恩说还有一点要讲。

“如果法官允许，我提议聆听被告弗兰克·拉萨尔的认否答辩[1]。在此预先报告法官，我已与被告详细讨论过本案的情况，并告

1　见第 139 页注 1。

知其聘请律师及接受律师建议的权利。此外，我已向被告明确他所面临指控的严重性及量刑标准。

“被告对这类法律程序并不陌生，他告诉我，他清楚自己所面临两项罪名的内容和严重程度，以及当前条件下可能施行的最低判决。他已说明不需要聘请律师，亦不接受法院指派。即便如此，我仍认为在聆听答辩前，为使其充分了解情况，法官或许应向被告重复讲解一遍他所拥有的权利。”

帕莱塞法官对弗兰克·拉萨尔说：“拉萨尔先生，由我们国家公民组成的大陪审团呈交了对你的起诉。你刚听到公诉人表示已经向你解释了这两项罪名。公诉人还告知法官，你不愿委托律师，并希望在没有律师的情况下开展审理程序。以上是否全部属实？”

拉萨尔回道：“是的，法官阁下。”

“你是否明白这两项罪名的严重性？”帕莱塞问道。

“是的，法官阁下。”

“也明白你可能面临严重的刑罚？”

拉萨尔再次回答：“是的，法官阁下。”

帕莱塞询问拉萨尔是否认罪。

“认罪。”他用几不可闻的声音应道。

法官又问，他有没有什么想在量刑前说的话。

拉萨尔仍然用非常轻的声音说：“我不想再有任何针对孩子们的报道了。”（科恩后来向媒体解释，拉萨尔当时应该是太过紧张，把“孩子”说成了“孩子们”。）

中午十二点刚过，审理程序已经结束，总共耗时约二十分钟。

接下来只等帕莱塞给拉萨尔量刑。法官裁定，被告因绑架罪服刑三十至三十五年，必须服满总刑期的四分之三，才有资格申请假释。在此基础上，被告因诱拐罪加刑两至三年，另因违反假释条款加刑两至三年。

两天之后，亦即 4 月 5 日下午，拉萨尔进入特伦顿州立监狱开始服刑。

弗兰克·拉萨尔选择认罪，萨莉也就不必出庭作证。听证结束后，萨莉来到米切尔·科恩的办公室，法庭上隐忍坚韧的她此刻强忍着泪水。她再次问，什么时候才能回家。案件已经盖棺定论，拉萨尔即将入狱，她一定马上就可以回到母亲身边吧？

科恩对萨莉说他理解她的心情，这是实话。眼下结案、量刑等一系列手续都已办完，按理说政府没有必要继续监护她。可官僚机器的节奏不以科恩个人的意志为转移。是否将萨莉的监护权重新移交给她的母亲，这需要帕莱塞法官拍板，而帕莱塞第二天便把事情处理好了。

1950 年 4 月 4 日中午，科恩在办公室约见埃拉、萨莉母女。科恩后来告诉记者，这是一次“时间不短的会面”。他为母女俩带来了她们最想听到的消息，同时也提出了自己的建议。她们当然有权回到椴树街 944 号，不过他觉得最好的选择还是“离开这附近，更名改姓，一切重新开始”。

由于媒体的大肆报道，全卡姆登上上下下都知道萨莉经历了什么，就连费城及周边城镇也传得沸沸扬扬。科恩担心她“失去

认罪后的弗兰克·拉萨尔

贞节”的遭遇会招致非议，虽然这种反应本来是不应该有的。此外，科恩认为埃拉有必要去见见当地天主教慈善会的会长阿尔弗雷德·贾斯（Alfred Jass）神父，他可以帮埃拉“指引萨莉回归正常生活”。埃拉虽是新教徒，但神职人员总归是神职人员；况且萨莉最近上的都是天主教学校，这或许也影响了科恩的选择。

下午 1 点 45 分，埃拉和萨莉返回家中。门口早有众多记者和摄影师在等候，母女俩进门时，他们的高声提问此起彼伏，手里的照相机拍个不停。埃拉没有作出任何回应。她把女儿围在怀里，一走进屋便重重地关上了门。

从那天下午起，霍纳母女回归到普通市民的身份。她们的行动不再由司法系统决定，也无须受到媒体评判。外界的关注慢慢消退了。

在某种程度上，事情的确就这样尘埃落定了。平静的生活来之不易，却并没有持续太久。

十八

纳博科夫何时（确切）听说了萨莉的故事

1950 年 3 月 22 日上午，弗拉基米尔·纳博科夫卧病在床，饱受神经病变的痛苦折磨。十年前他得过同样的病，当时他还有几个月就要动身去美国。这回，病情持续到了 4 月底。“我变得跟你一样，躺在床上，发烧到 102 度[1]。”3 月 24 日，纳博科夫写信给他在《纽约客》的编辑凯瑟琳·怀特（Katharine White），“没有患支气管炎，但我每次得流感，都必然会伴有难忍的肋间神经痛。”

怀特自己也生了病。她建议纳博科夫先好好休息，不用急着工作。纳博科夫的确休息了，但工作还是没停下。他十年前卧床时写作了《魔法师》，如今亦在病中完成了《确凿证据》末尾的两章——这本书是他自传的最早版本，后来演变为《说吧，记忆》。然而一个月后，纳博科夫在给新方向出版社（New Directions）编辑詹姆斯·劳克林（James Laughlin[2]）的信中透露，他过了好几个星

1 102 华氏度，约 39 摄氏度。

2 作家、诗人；新方向出版社创始人。

期才逐渐“恢复到正常状态”。前一年夏天，纳博科夫和薇拉第四次环游全美捕捉蝴蝶，这年夏天他们却没能成行：时间不够，钱更不够。身体需要慢慢休养，待办的工作却越积越多。

纳博科夫在伊萨卡家中卧床养病，能做的工作相当有限，他完全有可能某天随手拿起一份当地报纸，然后读到这样一则新闻：女孩遭到绑架，两年中被劫持横跨全国，近日于加州得到营救。据薇拉在二人的共同日记中描述，纳博科夫对真实罪案有极为浓厚的兴趣。我们可以合理推测，他应该会在病床上密切关注此案，阅读媒体每天发布的最新消息——萨莉的救援进展如何，弗兰克·拉萨尔究竟对她做了什么，等等。

萨莉的痛苦遭遇化作一篇篇报道，报纸上的故事刚好为纳博科夫提供了创作思路。《洛丽塔》的初稿中长期存在着一个关键问题：如何为作者脑海里擦碰的想法、数十年来经久不散的叙事冲动，以及各种为读者准备的游戏建立起必要的结构。现在这个问题似乎终于有了解决方案。

《纳博科夫在美国》的作者罗伯特·罗珀认为，在萨莉获救的那段时间里，纳博科夫绝对“读到过报纸上铺天盖地的文章”。他告诉我：“我觉得这件事对［纳博科夫］来说是至关重要的。报道出来时是 1950 年 3 月，当时他都快放弃他的构想了，结果却突然得知了萨莉的新闻——仿佛世界本身在应允他创作那部大胆的略带色情意味的小说，甚至给他提供了故事模板。他从这起案件里抄来了非常多的东西。”

但没有任何记录能够直接证明 1950 年 3 月时，纳博科夫一定听说过萨莉·霍纳被绑架和营救的事件。他最常阅读的两份报纸是学校的《康奈尔太阳日报》(*Cornell Daily Sun*)和《纽约时报》(*New York Times*),其中均未出现相关报道。最丰富的细节、最生动的照片都在卡姆登及费城的报纸上,而根据已知信息,我们无法断言纳博科夫有机会浏览这些报纸。在纽约公共图书馆和国会图书馆分别收藏的纳博科夫档案中,我没有找到一张提及萨莉的剪报。一切关联都恰巧游离在视线范围外。

然而大量的间接证据表明,纳博科夫知道萨莉·霍纳,也了解她的故事。《洛丽塔》的文字本身就提供了线索;我推断,如果没有得知萨莉在现实中经历的苦难,他永远都不可能构建出一个如此完整的多洛蕾丝·黑兹。

我们先来想想小说中段,亨伯特·亨伯特具体是怎么威逼多洛蕾丝,让她乖乖听话的。他告诉她,如果他被逮捕,或者如果她将二人的真实关系透露出去,那她"这无人照管的幸运的儿童就有机会,从那些名称不同、实质大都一样的住处,诸如教养学校、感化院、少年拘留所或是那些绝好的少女感化院中选择一处"。这与拉萨尔对萨莉说的话大同小异。1950 年 3 月的许多报道都有记载:拉萨尔反复强调,萨莉违抗他的后果就是被送进少管所。

而这段情节的开头甚至更为直白,干脆对亨伯特和弗兰克·拉萨尔进行了横向对比:"就在几天前,我们从报上看到一篇有关一个中年道德犯的信口雌黄的文章,他违反了《曼恩法案》,出于不道德的目的——且不管目的是什么——把一个九岁姑娘运送到州界以外而供认有罪。多洛蕾丝宝贝儿！你并不是九岁，而是快十三岁了。我可不会劝你把你自己看作我横越全国的奴隶……我是你的父亲，我在说英语，而且我爱你。”

纳博科夫研究者亚历山大·多利宁（Alexander Dolinin）曾于2005年发表论文探讨萨莉·霍纳与《洛丽塔》的联系。他在文中指出，纳博科夫微调了案件的时间线。《洛丽塔》描写环美旅行是从1947年开始的，比现实中萨莉·霍纳遭到绑架早了整整一年。当时萨莉还不到10岁；这与亨伯特向洛丽塔提到的信息一致，而非拉萨尔绑架萨莉时的年龄。多利宁十分清楚：“根据亨伯特·亨伯特使用的法律词汇，以及暗指拉萨尔不是萨莉生父（不同于他自己的情况）的逻辑，可以判断这一段无疑来源于1950年的真实报道。”换句话说，纳博科夫早在1950年3月就读到过萨莉·霍纳的经历，而不是数年后才将其插入《洛丽塔》的情节中。要寻找支持此种推论的证据，只需查看《洛丽塔》本身即可。

或许是为了掩人耳目，也可能只是为了好玩，纳博科夫把拉萨尔的某些身份特征分配给了其他角色。小说最后与多洛蕾丝组建家庭的狄克·斯基勒尔（Dick Schiller）即是一名技工。维维安·达克布鲁姆（Vivian Darkbloom）——就是弗拉基米尔·纳博科夫的名字打乱字母顺序——长着张“鹰脸”，而1950年3月，报道萨莉营救行动的媒体多形容拉萨尔为“鹰脸男子”。另外，多利宁特别指出，多洛蕾丝有着“佛罗伦萨（弗洛伦丝）画派的小手”和“佛罗伦萨（弗洛伦丝）式的乳房”，这一形象不仅仅浮现自波提切利[1]，同时还暗含着萨莉·霍纳的本名（萨莉的本名是弗洛伦丝·霍纳，“萨莉”是她的绰号）。

从 1948 年 6 月到 1950 年 3 月，萨莉总共被劫持了 21 个月。洛丽塔和亨伯特于旅途的第 21 个月抵达比尔兹利——亨伯特正是在这里猛然发觉，身边的女孩似乎越来越不受他掌控了。他担心多洛蕾丝已经把她和“继父”的真实情况告诉了朋友莫纳，更担心这会让她内心滋生出“那种隐秘的思想……不管怎么说，也许莫纳是对的，她，没有父母的洛，可以揭发 [亨伯特] 的所作所为，而自身免于处罚”。

萨莉的确曝光了弗兰克·拉萨尔对她的虐待，她先是告诉了学校的朋友，后来又告诉了露丝·杰尼施；多洛蕾丝也有可能像她一样，对同学莫纳吐露了真相。萨莉最终因为给家里打了长途电话而得以逃脱；类似的，小说中多洛蕾丝也在和亨伯特爆发争吵后拨打过一通神秘电话，并表示，“已经作出一个重大的决定”——虽然她又等了一个月才彻底逃走，但整个计划从那时起便已酝酿成熟了。

还有亨伯特在《洛丽塔》最后一章单独提到的——如果让他给自己量刑的话，他认为应“以强奸罪判处至少三十五年徒刑，而对其余的指控不予受理”。这与拉萨尔的刑期完全一致。

1　桑德罗·波提切利（Sandro Botticelli），文艺复兴早期的佛罗伦萨画派艺术家，古典人物画大师。

十九

重建生活

弗兰克·拉萨尔把萨莉从卡姆登掳走时，她的 11 岁生日才刚刚过去两个月。如今她回到家，距离她 4 月 18 日过 13 岁生日还有不到两周。“她走的时候还是个小女孩，”在终于与女儿团聚的那天，埃拉曾轻声感叹，“现在都已经是个年轻姑娘了。”萨莉游历全国多地，看到了其他城市和卡姆登的不同之处。在最为残酷的条件下，她被迫成长，被灌输永远无法摆脱的观念。

我们无从得知萨莉一家是如何为她庆生的，因为现在唯一在世的人是她的外甥女黛安娜，而黛安娜当时只有 20 个月大。不过有一段时长约为一分钟的，由萨莉的姐夫阿尔·帕纳罗拍摄全家人去费城动物园游玩的影像保留了下来，这也是已知萨莉仅存的一段影像。

录像里，萨莉穿的是春装，从加州坐飞机回家那天，还有出席旁听拉萨尔认罪那天，她穿的都是这套衣服。姐姐苏珊穿着浅色衬衫、深色裙子，套一件米黄色或白色的上衣。黛安娜身上是粉红色的两件套装。

萨莉缩着肩膀走在苏珊旁边。有一刻她很缓慢地推着白色把手的婴儿车，一副犹犹豫豫的样子，不知是她确实那样走路，还是录像在剪辑时放慢了速度。

特写镜头中，萨莉的脸斜向左侧，挂着一副怯生生的表情。可以看出她在公共场合仍然缺乏安全感，即使是跟家人，跟她所爱的人们待在一起，她也无法完全放松警惕。

她自始至终没有看过镜头一眼。

这次回到家人身边（无论是在卡姆登还是去别的地方），萨莉还有许多紧要问题需要面对。她是六年级快毕业时被拐走的；秋天开学，她将在克拉拉·S. 伯勒（Clara S. Burrough）初中的八年级就读。这肯定会是个崭新的开始，萨莉已经迫不及待。之前遭受绑架的那段时间里，她每天思考的都是如何在弗兰克·拉萨尔身边活下来，即使在学校也殚精竭虑，根本没心思畅想自己的未来。如今萨莉终于重获自由，也有机会去考虑自己以后想做的事了。在萨莉极富戏剧化地脱险后，短暂收留她的圣何塞管教中心所长曾向外界表示：“她有很明确的志向。她想当医生。”

埃拉已经失业一段时间，现在她亟须找到新工作来养活自己和女儿。萨莉才 13 岁，她没有做错任何事，却过早地踏入了成年女性的世界。埃拉向媒体反复强调，“无论她做了什么，我都能原谅她”，这恰恰表明女儿遭受的暴行让她感到不适，甚至根本无法理解。

萨莉面临的暴力很多时候并不是单纯的力量压制，它的核心是精神操纵。波澜不惊的父女关系下掩藏着反复强奸的事实，而周围几乎所有人都对此毫不知情。在 1950 年，人们还没有找到合适的词汇来描述这种压迫的机制与后果。对埃拉来说，她的首要任务是负担吃喝和水电费用，萨莉被绑架期间的种种细节可能是她难以承受的。同样的，搬去一个没人认识她们的地方重新开始生活，这也绝非易事。已知的羞辱总好过未知的动荡。

埃拉不是没有考虑过科恩的建议。她最终作出了一个折中决定：1950 年暑假，萨莉去弗洛伦斯跟姐姐一起住，埃拉则留在卡姆登。没有人改名，几十年里也没人愿意谈起萨莉所经受的事。

萨莉的不安在 1950 年暑期逐渐消退。苏珊和阿尔·帕纳罗去温室工作时，她就帮忙照看黛安娜。萨莉自己偶尔也会跑去侍弄花草。她和苏珊在温室拍过一张合影；她穿着牛仔裤、白衬衫、开襟毛衣，卷发乱蓬蓬地簇在脸颊和下巴旁边。照片中她张着嘴，正在和姐姐说话。

和帕纳罗一家同住对萨莉是有益的，这在当时的留影中体现得尤为明显：例如一张为她单独拍摄的相片上，萨莉身穿造型精美的浅色长袍，仿佛正要去参加礼拜或社交茶会。她冲着镜头微笑，可游览费城动物园时的害羞神色仍在她眼底若隐若现。

在另一张照片中，萨莉穿着漂亮的裙子，露出了更加灿烂的笑容。她旁边站着一个深色头发的男孩，男孩身上的衣服起码比他本人大两号。显然二人要搭伴去学校的舞会，要么就是去教堂联谊。男孩的名字已经遗失在时间长河中，至于他们俩那天过得开不

萨莉·霍纳和姐姐苏珊·帕纳罗在自家的温室里

萨莉手持报纸的抓拍

开心，他知不知道萨莉曾经的遭遇，我们亦无从考证。

1951年4月，刚过完14岁生日的萨莉看起来完全就是那个年代典型的美国青少年，大约会狂热追捧佩里·科莫（Perry Como）、托尼·贝内特（Tony Bennett）、多丽丝·戴（Doris Day）之类的流行歌手。[在《洛丽塔》中，纳博科夫一丝不苟地列出了多洛蕾丝和亨伯特开车穿越美国时听的音乐，其中包括埃迪·费希尔（Eddie Fisher）的《愿你在此》（*Wish You Were Here*）、佩吉·李（Peggy Lee）的《原谅我》（*Forgive Me*），以及托尼·贝内特的《失眠》（*Sleepless*）和《在我心间》（*Here in My Heart*）。]

报道警方的救援行动时，有些媒体曾用“波比袜少女”[1]来指代萨莉。然而，从一张应该是由阿尔·帕纳罗抓拍的照片里，我们可以隐隐窥见她内心某些更为复杂的暗流。她穿着跟温室那张合影里类似的牛仔裤，但这回上身是一件深色衣服，卷发熨帖地收在脑后。黑白照片把她的嘴拍得接近纯黑——大概是涂了宝石红的唇膏。镜头捕捉到萨莉从卧室走出来的瞬间，她右手拿着报纸，表情有些诧异却又略带玩味，仿佛笑话栏目正看到一半。她看上去亟需睡眠或咖啡因，或者睡眠加咖啡因。

虽然萨莉一直以坚韧随和的态度示人，但据姐夫阿尔回忆，她偶尔会变得伤感阴郁。上一秒她的思绪还停留在当下，下一秒就

1　指20世纪四五十年代密切追随流行文化的少女。得名于当时青少年常穿的一种带有蕾丝折边的“波比短袜”（bobby socks）。

可能已经飘远。她眼中的光芒时而闪烁亮起，又倏忽熄灭。“她从来都不说自己难过、抑郁，”阿尔在2014年告诉我，“但能感觉到肯定是有事的。”家里人不愿互相谈起萨莉的痛苦遭遇，她也几乎从未向任何人诉说她的经历。她没有敞开心扉的机会，没有做过精神健康检查，也没有去看过心理咨询师。她的人生只有案件发生前，和案件结束后。

来到位于哈登大道和牛顿大道街口的伯勒初中后，萨莉一如既往地取得了优异的成绩。在阿尔的印象里，萨莉“很聪明，是优等生”。他评价说，“她好像什么都知道，根本不用老师教。”1952年6月，萨莉以荣誉学生的身份毕业。

虽说有一张和舞伴的合影，可萨莉的社交生活远非一帆风顺。她本就不算特别外向，经历绑架后更是很难交到朋友。同级生常凑在一起议论她和拉萨尔的事情，很多男生觉得可以不必尊重她，动辄对她恶语相向，或者言辞放肆。同班同学卡罗尔·泰勒（Carol Taylor）——原名卡罗尔·斯塔兹（Carol Starts）——回忆道，“她在他们眼里完全就是个妓女。”另一名女生埃玛·迪伦佐——萨莉叫她埃玛·安尼巴莱（Emma Annibale）——也说过类似的话，“一开始她的日子很不好过。并不是所有人都抱有善意。我觉得有一些人并不相信她。”

萨莉的同学根本不在乎她是否遭受了绑架和强奸。他们只知道她不是处女，这等同于她已经被玷污。好女孩应当直到婚前都保持贞洁。“不管从什么角度去看，她都是妥妥的荡妇。”卡罗尔说，“当时的社会现实就是那样。”

八年级开学时，萨莉和卡罗尔分到了同一个班级。卡罗尔脑袋活泛，有很多生活智慧。萨莉也一样，但她不愿面对自己的早慧，也不愿回想这些知识的来源，而是更习惯遁入书本的世界。卡罗尔家和学校仅隔两条街，萨莉每天上下学则要走四五个街区。卡罗尔有九个兄弟姐妹，而萨莉真正的亲人总共才三个。卡罗尔还有很多朋友，但她却是萨莉唯一的朋友。卡罗尔一丁点都不在乎别人怎么看萨莉，她说她并不知道萨莉在同学中名声很坏，但实际上，卡罗尔应该是主动作出了和他人不同的选择，决定试着理解她，体谅她。卡罗尔十分欣赏萨莉的言行举止、她对书籍的热爱，还有她成熟的观念。萨莉则欣赏卡罗尔的自由自在。她们怀着同样殷切的心情，想要跟对方成为朋友。

户外是萨莉的另一个避风港。她喜欢外面的一切：阳光、游泳，但主要还是泽西海岸。在弗兰克·拉萨尔绑架她之前，她童年的许多夏日周末都是在怀尔德伍德、开普梅等海滨小镇度过的。回归正常生活后，沙滩对萨莉来说仍具有特殊的意义。在这里，她可以暂时忘却那些残忍的嘲弄，稍微缓和自己的绝望处境。当然，她生活中的问题并不会在泽西海岸得到解决，但至少这个地方能让她感觉到快乐。

1952 年夏天，萨莉要准备去伍德罗·威尔逊高中上学。她 15 岁，可看起来比实际年龄要大不少。在新学校，她想多交几个朋友，还想谈谈恋爱。

8 月中旬的一个周末，她又去了趟怀尔德伍德。

二十

《洛丽塔》的进展

1950 年夏天，受条件限制，纳博科夫一家的环美之旅未能成行。次年 6 月，康奈尔的春季学期刚结束，弗拉基米尔和薇拉便从伊萨卡启程了。动身前，弗拉基米尔提交了欧洲虚构文学课的学生成绩；夫妻俩终止了东塞尼卡街 802 号的租约，他们找到了租金更低廉的住处，秋季开学便不会再回到这幢住了三年的房子。

6 月 30 日，薇拉驾驶着略显老旧的奥兹莫比尔，从堪萨斯州圣弗朗西斯市驶下 36 号国道，至此，夫妻俩的行程表已基本固定下来：一天里天气晴好且身体状况允许的时间全部用来捕捉蝴蝶。如果碰上（这趟旅程中极为常见的）阴雨天，或者下午感到体力不支，纳博科夫便转头修改、推进仍以《海边的王国》命名的手稿。

纳博科夫坐在奥兹莫比尔的副驾驶座上写作。这里既没有汽车旅馆传来的隔壁房间的噪声，又能隔绝室外那阻挠了他昆虫学研究的疾风骤雨。德米特里当时十七岁，刚在哈佛念完大一，他从学校前往科罗拉多州特柳赖德镇与父母会合。随后，由德米特里负责开车，一家人游览了怀俄明州的落基山脉和蒙大拿州的西黄石，最终于 8 月末返回伊萨卡。

一连数周，纳博科夫都在落基山脉捕蝴蝶，其间他经常赤裸上身，袒胸露怀。强烈的日光直射并没有马上对他的健康造成影响，而是不断累积，直到返回康奈尔才突然暴发了严重的中暑症状。纳博科夫为此卧床整整两周。“那场面说来可笑……在齐整熨

薇拉和纳博科夫在抓蝴蝶

帖的草坪上，被纽约的寡淡阳光击垮了。”纳博科夫在日记中写道，“高烧、太阳穴痛、失眠，精彩纷呈却毫无价值的思绪与幻觉不停交织翻滚。”

1952 年夏天，纳博科夫一家调整了旅行路线，将出发地由伊萨卡改为马萨诸塞州剑桥市；弗拉基米尔从康奈尔大学休了学术假，春季刚刚到哈佛大学教了一学期的课。夫妻俩可以离在哈佛求学的德米特里更近些，这多少弥补了搬回剑桥对他们造成的损失。

6 月末，大约在旅程的第十天，弗拉基米尔、薇拉和德米特里三人驶入了怀俄明州拉勒米市，开的还是那辆奥兹莫比尔。他们沿着州内的大陆分水岭[1]搜觅蝴蝶，一路穿行过梅迪辛博国家森林（“取道当地惨不忍睹的公路”），来到里弗赛德时刚好赶上 7 月 4 日国庆（“正在举办吵闹的节日庆典”），并最终于 8 月上旬抵达阿夫顿小镇。

在此期间，纳博科夫依旧坚持在便签卡片上记笔记。长期以来萦绕在脑海里的小说构想逐渐丰满起来。为了更准确地描绘出作品核心的美国少女形象，过去一整年中纳博科夫一直致力于观察并记录日常事物中的各种相关细节：身高和体重数据、平均初潮年龄、青春期的心理变化，乃至“将灌肠注射头塞入直肠的正确方式”。他还会时常翻看青少年杂志，抄下其中的流行语，所以出现在《洛丽塔》中的“一出诙谐的短剧”“很多有趣的事”等

---

1 美洲大陆分水岭，又称“大分水岭”或“西部分水岭”，将内陆水系大致分割为流入太平洋的水系，以及流入大西洋和北冰洋的水系。美国部分基本由落基山脉的山脊组成，经过蒙大拿、怀俄明、科罗拉多、新墨西哥州。

语句才不会显得突兀。塑造普拉特小姐一角时，纳博科夫真的去找了一所中学的校长，他假装自己有女儿，并以讨论入学事宜为由与对方进行了沟通。

纳博科夫本来计划一边沿西部分水岭游玩，一边写作《洛丽塔》，可小说的实际进展比想象中要慢。结束了一整年的教学生活，深深的疲惫早已浸透身心。假期里，除了寻觅眼灰蝶[1]（还见到了一次小红蛱蝶[2]）以外，他几乎没有精力做别的事情。返程的时间很快临近，德米特里提前独自回了剑桥，夫妻俩沿着只有两条车道宽的公路驱车前往伊萨卡。从西向东约三千公里的路程，大概需要两周时间。二人于 1952 年 9 月 1 日抵达目的地，住进了之前租好的新居。

旅行趋近结尾时，纳博科夫又在报纸上读到了有关萨莉·霍纳的报道。该新闻对《洛丽塔》的整体走向产生了极大的影响，如果没有这件事，小说应该仍会付梓，但那一定不会是我们所知道的《洛丽塔》。

---

1 这里指的是灰蝶科（Lycaenidae）中的眼灰蝶亚科（Polyommatinae，或称“Blue”，因雄蝶翅面多呈蓝色）。灰蝶科，又称小灰蝶科，是纳博科夫的主要研究对象；他于 1944 年发现并命名的濒危亚种卡纳蓝蝴蝶（Lycaeides melissa samuelis）就属于灰蝶科。

2 一种色彩艳丽的蝴蝶，有大规模迁徙行为，在全世界分布极广。

二十一

怀尔德伍德的周末

卡罗尔·泰勒已经回想不起1952年夏天的那个周末，她和萨莉究竟为什么要去怀尔德伍德。8月中旬，卡姆登湿热逼人，那时候家里没有空调，泽西海岸是比较便利的避暑选择。

放假时，卡罗尔和萨莉都在哈登菲尔德的阳光便利店打工。那年她们15岁，是彼此最好的朋友，还有几个星期就要一起升入伍德罗·威尔逊高中。眼下她们想趁着周末去怀尔德伍德放松一下。

8月15日，星期五，两个女孩用攒下的零钱买了车票，坐上了往南的巴士。行程约140公里，需要一个半小时，她们到达时已接近傍晚。太阳、沙滩、海风、夜生活吸引了附近地区的年轻人，整个怀尔德伍德洋溢着青春的活力。卡罗尔和萨莉身上都带了假冒21岁的身份证明，这在后来还一度造成了混乱。

萨莉和卡罗尔都不喜欢饮酒。萨莉滴酒不沾，卡罗尔偶尔小酌几口啤酒或红酒。她们伪造年龄不是为了获取酒精，而是为了跳舞。“竹室”“裂流”或者“波莱罗”之类的夜店，不到21岁是进不了门的，但要跳舞就只能去这些地方。卡姆登的高中生多半都有

萨莉最好的朋友卡罗尔·斯塔兹，摄于 1952 年夏

假证件——操作起来也不难，只需到市政厅办一张卡片式的出生证明，涂改掉出生日期，把证件漂白再用植物色素染绿，最后塑封起来，一张看起来十分可信的假身份证明就做好了。

萨莉和卡罗尔先是去了海滩，然后在舞池跳了整夜。到周六，二人便开始分头行动了，因为萨莉结识了埃迪[1]。

1952年暑期的每个周末，爱德华·约翰·贝克（Edward John Baker）基本都会开车来怀尔德伍德。在刚遇到他的萨莉眼中，他大概是那种活着就要尽情玩乐的人。

在学校纪念册和当地报纸刊登的照片上，贝克总是目光炯炯、神色雀跃。甚至高中毕业时例行拍摄的半身像也是如此：其他同学大多摆出一副超越年龄的严肃姿态，贝克乱蓬蓬的黑发和上扬的眉毛却让人觉得拼命隐藏身上的稚气才不可理喻。贝克参加了学校的爵士乐队、管弦乐团和高音四重奏乐团，翻开所有演出团体的合影，总能看见他眼里的光芒在某个角落默默闪动。每次拍照，他都握着自己那支忠实的高音萨克斯，恍若传说中的吹笛人——被笛声迷住的孩子将追随他到天涯海角。

照片当然会说谎。感受、情绪以及行为共同交织出复杂的整体，相纸上却只能窥见毫秒间的一个切片，所以须注意不能过度解读。但照片是现有唯一的资料。我们已经无法再向贝克（年轻时大家都叫他埃迪）询问他当时的想法，一直住在新泽西州瓦恩兰市的贝克已于2014年以82岁的高龄去世。

1　埃迪（Eddie）和后文中的爱德（Ed）均为爱德华（Edward）的简称。

这些图像的确从一定程度上展现了贝克的魅力，而他出现在萨莉的生命中时，萨莉也恰巧刚刚准备好去面对某些萌动的情感。爱德华·贝克身材高挑、皮肤黝黑，他 20 岁，比被迫快速长大的萨莉年长 5 岁。不过萨莉谎称自己有 17 岁。贝克后来表示，当时“觉得她没有骗人，她看起来挺像 17 岁的”。卡罗尔说，萨莉看见他的第一眼就“找不着北了”。

自从和卡罗尔成为朋友后，萨莉常跟她倾诉说自己一个人很

爱德华·贝克的高中毕业留影，摄于 1950 年

孤单，很想找个男朋友——夏天一到，这样的愿望似乎也愈发强烈。她说在卡姆登是没有希望谈恋爱的。知道她经历的人太多，身边的同学无论男女都对她施以最恶毒的嘲讽。荡妇的标签贴在她身上，别人避之唯恐不及。

贝克的出现让这一切都显得不重要了。他比她的同龄人更加成熟、高大、帅气。他以为她 17 岁，她不会纠正他，不会告诉他秋季开学她要去伍德罗·威尔逊高中报到。或许萨莉希望他能拉她脱离苦海，也可能她只是想要一个周末的陪伴。

周六，他们约在海滩见面，下午和晚上都待在一起。周日清早，他们去了教堂。“我印象里她是个特别棒的女孩，”贝克说，“漂亮，有点深沉……一看就是每周去教堂的人。”

从周六晚上到周日早晨的这段时间里，说不好两人之间是否发生了什么，总之萨莉没有告诉卡罗尔。但上教堂做过礼拜后，萨莉向朋友提出了一个不情之请：卡罗尔是否愿意独自回卡姆登？如果她愿意，萨莉就可以同贝克一道，乘他那辆闪闪发光的黑色福特轿车，去他位于瓦恩兰的家。之后她自己再从那边搭巴士回家。

“她真的特别想跟他走，”卡罗尔回忆道，“她觉得他好得不能再好。”

卡罗尔表示当然没问题。萨莉陷入了热恋，她没理由阻挠。贝克看起来也不像能做出伤害萨莉的事。况且卡罗尔还有其他朋友也来了怀尔德伍德，她可以搭他们的车。

卡罗尔回了家，返程的旅途十分平静。狂风骤雨是在第二天清晨来临的。

爱德·贝克把车开上高速。萨莉·霍纳坐在副驾驶座。马上要到瓦恩兰去，她的心情想必是轻飘飘的。周日他们也整天待在一起，和周六一样。她已经深深迷上了埃迪，而埃迪对她似乎也有同感。晚饭后，他们在怀尔德伍德海边熙攘的木板道上散步。推销员的叫卖和小孩的哭闹混杂不清，远处空出了一条清净的长椅，他们坐下来继续聊个不停，也可能停下来接吻。夜色渐浓，他们回到他的车上。她还不想道别。

正常情况下，从怀尔德伍德开车到瓦恩兰大约需要四十分钟，但当时已经是晚上十一点多了，爱德·贝克应该是想开得更快些——或许是急着赶在末班车前把萨莉送到大巴站，又或者他们还有不那么单纯的、不想让别人知道的计划。

时间接近午夜，埃迪·贝克和萨莉·霍纳已经往北开出十七英里。双车道路段上有一辆车迎面驶来，贝克把车头灯调成近光，双手握住方向盘，稳定在道路中间行驶。借着炫目的车灯，贝克瞥见路边有个东西，可是来不及躲开。

萨莉什么都没有感觉到。

1952 年 8 月 18 日，星期一，在北丹尼斯与伍德拜恩的交界线附近，伍德拜恩高速路南半段（今为 78 号公路的一部分）发生了四车相撞事故，新泽西州州警赶到现场时刚过半夜十二点。贝克猛然撞上了雅各布·本森（Jacob Benson）停在路边的货车，致其与前方约翰·里夫金（John Rifkin）的卡车相撞。里夫金的车被巨大的冲力甩上公路，随即与从后方驶来的另一辆车相撞。

州警保罗·海尔富特（Paul Heilfurth）告诉《怀尔德伍德领袖报》的记者，如果事故早三分钟发生，“后果应该会比现在更严重”。里夫金原本要用卡车拖走本森的货车，贝克驾驶福特冲过来时，二人恰好站在离车很远的安全地带。

这三分钟挽救了他们的生命。贝克左膝盖骨折，右臂割开一条口子（后来缝了十五针），全身多处划伤及瘀青。

萨莉·霍纳当场死亡。

救援人员花了两个多小时才把萨莉的尸体从现场残骸中分离出来。两车相撞的瞬间，货车后栏板穿透挡风玻璃，压碎了萨莉的头部。警方找到了萨莉身上假冒21岁的证件，所以起初的新闻报道都写错了她的年龄。直到后来他们弄清了她是谁，并且意识到她之前就曾上过新闻，她的真实年龄才得以揭晓。

三天后，开普梅当地警方为萨莉开具了死亡证明，证明上显示的死因是：头部右侧受到撞击引起的颅骨断裂。她的脖子折断了，其他致命伤包括胸骨碎裂和脏器破损。此外，她的右腿膝盖上方有一处骨折。验尸官鉴定没有必要进行解剖。

由于萨莉的面部损伤严重，州警认为如果要验明女儿的尸体，埃拉可能承受不住。阿尔·帕纳罗替她去了停尸间。他后来说：“我是看到她腿上有一条疤才知道那是萨莉的。我根本认不出她的脸。”

8月18日早晨，母亲喊醒了卡罗尔·斯塔兹：“有电话找你！”卡罗尔家只有客厅有一部电话，她赶忙起床走出房间接听。电话那头的声音听起来很官方，像是警察、探员那类人。

对方想知道，前一天晚上卡罗尔是否见过萨莉·霍纳。

“见过。”卡罗尔答。

“她当天晚上跟谁待在一起，你是知道的吧？”

“知道。你为什么要问我这个？”

卡罗尔没明白对方的意图，她不等他回答便挂断了电话，然后拨了萨莉家的号码，是埃拉接起的。

“嗨，霍纳女士。萨莉呢？起来了吗？”

埃拉抽噎起来。她告诉卡罗尔，萨莉在前一晚的车祸中去世了。

卡罗尔突然对一切都感到很陌生。她没有立即对挚友的逝世作出反应，而是穿戴整齐，出门去了电影院。“我不知道自己那天看了什么，身上穿了什么衣服。当时有一些人想联系我，我却跑去看电影了。”后来她才明白，那是一种应激反应。

卡罗尔回到家，埃拉又打来电话。她向卡罗尔讲述了车祸的具体细节，并把（据她所知）萨莉受的所有伤都复述了一遍。挂断电话后，她终于感觉到，自己的朋友不在了。“我一直不停地哭，除了哭还是哭。”

其实还有件微不足道的小事，卡罗尔不忍心跟埃拉提起。去怀尔德伍德的时候，她和萨莉互相借走了对方最爱的裙子——卡罗尔的蓝色连衣裙还装在萨莉的背包里。这种时候向埃拉询问自己裙子的下落并不合适，卡罗尔也没有那么做。

不过，卡罗尔告诉埃拉，她见过那个将萨莉带上不归路的男孩。

便签卡

1952年8月19日，弗拉基米尔和薇拉·纳博科夫还在怀俄明州阿夫顿小镇附近，正准备踏上回伊萨卡的漫漫路途。早上起来，弗拉基米尔翻开报纸，视线扫过一篇由美联社提供的新闻。《纽约时报》当日早报第十二页的通讯社消息中列出了萨莉的死讯，而阿夫顿当地的日报更是将其加粗印在了头版位置——纳博科夫读的应该是二者之一。他写作《洛丽塔》时做笔记用的便签卡有九十四张保存了下来，其中便包括他对该新闻的记录。

卡片上笔迹如下：

20.viii.52

新泽西伍德拜恩

星期一早间，新泽西卡姆登的15岁女孩萨莉·霍纳因遭遇高速事故去世。几年前，她曾遭一名中年道德犯绑架长达21个月……萨莉于1948年离开位于卡姆登的家，近两年时间音信全无。1950年获救后，她讲述了

> 整整21个月以来，自己随52岁的弗兰克·拉萨尔横越全国的奴隶般悲惨的[纳博科夫将“harrowing”(“悲惨”)写成了“hararing”]经历。
>
> 汽修师拉萨尔(此处将“La Salle”写成了“LaSalle”)在加州圣何塞落网……他承认（两项）绑架指控，并被判处30至35年有期徒刑。主审法官称他“道德沦丧”。

这张便签卡片无疑证明了纳博科夫听说过萨莉·霍纳一案。可以明确的是，她的经历引起了他的注意，小说中多洛蕾丝的遭遇来源于她真实的苦难。但我们无法确知纳博科夫是否在1952年8月才第一次读到有关萨莉·霍纳的报道，以及他是否像1950年3月和4月听说过相关新闻的所有人那样，因她得救仅两年后意外离世而深感震惊。

卡片正反两面都写了字，有几处用粗横线划掉的部分，最终都出现在《洛丽塔》文本之中。纳博科夫划去“中年道德犯”和“横越全国的奴隶”两处，后来却都写成了亨伯特的原话——他以此向洛丽塔解释，报纸上的“信口雌黄”跟他们的情况相差甚远，毕竟他们是“父女”。另外，便签卡上能看到多处拼写错误，其中最为显眼的就是“悲惨”一词，纳博科夫将其磋磨成为某种另类的俄化写法。

纳博科夫在卡片顶端记下：“迷—旅—重现？……报纸上？”亚历山大·多利宁曾给出说明，这里的笔记指的是“第二部分第二十六章的场景。亨伯特重访布赖斯兰时，特地去图书馆翻阅了

In the Newspaper?

20.VIII.52

Woodbine, N.Y. — Sally Horner, 15-year-old Camden, N.J., girl who spent 21 months as the captive few years ago, was killed in a highway mishap early Monday. … Sally vanished from her Camden home in 1948 and wasn't heard from again until 1950 when she told a harrowing story of spending 21 months as the of Frank La Salle, 52.

La Salle, a mechanic, was arrested in San Jose, Cal. … he pleaded guilty to charges of kidnaping (turn)

and was sentenced to 30 to 35 years in prison. He was branded a "moral leper" by the sentencing judge.

弗拉基米尔·纳博科夫的一张笔记卡片上抄有美联社对于萨莉·霍纳死亡的报道

当地往期的《日报》——收辑在一卷‘报纸合订本像棺材似的黑漆漆的’。他要找的是1947年8月那期，上面有一张照片拍到了他，‘一名年轻的色鬼’正在‘着魔的猎人’旅馆内，在‘邪恶地摸向洛丽塔的床’。显然，纳博科夫想过要让他在这本名副其实的‘末日审判的大书’里偶然读到萨莉·霍纳去世的消息”。

纳博科夫后来推翻了这个想法。他决定将萨莉·霍纳一案的残章断简排布在全书的叙事当中，诱使读者自己去发掘其背后的秘密，可是绝大部分人都不曾注意过。

对《洛丽塔》结局的另一种解读总会时不时在研究纳博科夫的圈子里冒头。该理论认为，多洛蕾丝·黑兹并没有与狄克·斯基勒尔相识、结婚，没有怀上孩子，也没有在18岁那年时因难产去世——实际上她不到15岁就死了。多洛蕾丝后来这段以悲剧收场的短暂生活实际上只是亨伯特的妄想，是他为这个被他奸污的女孩浪漫化处理过的结局。

在虚假版本的现实中，亨伯特不必对她的死负责。他至少能够暂时沉湎于幻觉，想象多洛蕾丝最终还是找到了某种幸福。进一步延伸，他们作为强奸者—受害者的权力关系也可以篡改为真正的爱情。亨伯特告诉自己，他想要多洛蕾丝，这不是因为她的宵菲特形象让他想起童年迷恋的安娜贝尔·利，而是源于某种对于她个体的特别关注。

自然，纳博科夫从未肯定或否认过这种解读。但如果它是正确的，那么亨伯特最终的拉姆斯代尔之行就多了几分尖锐的意味——这段情节正出现在旁白文字提到萨莉·霍纳和弗兰克·拉萨尔之前，而纳博科夫经常将括号里的补充说明作为一种可靠叙事，借此向读者传递真实的含义——亨伯特漫步于拉姆斯代尔的街道，追忆命运般初见多洛蕾丝的时刻。他路过自己的旧房子，“此屋待售”的牌子上装点着一条黑丝绒发带。这时，“有个金色皮肤、棕色头发的性感少女，九岁上下”从他身边经过，“正用她那充满狂热的痴迷神情的深蓝色的大眼睛”看着他。

小女孩眼睛的颜色跟萨莉差不多相同。未尝不可把她看作洛丽塔和萨莉的结合体。亨伯特讲述道：“我对她说了句讨好的话，并没有什么歹意，一句传统的恭维话，你有一双多么美丽的眼睛，但她匆匆忙忙地走开了，音乐也戛然而止，有个神色凶暴、皮肤黝黑的男人，脸上亮晃晃的满是汗水，走出来恶狠狠地瞪着我。我刚想说明自己是谁，忽然朦朦胧胧地感到一阵尴尬，我发觉了我那沾满烂泥的粗蓝布裤，我那肮脏、破旧的毛线衫，我那胡子拉碴的下巴，我那双酒鬼的布满血丝的眼睛。”

到这里《洛丽塔》已经快要接近尾声，亨伯特迎来了片刻的清醒。他终于明白过来，“在他永恒的审判人，即所有的儿童及其保护者眼中，他其实是怎样一种形象”。花言巧语、徒有其表的魅力于顷刻间瓦解，亨伯特揭开了自己原本一直遮掩的丑恶面目。而当他认为克莱尔·奎尔蒂从他身边夺走了多洛蕾丝——在他看来等于夺走了本属于他的东西——并因此杀害了奎尔蒂时，亨伯特·亨伯特失去了内心残存的最后一丝道德。

关于纳博科夫在《洛丽塔》文本中对萨莉·霍纳的处理，多利宁采取了较为宽厚的态度。他认为小说几处提到或指向萨莉（包括后半本书的总体架构），都没有刻意隐匿她的现实形象；相反，多利宁写道，“[纳博科夫]希望我们同情并记住这个可怜的女孩，她被人偷走的童年和过分短暂的生命。他的（而不是亨伯特·亨伯特的）洛丽塔是因为她才得以存在——拨开叙事者自我陶醉的长篇大论，她才是小说背后真正的主角。”

多利宁谈到的同情，在亨伯特最后一次与多洛蕾丝见面时的确有所体现。她已经结婚并怀有身孕，17岁的她“成年人的狭长的手上青筋暴突”。她长大了，已不能再引起亨伯特的变态欲望。而他也通过独立于叙事外的补充说明表达了一种领悟：他意识到他的奸污、侵犯对她造成了多大的伤害。

“从无限长远的观点来看，有个名叫多洛蕾丝·黑兹的北美小姑娘被一个狂人剥夺了她的童年这件事一点儿也没有关系；除非这一点可以得到证明（要真可以，那人生也就成了一个玩笑），否则我看不出，除了表达思想感情的艺术的那种忧郁而十分狭隘的治标方法，还有什么可以医治我的痛苦。”

亨伯特的顿悟呼应着薇拉·纳博科夫1958年日记中的内容，当时《洛丽塔》在美国出版才刚过了几天。小说的总体反响非常不错，销量也在迅速增长，薇拉可以说是欣喜若狂，但同时也因为评论家们忽略了一些事情而颇为气馁：“不过我还是很希望有人能注意到那些充满疼惜的描写，注意到书里孩子的无助，她被迫与亨·亨相依为命的绝望处境，以及她那令人心碎却从未动摇的勇气。”

值得肯定的是，虽然纳博科夫笔下的叙事者通过迷离的文字将多洛蕾丝升华成某种非人的存在，可她身上一些真实的个人特质——她混乱、复杂、孩子气的那部分自我——仍然得到了展现。她并不是什么“富有魅力的小屁孩，只因爱情的独特烙印才不再乏善可陈地活着”。她相当擅长打网球，她不惮于发表尖锐的点评（“你说话文绉绉的，爹”），她抓住机会从亨伯特身边逃开，投奔克莱尔·奎尔蒂，为自己谋得了一条生路：无论面对何种命运，都比与继父待在一起要好。

后来因为奎尔蒂试图让她参与拍摄多人色情片，她不得不再次逃亡。她跟狄克·斯基勒尔“凑合”组建了家庭，又不幸早逝。可这一切至少都是她自己的选择，是她之前在亨伯特·亨伯特的压制、操纵下从未体会过的自由。

可能正是因为她作出的这些选择，薇拉才会在日记里对多洛蕾丝大加赞赏。纳博科夫也说过，在自己创造的所有角色中，他第二钦佩的人就是多洛蕾丝（排名仅次于普宁[1]）。

1 《普宁》（*Pnin*）于 1957 年出版。小说讲述俄裔美籍教授普宁在大学任教期间的经历。

二十三

“特别棒的女孩”

1952年8月21日，导致萨莉·霍纳身亡的车祸发生三天后，《瓦恩兰日报》（*Vineland Daily Journal*）头版上刊登了一篇爱德华·贝克的采访。关于萨莉离世这件事，他表示“不明白为什么有那么多新闻报道”。“我之前从没遇见过萨莉。她没说她是否来过怀尔德伍德，但我感觉她应该是第一次来。”贝克说，自己“差不多每周末”都会前往这处度假胜地。周五，也就是8月15日，贝克早早从金布尔玻璃厂下班——他是那里的机工学徒。第二天，他与萨莉结识。除了她之外，“我还有一大堆在那边认识的朋友，男孩女孩都有……我和萨莉基本一直在跟他们一起玩。”

他坚称新闻上的车祸报道是错的。“我撞上的货车的车主［本森］说他停在路肩，但我绝对没开在路肩上，看我的轮胎印就知道了。我后面那位车主也撞了上去，哪怕是借着我的车灯，他都没看见那辆货车。”贝克说自己之所以能活下来，是因为他的双手紧握住了在撞击中脱落的方向盘。

三天以来，全国各地媒体发布的消息让贝克坐立难安。他希望为自己和萨莉做出一些澄清。“印象里她是个很好的女孩。事故后的很多文章都好像在暗示我们是趁周末出去放纵……我们没在车里干什么‘见不得人的事’。要真是那样她也许还不会死，死的反而可能是我。”

更让贝克感到震惊的是她过去的惨痛经历。“完全没人知道她就是四年前那个被绑架的女孩。我们怎么会记得呢？”虽说当时她得到营救的消息尽人皆知，也登上了《日报》的头版。

他一时间很难相信萨莉的年龄其实那么小。“她跟我说她 17 岁了。她也许带了张 21 岁的出生证明，但我没见到。谁跟女孩约会还要看人家的出生证明啊。”

《日报》记者也采访了贝克的母亲玛丽 · 扬（Marie Young）。事故发生不久后，她接到了儿子的电话。“他说他宁愿死的是自己而不是那个无辜的女孩。这件事对他打击很大。”在此之前他向母亲讲过，她是多么棒的一个女孩子，他很敬佩她即使在怀尔德伍德也坚持去教堂做礼拜。他永远不会释怀：“她是因为想跟他一起回瓦恩兰，才会遭遇不测。”

母子俩还有一层为自己辩护的理由。贝克在车祸中受伤，送往博德特 · 汤姆林医院接受治疗后，警方立即以过失杀人的罪名逮捕了他。8 月 20 日，他的继父詹姆斯 · 扬（James Young）为他缴纳了 1000 美元保释金，贝克返回家中听候审讯。如果这时能出现一篇对他持同情态度，尤其是强调他在事故中没有过失的报道，庭审结果可能会受到影响。

然而对贝克不利的是，他已经不是第一次出车祸了。就在一年前，他在瓦恩兰以北约六公里的纽菲尔德小镇驾驶同一辆轿车——是他母亲玛丽·扬的车——闯了红灯，并与另一辆车相撞。和这次一样，贝克没有遭受很严重的伤害，副驾驶座上的玛丽也是如此。

8 月 22 日，即萨莉离世四天后，家人为她举办了葬礼。位于百老汇街 1451 号的弗兰克·J. 伦纳德殡仪馆涌进了三百多名前来吊唁的人。各地寄来的花圈摆满了萨莉的棺材两侧。

下葬仪式则仅对为数不多的亲属开放。埃拉、苏珊、阿尔，以及萨莉的几位姨母和表亲一同驱车来到位于奶油岭（Cream Ridge）的埃姆里斯山（Emleys Hill）公墓，将萨莉的骨灰葬在了母亲家的家族墓地里。

参加葬礼时，卡罗尔·斯塔兹的心里难受极了。她全程都独自一人坐在角落的长椅上。埃拉和苏珊要求敞开棺材，好让大家有机会向萨莉致意告别。“我好想再见她一眼，可是看到她的那个瞬间，我整个人感觉像被拦腰劈开了一样。”卡罗尔如此回忆。追悼仪式的进程逐步推进，卡罗尔再也不能忍耐，最终逃回了家里。

萨莉死后，卡罗尔有整整一周没去学校。“完全无法承受。那是当时的我面对过的最沉重的事情。”人生中的初次生离死别在卡罗尔心里留下了烙印。随着年龄增长，卡罗尔的许多朋友都已不在人世，而她总是公然表露自己决堤的哀恸之情，身边的人大多对此感到困惑。“别人会说，‘可她跟你只是朋友。’他们也是这么说萨莉的，说我们应该振作起来。可我不想那么快振作起来。我想哭泣、哀悼。我在应激阶段结束后也确实是这么做的。”

弗兰克·拉萨尔最后一次闯入了萨莉·霍纳一家的生活。葬礼当天早晨，她们发现他寄来了一束鲜花。苏珊和阿尔果断决定不把这束花摆出来。

针对本次驾驶事故的首次听证于 8 月 26 日开庭，庭审全程共计两个半小时，没有留下完整的法庭记录，但法院保存下来的案件表显示，贝克拒不承认对他粗心驾驶的指控，托马斯·西尔斯（Thomas Sears）法官作出了无罪判决。

新泽西州的执法机关并不愿让贝克轻易脱身，接下来他还将面对一系列繁杂的控诉、庭审以及裁决。公诉人甚至控告贝克“非法改装车辆”——具体来说是使用了未经批准的车灯罩。警方告诉《瓦恩兰日报》的记者，贝克的车头灯“局部受到其他照明设备组件遮挡”。

1952 年 9 月 3 日，开普梅地区的大陪审团对贝克提出了最严重的一项指控：“意外肇事杀人”。大陪审团认为他“行为疏忽，罔顾后果，蓄意忽视他人的权利与安全……破坏了本州及本国的安定秩序”。

接下来的那一周，9 月 10 日那天，贝克在哈里·塔嫩鲍姆（Harry Tanenbaum）法官面前否认了此项指控。卡罗尔作为证人到庭，陈述她与萨莉的关系，并解释身份证件造假一事。她对庭审的记忆已经比较模糊，但对贝克当天的态度印象颇深。

“他非常傲慢，”卡罗尔告诉我，“他说了一些很奇怪的话，比如审判室的长度本来应该有一百英尺，这间只有三十英尺。我到现在都不明白他是什么意思。”多年之后，她仍对此耿耿于怀，整个交谈过程中曾三次向我提起他这句点评。在她看来，这显示出贝克根本没有认真对待庭审：“他经常冷笑。表现得很愚蠢。”她对他有种深深的、近乎本能的排斥，“就是他开车出了车祸，我最好的朋友才会死，我恨他。”

卡罗尔之所以愤愤不平，应该也与审理结果有一定关系。直至 1953 年 1 月 15 日，塔嫩鲍姆法官才作出裁决。他驳回了过失杀人的指控——法院文件记录得十分粗略，并没有就此给出具体理由——并裁定违规改装车灯罪名不成立。

然而贝克的麻烦尚未结束，他还面临着多起民事诉讼。与刑事法庭文件的情况一样，民事法庭记录也经常语焉不详，脉络中存在许多漏洞。但《开普梅县公报》（*Cape May County Gazette*）及卡姆登《信使邮报》均就这几桩环环相扣的官司作出了详尽报道。

1953 年 5 月 21 日那周，五起诉讼集中开审。多米尼克 · 卡普廖尼（Dominick Caprioni），即事故当晚跟在贝克车后的车主，起诉了他和贝克撞上的那辆货车的车主雅各布 · 本森。他同时还起诉了贝克及贝克的母亲玛丽 · 扬，因为贝克驾驶的福特车在她名下。卡普廖尼共向三人索赔 13300 美元。本森也起诉了贝克和卡普廖尼，不过并未提出索赔。贝克和扬则向本森索赔 52500 美元。而五起民事诉讼中意义最为重大的应属埃拉 · 霍纳对贝克、扬及本森提出的 50000 美元索赔。

以上诉讼均由上级法院埃尔默 · B. 伍兹（Elmer B. Woods）法官主审。或许是因为案件过于错综复杂，开庭第一日就产生了无效审判：中午休庭期间，有人看到一位陪审员在与证人交谈。5 月 26 日重新开庭仅两天后，各方突然达成了庭外和解。不清楚每位原告（有的同时也是被告）最终分别收到了多少赔偿金。

与贝克相关的所有诉讼至此已悉数结案，可直到 1954 年 6 月 30 日，开普梅检方才正式决定不再追究他的责任。在该日期的卷宗上，他的名字后面标注了“不予起诉（nolle pros[1]）”字样。杀死萨莉的这场车祸最终由刑事司法系统认定为一桩可叹的意外。

1 拉丁文“nolle prosequi”的简写。

二十四

狱中的拉萨尔

弗兰克·拉萨尔被判长期服刑后，萨莉·霍纳的家属终于不必再时时想起这名绑架犯，但新泽西法院系统的工作人员可就没这么幸运了。尽管拉萨尔已经选择不接受律师辩护直接认罪，他仍觉得自己有办法逃脱牢狱之灾，这种信心完全来自他对自己和萨莉关系的离奇幻想。拉萨尔没有像亨伯特·亨伯特一样试图升华某种妄想出的模范育儿方式，而是编造出了一套极其粗糙的逻辑，破绽百出且俗不可耐。

拉萨尔向默瑟县法院（特伦顿州立监狱隶属该辖区）提交申请并成功取得了人身保护令[1]。其初次上诉的要点为：自己并未放弃从加州引渡的权利，被带到卡姆登是违背他意愿的强制举措。另外，1951 年 9 月 24 日，拉萨尔在庭上作了冗长的发言，他表示自己“在卡姆登时没有向帕莱塞法官认罪”，也就是说他的“人身自

1　为保障被拘押者的人身安全，防止非法拘禁、无限期囚禁等行为，法院可以签署人身保护令，要求看管人将被拘押者带至法庭接受审查。

由遭到了非法剥夺”。

听证的法庭记录已经遗失，然而在此之后，卡姆登县检察官米切尔·科恩向法院递交过一份申请，其中提到拉萨尔在法庭上作了伪证：他称自己从未承认犯下诱拐及绑架罪，可实际上他于1950 年 4 月公开庭审期间曾对两项罪名供认不讳。由此我们可以清楚得知人身保护令审理的结果。

主审拉萨尔申诉案件的是县法院法官理查德·休斯（Richard Hughes），日后他将成为新泽西州州长及州最高法院首席法官。休斯因拉萨尔当庭作出虚假证言而怒不可遏，并直接向犯人说道：“我估计你现有的刑期都不一定能活着服完，但以防万一，我现在要给你加刑。你申请 [人身] 保护令根本毫无根据，是破坏、妨碍正当执法程序的行为。”最终，休斯判处拉萨尔在默瑟县监狱额外服刑 30 天。

休斯法官之所以如此愤怒，有一部分原因是犯人申诉时信口开河的情况在当时有所增加。“涉及人权侵害的问题，法院必须要认真对待。”休斯写道，“可是最近许多犯人滥用了此项权益，将捏造的信息写入宣誓证词中。这种现象必须杜绝。”

虽被裁定为藐视法庭，拉萨尔也并未气馁。1952 年至 1955 年，他陆续提交了数篇冗长的申请及宣誓书。无论是绑架事件当时还是过后，拉萨尔的心理都只能通过这些仅有的材料来判断，而从中我们可以明显看到一整套欺骗性的叙事。从 1950 年 3 月拉萨尔被捕的那一刻起，他对萨莉拥有绝对掌控时的权威、决断力以及他操纵人心博取信任的能力全都烟消云散了。如今，他整个人都散发着绝望和虚伪的气息。

上诉期间，拉萨尔拒绝承认萨莉不是也从未曾是他的女儿。他屡次写下“亲生女儿弗洛伦丝·霍纳·拉萨尔”，显然是选择性地读了一些判决先例，就自顾自地认定“父亲不能被指控绑架自己的孩子”。

他拙劣地编造说，1948 年 1 月时他“没有和家人一起居住”，但也住在卡姆登市内，并且“一直遵循内心的道德准则，向前事实配偶提供足以维持 [女儿] 生活的抚养费”。拉萨尔称萨莉“经常半夜十二点还独自在外面待着”，他看到了就“叫她回家去，还会给她些钱”。但事实是此前他正因法定强奸罪服刑，1948 年 1 月 15 日才刚刚假释出狱，他从未见过埃拉·霍纳，更不可能与她同居。至于半夜在街上看见萨莉、给她钱、叫她回家，当然也属于无稽之谈。

后来，拉萨尔也向自己真正的女儿马德琳解释了他绑架萨莉的动机，和他申诉时使用的是同一套说辞：他要把她从“每天不是在外面跟男人鬼混就是 [在家里] 躺着”的母亲身边解救出来。他还谎称萨莉曾亲口说，母亲“根本就不管我的死活，好像很不喜欢我似的，从来不给我买衣服，不找 [应为‘照’] 顾我，总是不在家”。

他缺席了马德琳的童年，却利用她来美化他那牵强的模范父亲形象。他称自己屡次前往费城“是为了探望他的另一个女儿，其母亲与他是法定夫妇，当时处于分居状态。可是他去的时候，母女俩都不在家”。（当然，多萝西·戴尔早在 1943 年拉萨尔因法定强奸被捕后就申请了离婚。）

拉萨尔屡次保证他有能够表明萨莉是他女儿的“铁证”，但不用想也知道他拿不出来。他甚至谴责媒体不应在圣何塞救援行动后公开萨莉的名字，称“对儿童的这种曝光有违相关条例”。他表示自己当初急着认罪是出于对“黑恶势力”（大写加粗）的恐惧，并称检察官科恩“对被告说不必请律师，即使请了也帮不上忙”。

在拉萨尔提交的上诉材料里，有一部分是由他人署名的、用以佐证他是个好父亲的宣誓书。如果这些证词为真，那就说明萨莉的一位邻居曾有许多机会看透表面和睦的父女关系背后的可怕现实，却迟迟未能有所领悟。如果实为伪造，那就更加凸显了这起案件丑陋可鄙的本质，即主宰萨莉的正是一个为了假装正常、掩盖罪孽而不惜对自己说谎的人。

这份据称由萨莉·霍纳和弗兰克·拉萨尔在达拉斯时期的邻居内尔罗丝·法伊尔提供的证词，大部分内容都囊括在拉萨尔于1954年呈交的上诉理由书里。汤姆·法伊尔（Tom Pfeil）读过后坚决认为这些话不是母亲写的。他告诉我：“她绝对不会那么说话，措辞和用语都不符合她的习惯。”此外，宣誓书中的大量拼写错误也让汤姆感到十分可疑。他表示，“我母亲很擅长拼写。她大学毕业之后给三位律师当过秘书。她可能不太懂法律，但起码写东西是不会出错的。”

宣誓书里写道，萨莉“每天有好几个小时”都待在法伊尔家。汤姆对此嗤之以鼻。首先，他们家的所有成员都不经常在家。经营拖车营地之余，查尔斯和内尔罗丝还打理着自己的贮木场，两人周中每天工作 16 至 18 小时。儿子们从十几岁开始在营地帮工，每周如果能谈判下来半天的休息时间就谢天谢地了。汤姆高中毕业后加入了海军陆战队，他告诉我，来到新兵训练营时他心里想的是："啧，这些我不是早都做过吗。"

"我母亲非常坚强能干，"汤姆说，"她身高才一米五五，可她连钢铁也能削动。要是排水管道冻住了或者裂开了，她都能给修好。她不是蛮横的人，但她开的是拖车营地，不是婚纱店。"内尔罗丝于 2001 年去世，终年 84 岁。她一生对工作兢兢业业，直到逝世前四个月还几乎每天都来营地。她和查尔斯有条雷打不动的准则：绝不和住客交际往来。"除了收租金以外，基本不会有任何接触，"汤姆说，"他们是因为受过伤害才立下这种规矩。之前我有几次交了不该交的朋友，很不幸让我父母赔惨了。只要你一跟人家熟起来，接下来马上就是各种'我这周手头有点紧'。"法伊尔一家因此和营地住户都只进行最低限度的交流。汤姆强调说："萨莉绝不可能每天来我家好几趟。"

然而证词里提到拉萨尔很宠萨莉，这与汤姆的回忆是吻合的。"她用不着躺 [原话如此] 地上撒泼打滚。她要的东西 [拉萨尔] 都会买给她。"汤姆说，"她穿的衣服都挺好的，不是破破烂烂的那种。总之肯定没有虐待她。所以大家才都特别震惊嘛。我们还以为爸爸很疼女儿，觉得很温馨。"

同时，这份所谓由内尔罗丝 · 法伊尔提交的宣誓书还有一个疑点——文件上标注了法伊尔家在朗代尔大道 2240 号的新住址。如果像她儿子说的那样是伪造的，弗兰克 · 拉萨尔又怎么会知道他们搬离科默斯街后的住址？

汤姆·法伊尔非常坚定地表示，母亲从未跟进了监狱的拉萨尔有过任何联络。“要说我母亲跟什么宣誓书有半毛钱关系……还不如直接告诉我她是从火星回来的。”

此外，拉萨尔保持了之前服刑的习惯，经常从特伦顿监狱写信给外面的人。据露丝·杰尼施的孩子们透露，他跟露丝联系过好几次。露丝留存了许多剪贴簿，其中至少有一本专门用于收集与萨莉营救行动有关的报道，女儿雷切尔·杰尼施（Rachel Janisch）以及瓦妮莎·杰尼施（Vanessa Janisch）[1]（萨莉得到救援时她还没出生）印象中都曾见过拉萨尔的信件捆成一沓夹在里面。

截至写作这本书时，我还未能亲眼见到露丝的剪贴簿。这些册集曾在家庭成员间互相传递，经手了几代人。露丝一辈子都在纪念、追忆那个帮助萨莉逃脱险境的自己。她反复向儿女提及此事，想让他们把她当成英雄来看待，信任她，明白她有能力做正确的事。孩子们则大多认为这与她平常的所作所为存在冲突。他们一直都无法理解她，只有雷切尔最终认定“她在力所能及的范围里尽量去做了对的事”，即使她作为母亲、作为个体，都曾犯下许多沉重的错误。

萨莉·霍纳的家人要用一生的时间来消化萨莉的猝然离世。小说里，多洛蕾丝·黑兹的丈夫狄克·斯基勒尔在她死后只得独自抚养孩子。而在现实生活中，还有一名女性默默承担了父亲暴

1　均为化名——原注。

行的间接伤害。这个人就是弗兰克·拉萨尔的女儿，我们叫她马德琳。

二战期间，马德琳的母亲多萝西一直在布鲁克林海军造船厂工作。前夫入狱后，她重整旗鼓，支撑起母女俩的生活。作为一名刚离异的单身母亲，多萝西面临的人生抉择与多洛蕾丝·黑兹结婚时的境况有几分相似。马德琳夏天和母亲同住，冬天则住在商特维尔外祖父的房子里。战后，在马德琳 10 岁那年，多萝西认识了一名比她年长几岁的退伍军人。对方开始抚养马德琳。他们结了婚，又生了一个孩子。两人的婚姻持续了将近四十年，直到 1986 年他离世。

等孩子都长大后，多萝西先是入职了一家小广告公司，然后又在金宝汤找了份工作——直到今天，金宝汤的总部仍在卡姆登。到 1991 年退休时，多萝西已经在那里干了三十年。半个多世纪以来，多萝西也积极参与当地的浸礼教会的活动，曾在执事委员会[1]任职多年。

2011 年，多萝西以 92 岁的高龄离世。当时她的孩子们都还活着，孙辈和曾孙加起来超过十人。多萝西和家人度过了安稳的生活，随着年龄增长，与弗兰克·拉萨尔纠缠的动荡日子也逐渐远去。直到二十几岁结婚生育后，马德琳才真正了解到父亲入狱的具体细节。2014 年时她回忆说："报纸上登了篇文章，母亲看到觉得

1　教会执事（deaconesse 或 deacon），辅助牧师完成行政和组织工作等日常事务，没有一定的职责。

不能再瞒着我了。”得知父亲仍在服刑，马德琳并没有抵触，反而感到很好奇：“我想见见他，想跟他说话。”

她在拉萨尔生命的最后一年与他取得了联系，甚至带着自己学龄前的孩子一同前往特伦顿州立监狱探视。拉萨尔给孩子们做了模型船，还亲手缝了皮质手包送给马德琳夫妇俩。他患有肺病及心脏病，因此预备假释时马德琳还曾主动提出让他住在自己家里。不过拉萨尔没有等到提前释放的那天。

“见到他之后，我发现我和他长得很像，”马德琳说，“我丈夫也一下就看出来了。”她不想复杂化父女之间的关系，最后的那几个月里，她没有问拉萨尔是因为什么而入狱。马德琳告诉我：“一般女儿怎么跟父亲聊天，我们就怎么聊天。没有什么压力。他是我爸，就这么简单。说实话我并没有去想他是有罪还是无罪。”

书中的小约翰·雷成了亨伯特·亨伯特自白的载体。类似的，马德琳也潜移默化地延续了弗兰克·拉萨尔的扭曲叙事。她听到我用了“绑架”一词，便颇为强硬地打断道：“他不是这样跟我讲的。”然后她向我复述了一遍拉萨尔上诉时的那套已被法院充分驳回的臆想之词。

拉萨尔再也没能重见天日。1962 年，他最后一次上诉仍以失败告终。1966 年 3 月 22 日，拉萨尔死于动脉硬化，那是他在特伦顿州立监狱服刑的第 16 年。按照死亡证明的记录，他应该差两个月满 70 岁。证明上姓名写的是“弗兰克·拉萨尔三世”——他从未用过这个代称。不过既然此人终生都坚持要掩盖某些可怕的真相，那他死时年龄和姓名成谜也就不足为奇了。

二十五

“哎呀，爱德，真倒霉”

1952年9月2日，即萨莉·霍纳去世两星期后，弗拉基米尔·纳博科夫留意到美联社报道的另一桩轰动罪案。他把这则新闻也记在了便签卡上。《洛丽塔》里虽然自始至终都能看到萨莉事件的影子，可最终只有一节括号里的内容提到她，而另外这起案件却在第三十三章开头占据了整整一个自然段的篇幅。亨伯特·亨伯特返回拉姆斯代尔故地重游。趁着还未引起注意，他首先来到了当地的公墓，一边散步一边回忆往昔。踽踽徘徊之际，他见到这样一番景象：

> 有些坟墓上，插着暗淡、透明的小国旗，这些旗帜在常青树下无风的空中搭拉着。哎呀，爱德，真倒霉——指的是吉·爱德华·格拉默（G. Edmard Garmmar）[1]，一个三十五岁的纽约办事处的经理，他刚刚因被控谋杀他

1 这是一处文字游戏，哎呀，爱德，即Gee，Ed。Gee与“G”读音相同。

三十三岁的妻子多萝西而引人注目地受到传讯。爱德为求把这桩罪行干得不留痕迹，就用大头短棒猛击他的妻子，随后把她塞进一辆汽车。可事情还是败露了，县里的两名警察在巡逻的时候看见格拉默太太崭新的大型蓝色克莱斯勒牌汽车[1]（是她丈夫送她的结婚周年纪念的礼物）正发疯似的冲下山坡，那个山坡正好在他们的巡逻范围之内（愿上帝保佑我们的好警察！）。汽车擦过一根电线杆，冲上一个长满芒刺草、野草莓和委陵菜的路堤，最后翻倒了。当两名警察把格拉默太太的尸体从车里抬出来的时候，车轮仍在柔和的阳光下缓缓地转动。开头这似乎是一起常见的公路上的意外事故。唉，只是那个女人被击得血肉模糊的身体与受到轻微损坏的汽车很不相称。我干的话就会高明得多。

纳博科夫巧妙的写法让读者很难弄清亨伯特是真的路过了凶手的坟墓，抑或只是在观望墓地时想到了这起案件。实际情况应该是后者，因为拉姆斯代尔理论上位于纳博科夫非常熟悉的新英格兰地区，而吉·爱德华·格拉默一案则发生在巴尔的摩。纳博科夫完全不了解这座城市。格拉默的名字 Grammer 错拼成 Grammar（意为语法）是刻意为之；文字游戏家又找机会塞进了个小玩笑，同时

1　汽车品牌克莱斯勒（Chrysler），又译佳士拿，与纳博科夫一家开过的普利茅斯同为克莱斯勒公司制造。

也隐隐呼应了早前亨伯特宣称要向当地学生教授法语语法的打算。

便签卡上记录的吉·爱德华·格拉默案件的内容和书里的最终版本很接近。“哎呀，爱德，真倒霉”以及“愿上帝保佑我们的好警察”都照搬进了《洛丽塔》，但是围绕“格拉默太太的新车”另有一句讽刺的评论被纳博科夫删掉了：“早知道就该在礼物上提前动点手脚呀，爱德！”

该案与萨莉的车祸事件相互映衬，显然为作者带来了重要启发。格拉默案作为一起“几乎完美的犯罪”，一度受到媒体及公众的热烈关注。如果巴尔的摩警方不曾发现某些可疑的细节——例如有一块卵石卡在油门踏板底下——那么格拉默恐怕真的会逍遥法外。

犯罪过程基本就像纳博科夫在小说里描述的那样。1952 年 8 月 19 日傍晚，爱德·格拉默和妻女共度了周末，正准备返回纽约。为了照顾孤寡的母亲，多萝西带着两个女儿搬到了巴尔的摩郊区的帕克维尔镇，留下爱德自己住在纽约布朗克斯的公寓。每周日晚上，多萝西都开着那辆蓝色的大克莱斯勒送爱德到巴尔的摩车站。爱德把接下来一周的钱交给妻子，然后搭上 11 点 28 分的火车。“事故”发生数天后，他还坚称多萝西照常送他去了车站，那是他最后一次见到她。

可是有什么地方不对劲。车子沿着泰勒大道直冲下斜坡，擦过电线杆时，在旁边目睹的证人碰巧是两名巡逻警官。多萝西的状况让他们感到十分讶异——通常车祸中容易受伤的部位都相对完好，颅部反倒因撞击产生了凹陷。驾驶座上有血，但如果当场死亡，喷溅的血量理应更多才对。更奇怪的是，现场没有找到多萝西的钱包和眼镜。直到巴尔的摩县警方发现了推动油门踏板的卵石，这起“事故”的真相才得以揭晓，格拉默也终于坦白了罪行。

紧接着，媒体察觉到格拉默可能是因为婚外情而杀妻，此案的热度再次上涨。记者们开展了新一轮调查，发现这位情人名叫玛蒂尔达·米兹布罗基（Matilda Mizibrocky），是联合国的通讯官员。她发誓自己对男友已婚的事实毫不知情。报道中没有立刻登出她的姓名；法院文件也以假名“玛丽·马修斯”（Mary Matthews）来指代她，以避免她的证词受到干扰。保护证人的行动最终收效甚微。格拉默的辩护团队更是提出了严正抗议，因为就连他们都很难接触到米兹布罗基，这对律师准备辩护造成了影响。

不知纳博科夫在格拉默被捕后有没有继续关注该事件的报道。庭审过程中浮现出更多骇人的细节，1954 年对格拉默施以绞刑时还发生了失误，再次吸引了公众的眼球。无论如何，这桩案件的主体，即丈夫谋杀妻子并伪装成车祸，已经足够作者从中吸取灵感。夏洛特·黑兹得知亨伯特觊觎自己的女儿后与他大吵一架，结果在跑出门时被车撞死，这起意外身亡事件中显然有格拉默案的影子。

小说里格拉默这段的最后一句话读来尤其令人脊背发凉。格拉默最终还是没能做到神不知鬼不觉，可亨伯特·亨伯特却可以在近两年的旅途中长期强奸多洛蕾丝·黑兹而免受法律的制裁。难怪他说：“我干的话就会高明得多。”

我之所以提及格拉默一案，是因为这是纳博科夫将真实案件应用于小说中的又一实例。无论格拉默案也好，萨莉绑架案也罢，我们今天还能看到相应的便签记录，这本身就说明纳博科夫认为案件内容有足够的重要性，是值得留存的。

这起案件也显示了纳博科夫对犯罪故事的广泛兴趣。可他在公众面前表现出的态度与此截然相反。他也经常抨击悬疑小说，但其实他年轻时无比喜爱埃德加·爱伦·坡以及阿瑟·柯南·道尔的《福尔摩斯探案集》；同时他还一边大肆贬低陀思妥耶夫斯基，一边给康奈尔的学生们讲《罪与罚》。他非常嫌恶别人把《洛丽塔》当作类型小说来读，然而纳博科夫的许多虚构作品都遵循着罪案和悬疑小说的框架：《斩首之邀》（*Invitation to a Beheading*）即是一名男子等待被处决的故事；《绝望》（*Despair*）的主人公想要杀死另一个自己；《洛丽塔》则围绕绑架和强奸展开，以谋杀收场。

我也因此特别留意到，在《洛丽塔》出版仅一个月后，纳博科夫又对另一起真实罪案产生了兴趣。1958 年 9 月 12 日，好友莫里斯·毕晓普来电庆贺新书热卖时，薇拉曾告诉他，纳博科夫正沉迷于阅读梅尔文·尼米尔医生（Dr. Melvin Nimer）及其妻子路易丝·琼（Louise Jean）于斯塔滕岛家中被刺身亡的相关报道。此案吸引纳博科夫的地方在于，警方最初认定的嫌疑人是夫妻俩 8 岁的儿子小梅尔文（Melvin Jr.）。小梅尔文的床上留有布条，可以推断他在父母遇害时曾被捆绑，但警察认为他“举止异常平静”，而且屋内没有强行闯入的痕迹，精神鉴定过程中他似乎还对自己的罪行供认不讳。

但对这名儿童的初步指控很快便站不住脚了。现场缺乏能证明梅尔文与谋杀行为有任何关联的物证，而且警方发现尼米尔医生在医院备存的一套钥匙不翼而飞，所以才会“无强行闯入痕迹”。该案至今没能破解，可直到2007年，仍有警方探员认为梅尔文·尼米尔的嫌疑最大。

在《洛丽塔》手稿完成之前，纳博科夫一家再次踏上了一路向西的旅途。经过长时间的耕耘——五年或六年，取决于谁在数、谁在听——小说已接近完工，不过还远没有到可以出版的程度。这趟旅行也成了弗拉基米尔和薇拉离开东海岸最久的一次。

1953年4月上旬，他们驾驶着可靠耐用的奥兹莫比从伊萨卡出发，先在亚拉巴马州伯明翰市停顿休整，然后直奔亚利桑那的奇里卡瓦山脉（Chiricahua Mountains）。山中本来应该有大量蝴蝶，但5月份抵达时，由于气温陡降、冷风凛凛，捕捉活动进行得很不顺利。月末，他们便继续往西进发，途经加州的数片湖泊，来到俄勒冈州阿什兰市。

夫妻俩租下位于米德路163号的房子，从6月1日开始一直住到了8月末。没有蝴蝶样本可以整理时，纳博科夫快马加鞭地投入了《洛丽塔》的收尾工作。薇拉用打字机整理好文稿后，他就立刻烧掉原本的手稿。在俄勒冈隐逸恬静的夏日生活结束后，二人取道詹尼湖（Jenny Lake）和大提顿峰，返回东部家中。

他们像往常一样赶在9月初回到了伊萨卡。不同的是，这回《洛丽塔》快要完成了。

二十六

《洛丽塔》的写作与出版

1953年12月6日，弗拉基米尔·纳博科夫的一页日记被文学课学生的期末成绩占去大半。最底下的空白处写着："完成了《洛丽塔》。正正好好花了五年时间。"有那么几年他都以为自己永远不会迎来这一天了。

为了有饭吃、有地方住，还能在夏天去旅游捕蝴蝶，纳博科夫必须得在学校教课。除此之外，创作《洛丽塔》的过程中还不时有其他项目插进来——包括翻译作品（《伊戈尔远征记》），以及1951年刚刚出版的首版自传。纳博科夫原本认为这部小说"如果心无旁骛，大概能在一年内写完"，但实际上整部作品构建的过程颇为零散无序。作者逐渐习惯于在车里和床上用便签卡记下思路。

1953年暑季旅行期间，《洛丽塔》的写作进度趋于平稳。纳博科夫处于非常亢奋的状态。他向薇拉口述小说内容，同时"旧手稿的使命一旦完成，就立刻团成纸球丢出车窗外，或者投入旅馆的壁炉"。到了秋季，纳博科夫继续拿着康奈尔的工资，却把教课和批改作业的事务都委托给薇拉，自己每天经常花16个小时来写作。

手稿越积越厚，纳博科夫却愈发感到担忧。1953年9月29日，他在给《纽约客》编辑凯瑟琳·怀特的信中写道，“五年来我怀着巨大的顾虑，付出了无限的精力，总算是差不多完成了这部庞杂、神秘、令人心碎的小说。”他知道《纽约客》肯定不会同意刊登其中的节选，但是根据协议，纳博科夫的每篇作品都会先交由编辑部审读，而且无论结果如何，他从来都很乐意听取怀特的反馈。她看后很喜欢，但也表示节选确实不适合发表在《纽约客》上。

小说终于完成了。但这场写作拉力其实并非始于1948年12月6日，而是起码在十年前写作《魔法师》时就初具雏形——抑或如同1947年纳博科夫致埃德蒙·威尔逊的信中所述：“我在写一本篇幅不长的小说……讲的是一个喜欢小女孩的男人——标题打算叫《海边的王国》。”纳博科夫知道该作品可能会引发争议，甚至激起公愤；难怪他曾两次试图销毁手稿。这还仅限于外界知道的情况。

第一次是1948年秋天，在伊萨卡，史黛西·希芙所著的薇拉传记中对此有详细描写。纳博科夫收拾起全部手稿，丢进了塞尼卡街屋后的垃圾桶，薇拉意识到他想做的事情，立马冲出去阻止。她赶到之前，纳博科夫在康奈尔的学生迪克·基根（Dick Keegan）恰巧路过。他看到纳博科夫刚开始将稿纸一页一页投入垃圾桶边生起的火堆里，“薇拉惊恐地从火中捞出了少量手稿。她的丈夫在一旁大发牢骚。薇拉让他‘赶紧到边上去！’。他照做了。她踩灭纸页上的火苗，然后不容争辩地说，‘稿子要留下来’。”

另外至少还有一回，在纳博科夫试图销毁《洛丽塔》手稿的关头，仍是薇拉及时出现将局面控制下来。纳博科夫对《洛丽塔》的摒弃也许更多是一种表演而非真心，罗伯特·罗珀就指出："薇拉之所以能救下书稿，是因为她刚巧在现场附近。火堆可不是趁她出门在外时燃起来的。"薇拉的举动使她真真正正成为了守护《洛丽塔》的圣女贞德[1]式人物。她不惜忍受丈夫的牢骚，勇敢地拯救了20世纪最重要的文学作品之一。

后来，纳博科夫还曾在《巴黎评论》（*Paris Review*）访谈中提起"1950年的某天"《洛丽塔》再次差点被毁的故事。"当时我陷入了瓶颈和忧虑，准备把第一章全部扔进后院的焚烧炉里，是薇拉又一次出面阻止了我，说服我留下手稿，冷静下来好好想想。"这里所说的可能就是迪克·基根目睹的那次，只是纳博科夫记错了日期。或者薇拉又一次守护了《洛丽塔》，不过没有确凿的记录。

将《洛丽塔》投往出版社前，纳博科夫首先提出了一条要求：不能署他的名字。他写信给凯瑟琳·怀特寻求反馈时还特地询问她，出版方是否可能同意这种条件。怀特回复说，以她的经验来讲，作者的身份迟早会泄露。可纳博科夫还是希望匿名。其原因与烧手稿的动机相同：他认为如果跟这样一本爆炸性的书扯上关系，那么不光是写作生涯，就连教职都有可能受到影响。

书稿在纽约各大出版商之间传开，纳博科夫依然坚持不用真名发表。刚开始联络的几家出版社无一愿意出版《洛丽塔》，或许

---

1 "洛丽塔"这个名字很晚才确定下来。起初纳博科夫给主角起的名字是"胡安妮塔·达克（Juanita Dark）"，即西班牙语化的圣女贞德（Jeanne d' Arc），或称圣让娜（Saint Joan）。——原注

也与他坚持匿名有一部分关系。

纳博科夫在维京[1]的编辑帕斯卡尔·科维奇（Pascal Covici），以及新方向出版社曾与他合作过《塞巴斯蒂安·奈特的真实生活》（*The Real Life of Sebastian Knight*）、《黑暗里的笑声》（*Laughter in the Dark*）、《尼古拉·果戈理》的詹姆斯·劳克林都拒绝了他的稿件。法勒–斯特劳斯（Farrar, Straus[2]）和西蒙–舒斯特（Simon & Schuster[3]）两家出版社也给出了同样的答复：如果因违反淫秽物品管理条例被诉，律师费可能会很高昂，他们不想承担这样的风险。唯一希望出版《洛丽塔》的是道布尔戴（Doubleday[4]）出版社的编辑贾森·爱泼斯坦（Jason Epstein），但是公司总裁刚听到这本书的主题就立刻否决了此项计划。

小说尚未正式出版，文学界却已提前知晓稿件的内容。评论家埃德蒙·威尔逊读过一半后给纳博科夫写信抒发感想（“我认为你的其他所有作品，只要是我读过的，都比这部要好”）。威尔逊写道，《洛丽塔》让他感到五味杂陈——或许是因为他由此追忆起自己的小说《海克特县回忆录》（*Memoirs of Hecate County*）出版后遭遇审查风波，最终成为禁书被粉碎回收的往事。威尔逊的前妻，

1 维京出版社（Viking Press）成立于 1925 年，现为企鹅兰登书屋子公司。

2 1946 年由小罗杰·W. 斯特劳斯和约翰·C. 法勒创立，现为 Farrar, Straus and Giroux，即 FSG。

3 派拉蒙旗下大型出版公司。

4 又称双日出版社。成立于 1897 年，2009 年与克诺夫出版集团合并，现属于企鹅兰登书屋品牌。

小说家兼文学评论家玛丽·麦卡锡（Mary McCarthy）说她在阅读《洛丽塔》的过程中感到“低落、困惑”。他的现任妻子埃琳娜则很喜欢这本书。另外，多萝西·帕克（Dorothy Parker[1]）为《纽约客》撰写的一篇讽刺作品中出现了名叫“洛丽塔”的角色，想必她也读过这本书。

上述几位都是颇具影响力的文学读者，可既然小说迟迟不能发表，任何人的评论都毫无意义。截至1955年2月，美国的出版公司全部拒绝了《洛丽塔》。如果还想出版，就不能再局限于美国的严肃文学圈。几周后，纳博科夫跟埃德蒙·威尔逊开玩笑道：“最后可能会交给什么叫维也纳幻梦之类的靠不住的公司出版。”结果这句话在秋天前便成真了。

由莫里斯·吉罗迪亚斯（Maurice Girodias）创立并负责运营的奥林匹亚出版社（Olympia Press），因积极吸纳其他出版社不敢碰的作品而名声在外——这里面大部分确实是色情读物，写得差，书做得也很草率，少数作品则是被打上了堕落的标签，例如亨利·米勒（Henry Miller[2]）的《南回归线》（*Tropic of Capricorn*）和《北回归线》（*Tropic of Cancer*），J. P. 唐利维（J. P. Donleavy）的《姜饼人》（*The*

1 诗人、作家、评论家、编剧，作品以犀利幽默的洞察著称。

2 美国“垮掉派”作家。《北回归线》《南回归线》为其半自传性代表作，因含有直白的性描写而遭到英语国家抵制长达二十余年。

Ginger Man）[1]，以及用假名发表的《O 的故事》（*The Story of O*）[实为安妮·德克洛（Anne Desclos）所著，数十年后才得以揭晓[2]]。

纳博科夫在欧洲的经纪人杜西亚·埃尔加兹（Doussia Ergaz）把《洛丽塔》投给吉罗迪亚斯是因为他有出版艺术图书的经验。她似乎并不了解奥林匹亚出版社比较见不得光的一面。吉罗迪亚斯很清楚纳博科夫新作的文学价值，此项业务对奥林匹亚来说大有裨益。1955 年 5 月中旬，吉罗迪亚斯提出要出版《洛丽塔》。埃尔加兹随后写信给纳博科夫："他认为这本书不仅是非常优秀的文学范本，而且可能导致社会对书中那种爱情的态度发生变化。当然，前提是它非常真挚，而且具有不可遏制的燃烧的激情。"

好不容易找到出版方，纳博科夫终于能松一口气，便没有反驳吉罗迪亚斯对《洛丽塔》社会目的性的误解。可他这口气松得还是太早了；他在 1955 年 6 月 6 日签署的合同怎么看都更像是魔鬼的交易书。新出版商将作者与角色混为一谈，坚持认为纳博科夫把自己的生活体验写进了书里。他还要求纳博科夫使用真名发表。纳博科夫不敢提出反对意见，他觉得这是《洛丽塔》出版的最后机会了。此外，纳博科夫很晚才看到校样，以至于来不及作出任何改动。这让以挑剔细节著称的作者难受了很久很久。奥林匹亚出版社于 1955

---

1 J. P. 唐利维，爱尔兰裔美国作家。《姜饼人》讲述爱尔兰裔退伍军官塞巴斯蒂安·丹杰菲尔德的糜烂人生，曾因性描写在爱尔兰及美国遭禁。

2 安妮·德克洛，法国记者、作家、翻译家，通常使用笔名多米尼克·奥利（Dominique Aury）写作。《O 的故事》使用笔名波莉娜·雷阿日（Pauline Réage）发表，含有大量受虐及性描写。作者临近去世前才揭晓自己的身份。

年 9 月 16 日出版了《洛丽塔》，几周后纳博科夫才发现书已经上架。正如纳博科夫所担心的那样，最终印刷的版本纰漏百出。

最令纳博科夫愤怒的是，吉罗迪亚斯在版权和稿酬方面的态度都十分轻佻敷衍。出版方将《洛丽塔》的版权联合登记在了纳博科夫和奥林匹亚名下，而纳博科夫直到 1956 年初才得知这一情况。由于当时美国版权法的条款限制，他只有五年的时间在美国重新出版《洛丽塔》，一旦超过时间限制，小说便会自动划为公有版权。

华盛顿州版权局建议纳博科夫向奥林匹亚出版社索要一份“权利转让契据”——即让对方正式声明放弃版权。吉罗迪亚斯刚开始没有答复，之后又拖了两年迟迟不办。纳博科夫后来回忆说：“我和 [吉罗迪亚斯] 的交易自始至终都笼罩着一种疏忽、逃避、拖延，以及欺诈的气息。”

吉罗迪亚斯还有个讨厌的习惯：他不付版税，也不填报表。因此虽然《洛丽塔》在法国销售火爆，但头两年里纳博科夫没有见到一分钱。到了 1957 年 10 月，他终于受够了吉罗迪亚斯各种搪塞推诿的伎俩，提出终止合同，也就是说他将收回与作品相关的全部权利。吉罗迪亚斯还清了所欠款项（44220“旧法郎”），纳博科夫的态度软下来，决定不再追究。然而吉罗迪亚斯很快又开始如常拖欠版税，这令纳博科夫极为不满。他需要钱，不过当务之急是要脱离奥林匹亚出版社的束缚，以便按照他一直希望的方式出版《洛丽塔》。

纳博科夫是幸运的，很快他就能再次放松心情，因为《洛丽塔》终于在美国找到了一席之地。

1957年8月30日，纳博科夫收到了G. P. 普特南图书公司[1]总裁、出版人沃尔特·明顿（Walter Minton）的一封信，上面写道："作为美国出版商这一较为落后的群体中尤为落后的一分子，我直到最近才渐渐开始听说有一本叫《洛丽塔》的书。"一番客套后，明顿进入了正题，"我想问问这本书是否还需要出版商。"

三十出头的明顿在两年前接替父亲梅尔维尔·明顿（Melville Minton）成为了普特南图书公司的负责人。上任不到几个月，他便屡屡出版被其他出版社拒绝的争议性作品，其中包括诺曼·梅勒（Norman Mailer）的第二部小说《鹿苑》（*The Deer Park*）[2]。这本书里出现了一段生动的口交描写，因有触犯淫秽法的风险而在多家出版社碰壁。但明顿没有被吓倒，甚至还在报纸上刊登广告，称《鹿苑》为"六家出版社不愿让你读到的书！"。

明顿喜欢参与文化讨论，如果能顺便冒犯到别人就更好了。事后想来，他出版《洛丽塔》也在情理之中。有趣的是，明顿听说《洛丽塔》竟是通过他当时的情人，曼哈顿中城一家名为"拉丁区"夜总会的舞女——罗斯玛丽·里奇维尔（Rosemary Ridgewell）。她阅读了《铁锚评论》（*Anchor Review*）杂志上的《洛丽塔》节选。1958年她曾说："我觉得纳博科夫写作的方式很有意思，很，怎么

---

1 G. P. Putnam's Sons，位于纽约的家族出版公司，现为企鹅旗下品牌。

2 诺曼·梅勒，小说家、记者、编剧；二战期间在美国陆军战队服役，发表讲述二战经历的小说《裸者与死者》（*The Naked and the Dead*）后一举成名。《鹿苑》以好莱坞为背景，讲述退役飞行员瑟吉厄斯受到利益和享乐诱惑的故事。

说呢——像水晶一样？”

明顿去她在上东区的公寓拜访时读到了这几页节选。60 年后，他于 2018 年初回忆道：“我半夜醒来，看见桌上有这么一篇故事，就拿起来读了。到了早上，我就觉得我们必须得出版它。”（因为里奇维尔成功发掘了新作品，根据普特南公司的一项长期政策，她将获得一笔不菲的报酬：相当于作者首年版税的 10%，再加上两年内出版商附属权利份额的 10%）。

收到明顿的信时，纳博科夫已经基本放弃了《洛丽塔》在美国的出版计划。三年来曾有数家出版社表示有兴趣，但最终都退缩了。让纳博科夫感到气愤的是，吉罗迪亚斯先是拖欠版税，后来索性不再支付任何欠款，但现在此人却可能通过《洛丽塔》大赚一笔。小说已经成书两年，纳博科夫迫切希望能够拿到经济回报，以及获得他应得的评论关注。

《洛丽塔》在法国遭到了封禁。《铁锚评论》刊出了它的节选，小说家格雷厄姆·格林（Graham Greene）对它大加赞赏，编辑兼评论家约翰·戈登（John Gordon）则表示严厉谴责。人们争相进购《洛丽塔》，然后偷运到美国进行贩卖。无论他们的态度是赞许还是抨击，所有人都从这本书上谋取了利益，唯有作者本人在投入多年劳动后几乎一无所得。

明顿的信无疑带来了转机。纳博科夫于 9 月 7 日回信说，明顿可以自行与奥林匹亚出版社谈判，不过“最终安排还是需要让我来确认一下”。他同时提醒道：“奥林匹亚的老板吉罗迪亚斯先生是个相当难缠的人。如果你能与他达成协议，我将不胜欣喜。”

虽然吉罗迪亚斯名誉不佳，明顿却没有为此而担忧。甚至如果有必要的话，一路为《洛丽塔》辩护到最高法院他也在所不辞。但明顿告诉纳博科夫，这种豪爽的担保实际上意义并不大，相反他认为应采用更慎重的做法，“巧妙地呈现这本书的内容，从而把获诉的风险降到最低”。

明顿想知道《洛丽塔》是否真的有可能成为公版书。冒着暴风雪来到伊萨卡与作者会面那天，他提出了这一疑问。纳博科夫告诉明顿，他知道奥林匹亚出版的《洛丽塔》已经在美国贩卖了“至少三四千册”。明顿讲得很清楚：“我跟他说，‘千万不要透露给任何人，因为这个事实一旦确认，你的版权就一文不值了。’”

对超规的销售额保持沉默并不是什么难事。但除此之外纳博科夫还要向吉罗迪亚斯低头，他稍微多花了些时间才跨过心理上的障碍。尽管他非常希望终止与前出版商的一切金钱交易——因为吉罗迪亚斯未能遵守协定，他甚至不惜彻底作废原先的合同——可他还是勉强听从了明顿的意见，即最好给予吉罗迪亚斯一定份额的美国版权，以便确保小说能尽快出版。

明顿在 1958 年冬季的通信中阐明，越是趁着大家对《洛丽塔》兴趣高涨的时候出版，法院就越有可能作出对纳博科夫有利的裁定。各种文章、白热化的讨论和评议可以证明这是一本有文学价值的书，而非低级的淫秽作品。如果纳博科夫为了处理与吉罗迪亚斯的纠纷而推迟《洛丽塔》在美国的出版时间，现有的正向宣传都会白白浪费掉——这样一来，无论法院如何判决，他们都不太可能获得多少收益了。

纳博科夫觉得明顿的话很有道理。1958年2月初，他回信同意了明顿提议的条款（和吉罗迪亚斯平分版税，双方各获取精装本所得的7.5%）。明顿于2月11日给吉罗迪亚斯发送了电报，3月1日收到纳博科夫签署的合同。

1958年8月18日，小说在美国出版。纳博科夫默默无闻的日子快要结束了，《洛丽塔》的面世必将带来惊天动地的震撼，每个人都预见到了这一点，纳博科夫本人更是再清楚不过。

1958年夏天，弗拉基米尔和薇拉·纳博科夫又一次从伊萨卡开车上路。也许是为了舒缓紧张的情绪，或为了打起精神面对接下来的挑战，两人足足开了八千多英里去寻找蝴蝶。考虑到《洛丽塔》前期宣传的需要，纳博科夫决定从秋季开始向康奈尔申请休假一段时间。他们于8月初回到纽约，正好来得及赶上在哈佛俱乐部举行的新闻发布会。薇拉在夫妻共同使用的“一日一页”日记中写下了她对当晚活动的总体感受，并评价了丈夫的表现：“弗拉基米尔今天取得了胜利……不仅表现得风趣有才华，而且——谢天谢地——忍住没有发表对当下某些名人的看法。”

小说出版当天，明顿给纳博科夫拍去这样一条电报：“出版日人人都在讨论《洛丽塔》。昨天的评论好极了，今早《纽约时报》的书评引爆了市场，一上午收到300份追加订单，书店供不应求。祝贺！”

明顿所说的是周日，即8月15日《纽约时报书评》上刊登的伊丽莎白·詹韦（Elizabeth Janeway）那篇热情洋溢的文章。她称赞

《洛丽塔》为“本年度最风趣也最悲伤的小说之一”，并表示其中绝无色情意味：“该作品准确、直观地展现了欲望所带来的后果，我想很少有任何书能像这样有效地扑灭读者的爱欲之火。”因为小说得到了詹韦的好评，而且销量持续高涨，8 月 18 日正式出版那天，奥维尔·普雷斯科特（Orville Prescott）发表在日报上的批判文章并没有掀起波澜。

出版四天内，零售商的再订购数量猛增至 6777 份。到 9 月底，《洛丽塔》卖出了超过 8 万册，一举登上《纽约时报》畅销书排行榜首位。六个月前纳博科夫和明顿开始筹备在美国出版《洛丽塔》，确保法律和版权方面都万无一失，如今这笔共同投资显然换来了巨大的回报。接下来纳博科夫夫妇还将迎来更多收益。在明顿的建议下，他们授权欧文·“斯威夫特”·拉扎尔（Irving “Swifty” Lazar）将《洛丽塔》的电影版权出售给斯坦利·库布里克（Stanley Kubrick），价格为 15 万美元。

这些数据都是薇拉在追踪了解。小说出版前后的几个月里，她把每一条跟《洛丽塔》有关的报道都记录在了“一日一页”日记本里。纳博科夫反而显得“十分无动于衷——一心想着之后要写的故事”还有整理夏天捕到的蝴蝶。或者正如薇拉所述，至少他表面上呈现的是这种状态。当请求采访、问询附属权等各种信件如潮水般涌来时，纳博科夫写信给妹妹说：“三十年前就该这样的……我想我再不需要教书了。”

纳博科夫说得没错。1958 年他开始从康奈尔无限期休假，到 1959 年年底满 60 岁时便直接退休了。正是因为《洛丽塔》的成功，他才得以彻底切断与美国的联系。他在搬到瑞士蒙特勒宫酒店多年后仍坚称自己可能会回来，可瑞士宽松的税法实在让纳博科夫受用。与此同时，美国的“《洛丽塔》飓风”愈发猛烈喧嚣，旅居生活可以保护他的隐私，也为他带来了更多掌控感。让纳博科夫走上全职作家道路的正是他最“美国”的一部小说，他也由此开启了新的生活篇章：他不再是颠沛流离的难民，而是自愿流亡的文学名人。这个曾经接纳、庇护他，给他最著名的小说提供了素材的国家，他后来只重返过寥寥数次。

《洛丽塔》的影响力远超过普通的畅销书，它早已成为一种全球性的文化现象。从这时候开始，将有一代代读者受到亨伯特·亨伯特的蒙骗，忘记了多洛蕾丝·黑兹是受害者而非诱惑者。

《洛丽塔》在美国出版那天刚好是萨莉的六周年忌日，一天不差，但当时人们并没有注意。直到好几年过去，才终于有人将书里的角色和现实中的那个女孩联系在一起。

二十七

挖掘萨莉·霍纳与洛丽塔的关联

费城人彼得·韦尔德（Peter Welding）是一名年轻的自由记者。1963年他还不到30岁，主要为《重音》（*Downbeat*）之类的音乐杂志撰稿，已经署名过不少文章。韦尔德同时还是崭露头角的音乐制作人，那年他创立了言证唱片公司（Testament Records），发行新旧爵士乐、福音音乐和布鲁斯唱片。他搬家来芝加哥也是为了追求音乐制作事业上的发展，可在此之前，他首先要向人们讲述一桩曾发生在家乡对岸的事件。

韦尔德出生于1935年，比萨莉大两岁。萨莉被绑架以及营救的消息必定给青少年时期的韦尔德留下了深刻的印象。他还记得在家乡当地的《费城问询报》以及《费城晚报》（*Evening Bulletin*）上读到过萨莉的痛苦遭遇，因此决定探究一下萨莉的故事和《洛丽塔》有哪些相似之处。他把目光投向了小说中一段括号里的话，数十年后，亚历山大·多利宁和我也先后注意到了同一处内容。韦尔德对比了《洛丽塔》中的具体事件和萨莉的真实经历。研究成果发表的途径有些奇怪，是一本名为《金块》（*Nugget*）的男性杂志——

该刊物比《时尚先生》(*Esquire*)和《GQ》更放荡，但比《花花公子》(*Playboy*)要稍正经些。

《金块》与文学界颇有些渊源。杂志当时的主编西摩·克里姆(Seymour Krim)同“垮掉的一代”联系紧密，常出现在杰克·凯鲁亚克(Jack Kerouac)、艾伦·金斯堡(Allen Ginsberg)和尼尔·卡萨迪(Neal Cassady)身边，但他既不作诗也不写小说。克里姆深受新新闻主义熏陶，曾在《纽约先驱论坛报》(*New York Herald Tribune*)与汤姆·沃尔夫(Tom Wolfe)、吉米·布雷斯林(Jimmy Breslin)、迪克·沙普(Dick Schaap)等未来的明星记者一起工作。在他的主持下，《金块》刊发过诺曼·梅勒、詹姆斯·鲍德温(James Baldwin)、奥托·普雷明格(Otto Preminger)、威廉·萨洛扬(William Saroyan)、切斯特·海姆斯(Chester Himes)、帕迪·查耶夫斯基(Paddy Chayefsky)的专题故事及文章，这还只是1963年的情况。

追求高质量文学作品的《金块》也希望能触及广大读者，然而克里姆和编辑部的成员却一直在破坏自己的努力成果，没能坚持定期发刊。克里姆担任主编期间，《金块》最多勉强够得上“双月刊”。1963年全年，杂志只发行了五期，韦尔德的专题文章《嘘！洛丽塔的秘密》刊登在11月号上。

文章开头，韦尔德概括了《洛丽塔》的情节以及萨莉被拐走的经历——后面这部分信息全部搜集自《费城问询报》和《费城晚报》。他写道，萨莉在小卖铺遇见拉萨尔，拉萨尔用少管所来威

1963 年 11 月《金块》杂志上彼得 · 韦尔德文章的插图

胁她，然后简述了他们在 21 个月间横跨东西海岸的旅程，最终露丝·杰尼施向萨莉伸出援手，萨莉获救[1]。

他在总结了萨莉案和《洛丽塔》的事件线后得到的判断是："有太多可以一一对应的地方，不可能是巧合。"韦尔德特别指出，萨莉很害怕自己会进惩教学校；而小说进行到大约一半时，亨伯特曾说过这样一句话："用感化院威胁是我回想起来最觉得羞愧的一种。"还有：

"要是你向警方报告说我拐骗了你，强奸了你，那会发生什么？……那么我就去坐牢。行啊，我去坐牢。可是你怎么办呢，我的失去父母的孩子？……当我站在牢里紧抓住铁栅的时候，你这无人照管的幸运的儿童就有机会，从那些名称不同、实质大都一样的住处，诸如教养学校、感化院、少年拘留所或是那些绝好的少女感化院中选择一处。"

亨伯特通过和夏洛特结婚接近多洛蕾丝，拉萨尔则谎称自己是萨莉母亲的丈夫，韦尔德发现了两者之间的联系。亨伯特住在比尔兹利时曾雇用霍利甘太太为他管理家务，韦尔德认为她的角色设计取材于露丝·杰尼施（"偶尔霍利甘来的时候，恰巧洛也在家，在厨房里的亲切友好的闲聊中，头脑简单的洛可能会在那个胸部丰满的女人的同情下说出什么来"）。

接着，韦尔德掏出了一条无可辩驳的证据。我们又回到了

1 奇怪的是，韦尔德将她的名字误写为"弗洛伦丝·'萨莉'·安·霍纳"。没有人知道他为什么给她加了一个从未在报道中出现，事实上也并不存在的中间名。小阿尔弗雷德·阿佩尔的《洛丽塔注释本》里也引用了这一错误信息。——原注

《洛丽塔》后半段那条高光标亮的括号内容："此处［纳博科夫］把所有的要点——完整姓名、两人的年龄、拉萨尔的职业、绑架作案日期——全部干净利落地打包进了一句话里"，由此可见他对该事件非常熟悉，并非仅是凑巧有些简单的了解。

韦尔德认为比对的工作已经做得够多了。"不难找到更多像这样的相似之处，但难道还有必要继续列举吗？"他肯定地总结道，"《洛丽塔》的主线情节很大程度上来自这桩案件，而且非常贴合事实……几乎无法避免得到如下结论：纳博科夫在小说中特别提及拉萨尔－霍纳事件，要么是有意或无意地点明他使用的一手资料来源，要么是为自己提供法律保护的精明之举。"

此处的意思不是很明确，后面也没有展开说明。我只能依据这句话本身作出推测——韦尔德可能认为纳博科夫是听从了律师的要求，因为《洛丽塔》已经在许多国家引起争议，法律顾问应该不希望在现有的纠纷和禁令之外再出现剽窃之类的麻烦。

文章里存在一些错误。比如韦尔德一开始就把括号里亨伯特的旁白误当成了查特菲尔德太太（洛丽塔同学的母亲，亨伯特时隔五年重返拉姆斯代尔时与她在酒店大堂偶遇）的内心独白。不过无论如何，他都比别人早几十年意识到了指向萨莉·霍纳的这句话有怎样的重要性。

相对来说更让我不解的是，韦尔德完全没有提及萨莉的最终命运。他难道不知道萨莉在十年前死于车祸？或许"精明之举"指的是预防萨莉起诉，倘若她还在世的话？韦尔德本可以将萨莉之死和夏洛特·黑兹被车撞死的结局放在一起比较，但他显然错失了这个机会。最关键的是，韦尔德无法直接证明纳博科夫早已熟知萨莉·霍纳一案，因为那条新闻报道的笔记经过转录、修订后存于国会图书馆的纳博科夫历史档案，而1963年时这些资料还未对公众开放。

最终下结论时，韦尔德似乎有些畏手畏脚，用词也不是特别通顺。他写道："并非不能推测出，自从1950年受拉萨尔－霍纳案件的启发后"，纳博科夫才开始写作《洛丽塔》，"目前所有的证据也确实相当贴近这一论述"。但他说错了。1953年11月，纳博科夫曾在日记中纪念《洛丽塔》手稿经五年时间完工，另外，《魔法师》这部小说本身就可以证伪韦尔德的观点。

不过纳博科夫正是在1950年前后才开始考虑推翻当时还叫《海边的王国》的那部分手稿。韦尔德的说法有误，但他的推测不无道理：无论纳博科夫第一次得知萨莉·霍纳的遭遇是什么时候，他原本杂乱、零散的，甚至可以说注定会失败的手稿，就是因为受到该案件的启发，才最终蜕变为那本惊世骇俗的《洛丽塔》。这件事一旦曝光，必然会对纳博科夫不利。起码从表面上看来，他的大作的确窃取自一个女孩真实的苦难。

《金块》1963年11月号发刊后，韦尔德的专题文章没有引起什么关注。相比之下，一个月后《洛丽塔》电影发行，小说销量迄今已达数百万册，这种消息显然更能吸引人们的目光，但还是有一位记者留意到了这篇短文——他的名字是艾伦·莱文（Allan Levin），当时在《纽约邮报》（*New York Post*）工作。

莱文后来成为了屡获嘉奖的纪录片制作人，与儿子马克以及比尔·莫耶斯（Bill Moyers）一起为 PBS 和 HBO[1] 拍摄影片。他最初在美联社做记者，20 世纪 50 年代末来到《纽约邮报》后，他对某犯罪团伙的调查报道曾获普利策奖提名。

我不清楚当年 37 岁的莱文是自己读到了《金块》11 月号的样刊，还是其他人看后推荐给了他。总之韦尔德的文章令他立刻打定主意，自己也要写这样一篇专题文章——《洛丽塔》的情节是否真的来源于一桩备受瞩目的案件？如果是真的，伟大的弗拉基米尔·纳博科夫对此又作何回应？

1963 年 9 月 9 日，莱文给纳博科夫寄了一封信，信件于四日后送抵瑞士蒙特勒。莱文很快便收到了由薇拉签名执笔的纳博科夫官方回复。收信后第二天，即 9 月 18 日，《纽约邮报》刊登了他的文章《纳博科夫称“洛丽塔”是艺术不是生活》。

文章开头的一段导语颇具挑衅意味：“有没有可能，亨伯特其实是一名 50 岁的费城汽修工，而他的宿菲特则是新泽西卡姆登一个 11 岁的孩子？”莱文详略得当地引用了《金块》上韦尔德的论述，并如实复述了纳博科夫方面的回应。但薇拉给莱文的信可以反映出她（和纳博科夫的）思考方式，是相当有趣的文本，还是值得完整阅读一遍的。此外，信里的语气似乎也有些过于愤愤不平：

---

1 PBS（Public Broadcasting Service），公共广播协会，或称美国公共电视网，为私营非商业类教育媒体机构。HBO（Home Box Office），华纳兄弟探索（Discovery）子公司旗下的付费频道。

蒙特勒，1963年9月13日

王宫酒店

亲爱的莱文先生：

我丈夫托我向您道谢，感谢您9月9日寄来的信。他没有看过《金块》上的那篇文章，所以有些难以答复。在写作《洛丽塔》时，他研究了海量的个体案例（所谓“真实”故事），其中许多都与《洛丽塔》的情节有关联，它们对小说的影响要远甚于韦尔德先生谈到的那桩罪案。后者在书里也有提及，但并不是作品的灵感来源。我丈夫不理解，存在于“现实”生活中的“真正的绑架强奸案”究竟如何能解释一部“虚构出来的”作品。他尤其想知道韦尔德先生所说的“提供法律保护的精明之举”是什么意思。针对什么的“法律保护”？

假若我丈夫读过韦尔德先生的文章，他或许可以给您一些更具体的回复——虽然他没能看出该文章有何重要之处。

诚挚问候，

（弗拉基米尔·纳博科夫夫人）

薇拉的信件体现了她作为“Mrs. 弗拉基米尔·纳博科夫”的多重角色：她不仅要随时准备为丈夫辩护，同时也坚守着自己独创的对其作品的解读方式，将纳博科夫的创造性天才置于其他一切因素之上；一旦出现可能有损“纳博科夫神话”的情况，她便扮演起模糊事实的调停者。这回，薇拉仍旧出色地维护了弗拉基米尔的品牌形象。纳博科夫的体系里容不下任何有关《洛丽塔》受到真实事件启发的猜测，因为艺术高于生活，所以原型的痕迹必须抹去。

纳博科夫夫妇处理莱文信件的方式（也包括对韦尔德文章的态度）其实颇具代表性，他们在回应有关《洛丽塔》参考原型的问题时常常自相矛盾，十分令人抓狂。他们不承认萨莉·霍纳案的重要性，却强调书里出现了该案件，虽然有“海量的个体案例”，可具体描述的却只有这一例。

薇拉执意称萨莉·霍纳的经历“并不是作品的灵感来源”，这就好比争论时努力抬高自己的声音，试图淹没别人提出的棘手主张。不过她确实达成了目的——据我们所知，莱文没有再作回击。

纳博科夫夫妇声称没有看过《金块》上的文章，这从很多方面来说都有些蹊跷。首先，纳博科夫的资料主要保存在纽约公共图书馆的档案里，其中可以找到将近十盒关于《洛丽塔》的剪报，从 1955 年奥林匹亚初版发行开始，到普特南版在美国问世，再到六七十年代的报道文章都包含在内。纳博科夫夫妇订购了纽约和巴黎几家剪报公司的存档服务，他们应该留有自己能读懂的所有语言——英语、法语、德语、意大利语、俄语——写成的评论，无论好坏，是批判还是赞美，是对小说持包容态度还是希望它在全世界范围内下架。

与《洛丽塔》电影相关的剪报也有一整盒。媒体最早讨论的是多洛蕾丝·黑兹的选角。纳博科夫夫妇甚至为此保留了一份1960年8月的《时尚》(*Cosmopolitan*)杂志:时年43岁的莎莎·嘉宝(Zsa Zsa Gabor)裹着紧身的洋娃娃睡裙,打扮成12岁的洛丽塔形象,她手里拿着只苹果,半娇憨半挑逗地舔着嘴唇。他们还搜集了大批法国、意大利的时尚及女性杂志,其中刊有拼尽全力试镜的新人演员们身穿洛丽塔式裙子拍摄的照片。

与《洛丽塔》有关的任何文字或图片都被搜罗收集了起来,纳博科夫夫妇的藏品几乎无所不包,令人惊叹不已——但唯独没有上文所述的那期《金块》杂志。相比纳博科夫夫妇留存的其他期刊,《金块》远算不上是最小众的,可它却被排除在外,这一点非常值得注意。从更大的层面来看,纳博科夫的历史档案中没有任何涉及萨莉·霍纳的资料。

在给莱文的信中,薇拉·纳博科夫强调萨莉遭遇的绑架案"并不是作品的灵感来源",并指出纳博科夫"研究了海量的个体案例……其中许多都与《洛丽塔》的情节有关联,它们对小说的影响要远甚于韦尔德先生谈到的那桩罪案"。这话即使是真的,也有避重就轻的嫌疑——所谓"海量的个体案例",在《洛丽塔》里明确提到的总共只有两件,即吉·爱德华·格拉默事件,和萨莉·霍纳事件。

纳博科夫留下了这两张索引卡,而非像烧掉手稿那样将它们烧毁,这一定是有原因的。他认为有必要记录下这两起案件,尤其还要记下萨莉·霍纳的死亡,而小说中更是插入了一段补充说明,虽然纳博科夫本可以对此事绝口不提。可见萨莉的故事显然对他有很重要的意义：假若他没有读到有关绑架案的报道，《洛丽塔》根本不会完成。

纳博科夫夫妇的行为可以说是故意混淆视听，但或许也可以归结为粗心大意。薇拉的传记作者史黛西·希芙就表示，最好不要对薇拉不留余地的否认作任何具体的解读。希芙告诉我，薇拉的信“无外乎［夫妇二人］对艺术优先性的典型论述，那是某种自成体系的领域，其他一切要么平淡乏味，要么无关紧要”。希芙说薇拉摒弃了一切可能被视作“对严肃艺术产生庸俗影响”的东西。在创造性想象力的祭坛前，日常生活必须被舍弃。

但是，弗拉基米尔和薇拉都不是粗心的人。作家的掌控、主导是他艺术创作的主旨——她对他艺术的管理和保护亦是如此。对于作品，他们坚决拒绝任何不符合自己主张的解读。如果艺术至高无上——在纳博科夫夫妇这里，艺术永远至高无上——那么揭露小说幕后的真实案件则会打破全盘控制作品的幻想。

薇拉必须明确且彻底地回应，这样才能使碍眼的小报记者默默退散，不再做更深入的调查。莱文的文章在《纽约邮报》上发表后很快就被大家遗忘了，此后萨莉事件再也没有受到关注。安德鲁·菲尔德在他 1967 年的批评性传记《纳博科夫：艺术人生》中引用了小说里提及的萨莉绑架案，却认为这仅仅说明“现实中曾有一名费城机械技工将某 11 岁的卡姆登女孩带去了大西洋城”。

小阿尔弗雷德·阿佩尔在 1970 年出版的《洛丽塔注释本》（及 1991 年的修订版）里尽责地标注了提到萨莉的部分，可是并没有明确写出她的名字。布赖恩·博伊德（Brian Boyd）所著权威性的纳博科夫传记要稍好些，他指出"'一个中年道德犯'从新泽西州绑架15岁的萨莉·霍纳长达21个月，并强迫她成为了随他'横越全国的奴隶'"——但他把萨莉被绑架时的年龄错报了4岁。

弗拉基米尔·纳博科夫收藏的《洛丽塔》相关剪报集在其他方面都极少有遗漏，却偏偏没有包含任何有关萨莉·霍纳案件的信息。若非如此，所有证据便会更加紧密地联系在一起，从而打乱纳博科夫精心构建的神话，即：作为独树一帜的艺术家，他拥有远胜他人的想象力和天赋。他好像并不自信《洛丽塔》能够与萨莉·霍纳的真实经历并置而同时独立存在。结果就是，萨莉的苦难被掩埋起来，几乎所有人都已经遗忘了她。

二十八

“他叫我不要声张”

露丝·杰尼施正和女儿雷切尔坐在一起喝茶。在露丝的循循善诱下，萨莉拨通长途电话并逃离弗兰克·拉萨尔的魔爪，这已是几十年前的事了。而雷切尔在和母亲长期疏远后终于下定决心，希望能够拉近母女间的关系。

在萨莉的故事中，露丝是一位英雄，她的行动扭转了一个女孩的生活轨迹。但对她自己的孩子来说，露丝其人要更为复杂多变，她面目可憎，善于操纵人心，因此长期与家人关系疏远。不过在 1949 年到 1950 年那段时间里，她的种种问题还没有爆发，很多乖戾的行为到后来才愈演愈烈。据雷切尔讲述，母亲的人生哲学是这样的：初次见面时，她打招呼会说，“你好，我叫露丝。你能为我做些什么？”

露丝的儿女中有几人在长大成人后原谅了过去的她。是的，她曾犯下可怕的错误。当她的数任丈夫或情人在身体、精神，乃至性方面虐待她的孩子们时，她曾装作毫不知情。她不愿相信自己的儿女，反而选择相信那些男人，从而助长了他们的行径。其中一个施暴者后来成了雷切尔的第一任也是唯一一任丈夫。

那是20世纪60年代初，露丝在旧金山湾区某公共汽车站工作。她的一名同事有两个儿子，露丝觉得必须让女儿跟他们见见面。她想把大儿子据为己有，而小儿子还是个青少年，露丝觉得他十分适合雷切尔。结果小儿子没有表现出任何兴趣，大儿子却总想接近雷切尔。很久之后雷切尔回想起当时的情景，不禁怀疑当时的一切都是提前设计好的。

她逐渐明白，母亲与大儿子早已达成某种龌龊的协议。为了接触雷切尔，他必须同意与露丝发生关系。与此同时，露丝还常向女儿施压，说她上哪儿也钓不到这么好的男人。雷切尔在许多年后才逐渐意识到母亲的辱骂给她带来的影响。当时，她以为母亲的行为是正常的。

雷切尔的确"钓"到了那个男孩。她怀孕了，于是匆忙和他结婚，从家里搬了出去。十七年间，三个孩子，多次搬家，在无数次被殴打、强奸，受到死亡威胁后，雷切尔终于获得了自由。她说："那简直不是婚姻，而是长期囚禁。"鼓起勇气表达抗拒，只会换来更多惩罚。她从小就太过熟悉的模式在丈夫身上延续着，如果说出自己的痛苦，那么等待她的将是更多的伤害——精神上的伤害来自露丝，肉体上的伤害则来自露丝的丈夫和情人们。

20世纪70年代末，雷切尔正式离婚，在母亲的住处附近找了一份工作。她认真思考了自己希望跟母亲建立怎样的关系；即便有那样的过往，雷切尔仍然是喜欢母亲的。她们都热爱园艺和书。她们可以作为两个成年女性来交谈，即使姿态并不完全平等，最起码也在差不多的层面上。雷切尔决定每周至少去看望露丝一次，陪她喝喝茶，这点事她还是可以做到的。起初，会面的过程风平浪静。雷切尔自认为更加了解母亲了，她也觉得情感上的距离使她更能放下被忽视、虐待的过去，看见露丝作为个体更好的一面。

母女间逐渐产生新的联结，雷切尔在其中创造了一间抹除了旧伤痕的茧房，最终却发现不过是幻觉。茧破裂了，雷切尔事后醒悟过来，发觉自己其实没有必要对此感到惊讶。

某天下午雷切尔来访时，露丝正专心致志地翻看自己的剪贴簿。她收集的这些东西看得见摸得着，是她生命价值的证明。后来，雷切尔和另外几个姐妹在母亲家无意间发现，她的剪贴簿里夹杂着一些不可能属于她的东西——露丝曾偷偷拿走过孩子们的物品，但眼下雷切尔还不知道这件事。母女俩坐下来喝茶，两人中间放着露丝摆弄了一上午的剪贴簿，旁边还有一本雷切尔没见过的平装本小说。

露丝指着剪贴簿中的一张剪报说："你还记得这个小女孩吗？"她将手指移到标题上，"你还记得那个女孩儿吗，萨莉·霍纳？"

"我记得。"雷切尔答道。

"那你还记得那个绑架她的弗兰克·拉萨尔吗？"

"我记得。"雷切尔重复道。

雷切尔告诉我，当时她感到自己的身体在逐渐变凉。但露丝并没注意，也不会明白女儿的反应。

"多有戏剧性啊？"露丝继续说着，"这本小说《洛丽塔》里有提到他们俩！"

这是雷切尔第一次听说此事。多年后，她将从妹妹瓦妮莎那里了解到另一个版本。在露丝的坚持下，瓦妮莎读了《洛丽塔》，而且读的就是家里破破烂烂的这本。16 岁的她不懂母亲为什么对这部小说如此执着。露丝向她解释说，“《洛丽塔》讲的是一个叫萨莉·霍纳的小女孩的故事。她在你出生前不久就去世了。是我帮忙把她从一个叫弗兰克·拉萨尔的男人手里救了出来。”这不仅是一部小说，而是事关露丝的自我意识。文字证明了她的小小善举具有英勇非凡的意义。阅读《洛丽塔》时，母亲的话一直回响在瓦妮莎耳边，但同时她也不由得想起露丝是如何对待子女的。

雷切尔盯着剪贴簿，她知道有些话必须马上说出口，否则她永远也不会说了。

“妈，我得告诉你件事。我从来没跟你说过。弗兰克·拉萨尔不只猥亵了萨莉。他也猥亵过我。”

萨莉去上学的某个下午，弗兰克·拉萨尔邀请雷切尔来他的拖车。雷切尔 5 岁，白金色的头发扎成两个小辫子，左边辫子上系着丝带。一有机会她就穿上最喜欢的黑白条纹裙子。在当时的照片里，她简直是天真无邪的代言人。她的笑容单纯、无辜，脸上挂着一副逆来顺受的表情，似乎已经隐约表露她那容易受到蒙骗的性格特征。成年后，这种特质会让她吃很多苦。

她可能是独自一人，也可能和某个姐妹在一起。她记得最清楚的是弗兰克对她很好。他好像明白雷切尔想要什么，明白她看见萨莉拥有她没有的东西——各种玩具、消遣的东西，还有父爱。她没有玩具和棋牌；她的父亲乔治是个非常遥远的存在，跟成年人比跟自己的孩子相处得更好。

最吸引雷切尔的是萨莉的蜡笔和涂色书。一看到它们，雷切尔就想起3岁时患上风湿热，在明尼苏达的一家医院被隔离好几个月的经历。她不能回家，还需要在医院上学。家里和医院里都发生了很多不好的事，因为造成的创伤太过严重，之后的几十年里，只有在她偶然闻到特定的气味，或者脑海中闪过某些画面时，那段记忆才会苏醒。可现在她回忆起的却是父母面带真心的笑容来探望她，还有她学着用蜡笔画画的场景。

弗兰克和雷切尔做了个交易：萨莉的玩具她都可以玩。选任何东西都没问题。但是她必须先帮他做点什么。

“简单来说就是，他想让我给他口交。”雷切尔说，“我照做了。”

雷切尔只记得这一次。或许还有其他类似的事被她屏蔽掉了。她之所以能回想起那时的经历，是因为婚后丈夫提出了同样的要求。新婚时，雷切尔觉得这样的性行为很恶心。很多年后她才明白，与之相关的欲望是正常、健康的。

离婚很久后，雷切尔在当地图书馆偶然翻到了一本题为“他叫我不要声张”的关于儿童猥亵的宣传册，直到那时她才意识到弗兰克对她做的事有多严重。

弗兰克·拉萨尔就曾叫雷切尔不要声张，但即使他没有吩咐，雷切尔也不会说出去。先前在医院的经验告诉她，大人都不可信。他们会抛下你一个人不管不顾好几个月，甚至不告诉你何时可以回家。而等到了回家的一刻，你也不知道等待你的是什么，不知道那是安全的港湾，还是挥之不去的梦魇。

将近四十年过去了，雷切尔告诉我，跟母亲说起拉萨尔的事情时，她立刻感到母女之间竖起了一道壁垒。像带电的栅栏一般，靠近便随时可能遭击。她感到母亲一下子把自己封闭起来。雷切尔决定把话题引向更安全的领域。她冒着风险去争取过了，却没有成功，对此她已经有太多体会。每当发生这种情况，最好的办法就是学乌龟。缩进壳里，永远隐藏起自身的脆弱。

从此以后雷切尔和露丝就再也没有那么亲近了（她去看过露丝，另外在露丝去世六年前还有过一次家庭聚会，所有子女中仅一人未出席）。雷切尔有所感觉，母亲一定知道她们之间为什么又产生了嫌隙。据雷切尔分析，母亲之所以会帮助萨莉·霍纳，也许正是因为她知道她无法保护自己的孩子不受近在眼前的恶魔侵害。但是，这种想法对雷切尔来说实在太过沉重。雷切尔怀疑，露丝可能同样因为无法承受心理上的折磨，而一次都没有反思过她助纣为虐的行为。

难怪露丝要假装雷切尔从未跟她说过那番话。她们再没有提起与之相关的话题，也不再提起《洛丽塔》。

二十九

后续

萨莉·霍纳过早离开了那些最熟悉她、最爱她的人，她的离去为她们的生命蒙上了一层阴影。在萨莉活着的时候，埃拉就很少表露内心的煎熬，女儿死后她更是把情绪完全隐藏起来。这是她唯一的应对方式，但至少她不必独自承受悲痛。苏珊家仍在附近，她可以看着小黛安娜长大。

萨莉离世前一年，埃拉结识了一位新伴侣。对方名叫阿瑟·伯克特（Arthur Burkett），比她小 5 岁，是卡姆登本地人，刚刚搬进椴树街 944 号。萨莉车祸身亡后不到一年，两人就搬去了五英里外的彭索肯。20 世纪 60 年代初，他们又向西迁居至加州的帕洛阿尔托，这里距萨莉被救的圣何塞拖车公园不到一小时车程。伯克特在当地某大学做场地管理员。1965 年 1 月，埃拉和阿特（大家都叫他这个名字）正式办理结婚。

五年后，伯克特去世了。他为大学内一处陡坡除草时不幸发生了拖拉机翻倒事故。休养期间，医生发现他患有胃癌，并且已经扩散到肝脏。伯克特死后，埃拉觉得没必要继续待在帕洛阿尔托。

她搬回了新泽西，离家人近一些。

去看望外孙女时，她从不提起萨莉的遭遇。新一代出生前，最坏的事早已降临，现在再去重温痛苦的回忆好像也没有多少意义。埃拉更愿意打打牌——她最爱玩金拉米[1]——或者聊聊喜欢的书。她读得最多的是悬疑小说。

埃拉对小女儿的经历闭口不谈，下一代人也采取了同样的策略。黛安娜知道小姨过世了，但直到十几岁时父母才告诉她，萨莉曾遭到绑架。她已经记不清父亲跟她谈话的具体内容，只记得过程很短，仅仅陈述了一些基本事实：有个陌生人假扮成小姨萨莉的父亲掳走了她。其他就交给黛安娜的想象了。

萨莉去世那年，黛安娜刚 4 岁。对她的父母来说，最重要的是让她有个快乐的童年。过去的伤痕无论有多深，都必须掩藏起来。苏珊很少谈及妹妹，阿尔同样不会倾诉二战中的经历。处理家庭和个人悲剧的简单方式，就是封藏记忆，绝口不提。

“我简直无法相信家里还发生过这样的事。”黛安娜告诉我，“我都没有机会认识小姨。我也很希望在那段艰难的时期能支持妈妈。”

后来帕纳罗夫妇又有了一个儿子，名叫布赖恩。他出生于 1968 年，比黛安娜小 20 岁。苏珊和阿尔早已放弃了温室生意（几次流产后的意外怀孕让他们觉得再添孩子的概率更加渺茫了）。他们还从新泽西搬到了南卡罗来纳，埃拉有段时间和他们住在一起。

1　Gin rummy，或称 gin，一种双人扑克牌游戏。玩家通过凑齐特定组合得分获胜。

70年代中期，帕纳罗一家又搬了回来。苏珊做起了全职主妇，空闲时间除了陪伴家人外，她要么侍弄花草——现在是单纯出于兴趣而不是为了挣钱——要么去教堂做志愿服务。

与此同时，埃拉则回到了新泽西的新埃及区。她在这里长大，也在这里成为母亲。随后埃拉住进了彭伯顿的疗养院，1998年她在那里过世，终年91岁。苏珊和阿尔分别于2012年及2016年2月过世。

“你说萨莉·霍纳启发了《洛丽塔》？”卡罗尔·斯塔兹这样问道。那是2016年12月，我们第一次通话，我向她解释了突然联系她的原因。这显然让她震惊不已，与此同时，她对这位早亡的朋友的倾慕之情也溢于言表。

“你都没法相信我有多崇拜她。她走后我报了个模特班。我想变得更‘端庄’，因为萨莉就是那样的。我很想像她一样，也确实变得跟她很像了。所有课程我都学完了，怎么走路，怎么坐，怎么站，等等。我很认真注意那些行为、动作还有穿着，而且挺乐在其中，因为我可以跟萨莉一样了。我以前走过不少弯路。萨莉可以说是人生中第一个引导我的人。”

萨莉给卡罗尔留下了经久不衰的强烈记忆。18岁那年，她离开卡姆登，与第一任丈夫在加州结婚，此后一直使用他的姓氏“泰勒”——她很高兴能换掉自己原本那在学校惹来无数嘲笑的姓氏[1]。

---

1 “Starts”，有“开始”及“惊吓”之意。

后来她又离过三次婚，有四个孩子。2017 年 10 月 30 日，卡罗尔在佛罗里达州墨尔本市女儿家中过世，终年 80 岁。

萨莉因车祸去世后，爱德华·贝克的生活如常进行。1954 年夏天，22 岁的贝克应征入伍，在德国施韦因富特驻扎了八个多月。回到瓦恩兰后，他结了婚，有了一个儿子，取名小爱德华。贝克的职业是机械师，平时喜欢驾驶、修理摩托车，观看纳斯卡比赛[1]。他和儿子都常投入大量时间在当地基督教青年会做志愿者。爱德华·贝克于 2014 年去世，可在此之前，宿命中还有意外的篇章在等待着他。

2007 年 5 月 17 日，星期三下午，他的儿子小爱德华在他的福特水星大侯爵车[2]里睡着了。车辆横穿过中间车道，冲上隔离带，然后沿 55 号公路的路肩滑行，最终撞上了一棵树。与五十五年前的萨莉·霍纳一样，小爱德华·贝克当场身亡。

参与了营救萨莉行动的两名卡姆登警官，马歇尔·汤普森和威尔弗雷德·杜布均在 60 年代中期退休。杜布升到了探长职位，汤普森直到 60 岁仍是警探。杜布和汤普森分别于 1980 年及 1982 年过世。霍华德·霍恩巴克继续担任圣克拉拉县警长，退休后又找了

---

1 NASCAR，全国运动汽车竞赛（National Association for Stock Car Auto Racing）的缩写。

2 水星（Mercury），福特于 20 世纪 30 年代推出的中档品牌。大侯爵（Grand Marquis）为水星侯爵车系中的高配车型。

份乳牛场的销售代表工作，于 1962 年过世。

萨莉·霍纳案件了结后，米切尔·科恩的身体每况愈下。几个月内接连经历萨莉获救、弗兰克·拉萨尔入狱，以及霍华德·奥古（Howard Unruh）的屠杀行动，卡姆登县检察官感觉疲惫异常。1950 年 8 月底，科恩在医院住了三天。医生要求他停下工作休息一段时间，他听从建议离开了卡姆登，到新罕布什尔州的怀特山住了一周。

在接下来的八年中，还有许多重大案件等待科恩处理。他经手的案子包括 1955 年三名歹徒抢劫午餐店失手杀害老板事件，三人均被判处死刑。八年后，科恩的事业再次迎来转折点，新晋新泽西州州长罗伯特·B. 迈纳（Robert B. Meyner）任命科恩为卡姆登县法院法官，取代曾为弗兰克·拉萨尔判刑的罗科·帕莱塞法官的位置。此举引发了写信抗议运动，招致报纸社论的抨击，但帕莱塞本人最终选择让步，转为私人执业（他于 1987 年去世，终年 93 岁）。

科恩在县法院担任了三年法官，又到上诉法院工作了一年。1962 年，他被肯尼迪总统任命为联邦法院终身法官，1991 年 86 岁时过世。

《洛丽塔》开始在畅销书排行榜上攀升的那段时间里，薇拉·纳博科夫照旧在日记里记下自己的内心活动。她的这个习惯是从 1958 年 5 月 20 日开始的，在此之前日记本一直是丈夫单独使用。薇拉的文字很大程度上透露出《洛丽塔》的成功带来的喜悦，但偏偏有件事令她十分困扰：从普通读者和评论家的反馈来看，大家似乎都忘了小说的中心是一个小女孩。这个角色本应受到更为仔细的关注：

> 我还是很希望有人能注意到那些充满疼惜的描写，注意到书里孩子的无助，她被迫与亨·亨相依为命的绝望处境，以及她那令人心碎却从未动摇的勇气。最重要的是她那低贱而本质纯洁、健康的婚姻，她的信，她的小狗，还有亨·亨连允诺她的一点点好处都没能兑现时她脸上的表情。他们丝毫没有意识到，洛丽塔不是什么“被宠坏的可怕小孩”，她的本质是很好的——不然她就不会在受到那么严重的打击后坚韧地恢复，也不会在所有可能的生活轨迹中自主选择跟可怜的狄克结婚。

当然，薇拉从未想过公开发表个人日记里的内容。弗拉基米尔也没有向外界表达过类似上文的想法。《洛丽塔》仿佛是为了销量而故意要给人造成误解。它最初由奥林匹亚出版社出版，奠定了“太有争议性，不适合美国读者”的名声，最终在美国出版后，话题又都围绕着亨伯特·亨伯特的欲望以及他和多洛蕾丝·黑兹的“爱情故事”。很少有人指出，甚至很少有人理解，他们的关系实际上是一种权力压榨。

这种讨论的真空造成了颇为深远的影响。在后来的几十年里，读者对《洛丽塔》产生了很大的误解。所谓少女诱惑的文化不断滋长，而小说核心的犯罪、压迫却没能得到关注。六十年过去了，许多读者仍然没有看透亨伯特·亨伯特的卑鄙行为，反而指责多洛蕾丝·黑兹的行为，他们仿佛认为是她自己意志薄弱，没有选择拒绝。

不到一年后，薇拉又记下了某天晚上的奇特经历。这次事件似乎预兆着《洛丽塔》将会被当作黑色喜剧看待，而不是像她所希望的那样敲响道德警钟。1958 年 11 月 26 日，弗拉基米尔和薇拉·纳博科夫来到位于第三大道和第四十九街的尚博尔咖啡馆。与他们共进晚餐的是沃尔特·明顿和他的妻子波莉，以及普特南的财务主管维克多·沙勒（Victor Schaller）夫妻二人。《洛丽塔》大获成功，晚餐本应洋溢着庆祝的氛围，实际情况却并非如此。明顿夫妇有些过分关注上周《时代》(*Time*）杂志刊载的一篇文章，甚至为此陷入了焦头烂额的境地——薇拉在日记里较为详细地回顾了整件事情。

这篇文章没有署名，但作者是《时代》特约撰稿人乔伊斯·哈伯（Joyce Haber）[她后来成为了《洛杉矶时报》（*Los Angeles Times*）的八卦专栏作者]。文章表面上写的是《洛丽塔》在大众读者中的反响。开头处，哈伯先讲述了纳博科夫在普特南主办的一次招待会上的表现，据文中所述，纳博科夫“招架了 1000 名女性文学爱好者的猛烈攻势”。哈伯接下来简要地总结了一遍《洛丽塔》目前收获的正面与负面评价，然后便谈起了前舞女、现文学星探罗斯玛丽·里奇维尔，字里行间透出拿捏得当的尖锐。

在哈伯的描述中，里奇维尔是“一位已经过时（27岁）的窗菲特……个子高（173厘米），浓妆艳抹，曾是拉丁区的舞女，脖子上挂着金麻花链，满脸笑容灿烂。她活泼起来的劲头不输任何人”。里奇维尔从《铁锚评论》上读到《洛丽塔》节选后将小说介绍给明顿，此事引起了哈伯的注意。哈伯之所以气愤，是因为当时她也是明顿的情人，难怪她的文字像盐酸一样刺痛。

在尚博尔咖啡馆吃晚餐时，薇拉·纳博科夫得知了其中的一些细节。沃尔特·明顿的夫人波莉·明顿就坐在她旁边。虽然是第一回见面，这位“漂亮却很不幸福的女孩”立马就向年长一些的薇拉倾诉起了烦恼。波莉“又怕又困惑”，她认为《洛丽塔》是她和沃尔特婚姻里痛苦与困扰的根源。她说夫妻俩的生活原本很美满，可自从《洛丽塔》出现在他们的生活中，丈夫“认识了很多人，渐渐学了些不好的东西”。

波莉坦言，她是通过《时代》上那篇“可怕”的文章才知道丈夫和里奇维尔有来往。身旁的人拼命诉苦，薇拉显然有些心烦意乱，但还是认真地在日记里指出：“可怜的波莉，小城市来的年轻姑娘，她无比希望那些所谓‘文化涵养’统统都打包好送来，礼盒上还系着粉色蝴蝶结！”薇拉不认识罗斯玛丽；单根据波莉以及《时代》文章的描述，她评价她为一名“颇为讨厌、庸俗，长相艳丽的年轻女子”。

目前的情况对薇拉来说已经有几分古怪，但更莫名其妙的还在后面。维克多·沙勒夫妇向纳博科夫和明顿夫妇告别后，德米特里驾驶自己的MG[1] 1957年款跑车赶来。看得入迷的波莉立刻请求德米特里带她兜风，明顿于是陪伴纳博科夫夫妇乘出租车回酒店。在路上，明顿似乎是突然主动承认了他跟里奇维尔和哈伯的婚外情，就连司机都听得一清二楚。

“为了两个小情妇，明顿毁了他的家庭。”薇拉写道。明顿发誓保证两段婚外关系都已经结束，而且他还“补偿了波莉”。他把里奇维尔“贬得一无是处，说她是个小歌妓，和‘应召女郎’无甚区别，她只想从他身上尽可能多捞些钱，还到处乱说《洛丽塔》的事”。

三人抵达酒店时，波莉和德米特里仍不见踪影。纳博科夫夫妇和明顿“等了又等”，薇拉记录道，然后又把这句话划掉。等到两人终于出现在酒店大堂时，德米特里“狡黠地一笑”，告诉父母他们去了他的公寓，波莉说想参观一下。次日，薇拉写道，“明顿跟弗说，‘我听说德米特里昨晚好好款待了波莉来着。’”薇拉不知该如何看待明顿的这番话。“难道这种事在今天的美国很稀松平常吗？某位奥哈拉或者科曾斯（Cozens）[2][原文如此]的三流小说突然照进了现实？”

---

1 MG，即英国运动汽车品牌名爵（Morris Garages），2007年被上汽集团收购。

2 约翰·奥哈拉（John O’Hara），作家，以短篇小说见长，著有小说《相约萨马拉》（*Appointment in Samara*）、《巴特菲尔德八号》（*BUtterfield 8*）等，常描写上流社会的混乱生活。詹姆斯·古尔德·科曾斯（James Gould Cozzens），作家，20世纪50年代中期创作的小说《情铸》（*By Love Possessed*）讲述一名律师及身边人光鲜亮丽外表下的秘密；该作曾获普利策奖提名，1961年改编为同名电影。薇拉在日记中误把“Cozzens”写成了“Cozens”。

当晚的黑色喜剧的确有点像约翰·奥哈拉的短篇小说，或是詹姆斯·古尔德·科曾斯前一年的畅销书《情铸》。薇拉特地在日记里记下的令她担忧的一系列事件，似乎预示着美国文化将全方位侵蚀《洛丽塔》，而作者的原意也会遭到曲解。如果与纳博科夫夫妇交往最密切的人行事都如此古怪，那这部小说还会使什么人堕落就不得而知了。

《洛丽塔》成了热点话题。小说的销量越来越高，不论读过还是没读过的人都要发表一番意见。喜剧演员拿它当作深夜场的素材[格劳乔·马克斯（Groucho Marx）："我打算过六年再读《洛丽塔》，等她到 18 岁。"米尔顿·伯利（Milton Berle）："首先我想祝贺一下洛丽塔。她今年 13 岁了。"]，这证明《洛丽塔》的影响力已经远远超出了文学领域。

纳博科夫很享受这种关注。他接受了许多记者采访，登上了大西洋两岸的访谈节目。1959 年 7 月，《花花公子》刊出一幅有关《洛丽塔》的漫画，纳博科夫觉得很有意思，还告诉了自己的美国出版商。薇拉的日记里也提到，夫妻俩都很喜欢电视里播的那些笑话。

时尚杂志和电影也对《洛丽塔》产生了兴趣，从中诞生的产物大多很不协调，甚至略显怪异。那些描绘经常是心照不宣、极尽夸大的——金发尤物在银幕上假扮成年轻女孩的形象。最露骨的莫过于电影《让我们相爱吧》（*Let's Make Love*）中的桥段，这部分情节让人颇不舒服，但同时也具有强烈的喜剧效果。玛丽莲·梦露（Marilyn Monroe）的角色开口表示：“我叫……洛丽塔。我……不能……跟男孩子玩！”然后演唱了科尔·波特（Cole Porter）的《我的心属于爸爸！》（*My Heart Belongs to Daddy*）。

其他某些离奇的噱头则与纳博科夫一家有更为直接的关联。德米特里为追求歌剧事业远赴米兰，却因为父亲的关系而屡屡收到奇怪的邀约。当地某杂志成功说服他来担任比赛评委，优胜者将在他本人的公寓以洛丽塔造型拍摄时装照片。后来回忆起这段年少无知的经历时，德米特里说整整两天，他的房间里都挤满了“想做宁菲特的成年女性，有些还带着外省来的老母亲”。

纳博科夫很快读到了报纸上关于此次事件的报道。他气得立刻给儿子拍了电报，请他叫停比赛。1960 年 10 月 7 日，纳博科夫写信告诉德米特里：“这种宣传方式很低级。在认真对待音乐的人眼里，你的声誉无疑会下降。就连我也已经受到了影响，都没办法来意大利，因为记者会一股脑扑上来。”尤其令他失望的是，德米特里没有专注于自己的音乐事业，反而在“不健康的闹剧”中大出风头。德米特里吸取了教训。他决心维护《洛丽塔》的尊严，不再败坏作品的名声。不过，这次混乱的大赛进一步说明了《洛丽塔》正以各种各样的方式从悲剧走向一场莫名的狂欢。

至此，纳博科夫已经为斯坦利·库布里克写好了一份电影剧本手稿。作家最初其实拒绝了这项工作——“我生来不是一个剧作家，甚至也算不上一个受雇编写电影脚本的文人”——但他在 1959 年底到 1960 年初前往欧洲度长假期间作出了让步。1 月 28 日，暂时栖居于法国芒通小镇的纳博科夫写信给好友莫里斯·毕晓普，称他对改编《洛丽塔》一事转变了态度，因为“我在陶尔米纳花园里突然想到了一个适意而优雅的办法，可以解决与之相关的问题”。

纳博科夫夫妇拿到库布里克和制片人詹姆斯·哈里斯（James Harris）寄来的合同，于3月西行抵达洛杉矶。为了完成剧本，弗拉基米尔连续数月闭门不出。1960年8月完成的初稿长达400多页。11月份和薇拉一起乘船返回欧洲之前，他又写了几稿，最终都没有被采用。次年电影开拍前，库布里克大幅改动了剧本，可1962年电影上映时，纳博科夫仍是唯一的署名编剧，他还因此获得了奥斯卡奖提名。

我在纽约公共图书馆的伯格档案馆读到了《洛丽塔》电影的剧本原稿。电影后半段的一幕中出现的两个名字使我惊讶不已，不过上映的版本没有拍出这幕，纳博科夫1973年出版的剧本也把它删去了。角色名有可能只是巧合，但我认为并非如此。此处给人感觉更像是未竟的工作，纳博科夫对萨莉一案的挖掘似乎尚未结束。

在这幕中，亨伯特·亨伯特谈到，埃尔菲恩斯通市（Elphinstone）举办了一场以“加布里埃尔·戈夫”（Gabriel Goff）为主题的晚宴。“黑胡子的铁路劫匪戈夫，于1888年最后一次劫持火车，他没有劫掠财物，而是绑架了一个剧团来为他和他的伙伴们表演。埃尔菲恩斯通随处可见戈夫的面孔，大胡子粉红色面具挤满各个角落，所有男人都或多或少长出了茂盛的美髯。”戈夫恰好是萨莉·霍纳的母亲埃拉娘家的姓氏。

同一幕后半段，纳博科夫反复提起“福格医生”的名字。这位医生被认为是治疗多洛蕾丝的最佳人选，但实为克莱尔·奎尔蒂假扮。他化名为“福格”，登场时却戴着铁路劫匪加布里埃尔·戈夫的面具。我们知道，福格是弗兰克·拉萨尔早期使用的化名。

同时，“戈夫”（Goff）和“福格”（Fogg）是互相对称的。这一切或许都可以简单归结为巧妙的文字游戏，替身和面具元素也佐证了这一理论。但因为提及萨莉·霍纳的括号并没有在电影剧本里保留——用视觉媒介体现文字参考毕竟不现实——我认为这个名字反转的把戏，似乎是纳博科夫刻意想以某种方式保留《洛丽塔》与萨莉事件的关联。

詹姆斯·梅森（James Mason）签下了亨伯特·亨伯特一角，克莱尔·奎尔蒂和夏洛特·黑兹则分别由彼得·塞勒斯（Peter Sellers）和谢利·温特斯（Shelley Winters）饰演。电影版《洛丽塔》的拼图还差最后一块，剧组亟须找到扮演多洛蕾丝·黑兹的女孩。全球的报纸和杂志对此展开了热烈的跟踪报道。一则八卦新闻猜测梅森11岁的女儿波特兰可能出演。17岁时已是知名电视电影明星的塔斯黛·韦尔德（Tuesday Weld）亦为该角色的有力竞争者，这让纳博科夫颇为不悦（“一个举止优雅的扮演天真少女的演员，但并不是我脑子里的洛丽塔”）。不过她谢绝了角色，并留下了很有名的一句话：“我不需要演洛丽塔，我就是洛丽塔。”

最终，扮演者定为14岁的苏·莱恩（Sue Lyon），这一决策得到了纳博科夫的热烈认可。他不希望选用与洛丽塔实际年龄完全一致的演员——纳博科夫和库布里克都认为，因为莱恩的容貌更接近

16 岁，电影可能会更容易过审。如果得到“X 评级”甚至于“未分级”[1]，对制作方而言是无法接受的。

1961 年，莱恩开始拍摄《洛丽塔》。欧洲报纸的记者们到处尾随她，拍她在片场，拍她买东西吃，拍她午休打盹。狗仔队做这些再平常不过，但因为他们追击的是一个十几岁的少女，而她在片中的“恋人”还是比自己年长许多的男人，这种跟拍行为就立刻变得极富侵略性。

关于《洛丽塔》在 1962 年夏天上映时的反响，导演库布里克和编剧纳博科夫可能有过无数想象，但他们的期望完全落空了。莱恩戴一副心形墨镜，舔着棒棒糖，这张由伯特 · 斯特恩（Bert Stern）拍摄的照片广为传播，影响了大众对电影的评判。同时海报上的标语，“他们怎么把《洛丽塔》拍成了一部电影？”，也给观众留下了深刻的印象。许多评论家直接作出回应：“他们拍的不是《洛丽塔》。”莱恩的年龄不够小，只有扮演怀孕的狄克 · 斯基勒尔夫人那段比较有说服力。库布里克把这次失败的创作怪在审查者头上。纳博科夫则不吝赞美，称库布里克改编出了一部“一流的影片，演员们也都非常出色”。电影票房表现并不差：200 万美元预算，总收入 925 万美元。但评论界的反应却不尽如人意。

后来《洛丽塔》又被改编过很多次——1997 年拍了另一部电影，1981 年爱德华 · 阿尔比（Edward Albee）导演了舞台剧，1990

1 美国电影协会制定的自愿分级制度中，“X 级”意为仅限成人观看；“未分级”即没有根据不同观众对象剪辑，不能上映。

年代曾排过一部俄语歌剧，甚至还有音乐剧。这些改编作品基本全部由中年男人创作，距离小说核心对性虐待的探讨相去甚远。无论对与错，小说《洛丽塔》允许读者去作出自己的判断。相比之下，洛丽塔在舞台上讲话，甚至唱歌、跳舞，则会引起观者的极大不适，也导致了此类项目接连失败。居然会有人认为以视觉或戏剧形式呈现《洛丽塔》能够带来正向效果，尤其是金钱上的收益，事后看来未免好笑。

这其中最荒唐的莫过于 1971 年的音乐剧《洛丽塔，我的爱》（*Lolita, My Love*）。它的主创团队无疑是顶尖的：脚本和唱词来自名剧《窈窕淑女》的作者艾伦·杰伊·勒纳（Alan Jay Lerner），作曲则由因詹姆斯·邦德系列主题曲而颇负盛名的约翰·巴里（Johm Barry）完成。纳博科夫同意授权给这部音乐剧——就连他这个几乎无法忍受音乐的人也知道勒纳和巴里的辉煌履历——可最终成品甚至没能登上百老汇的舞台。波士顿首演遭到不留情面的批评，于 1971 年初停演。几个月后，新制作的版本在费城上演——多洛蕾丝的扮演者丹妮丝·尼克森（Denise Nickerson）后来因出演《威利·旺卡和巧克力工厂》（*Wily Wonka & the Chocolate Factory*）而走红，当时她还未满 13 岁——结果依旧反响平平。某位采访者曾对《洛丽塔，我的爱》提出质疑，纳博科夫回答说自己对剧组“非常放心”。而在该剧遭遇滑铁卢后，他再也没有提起过这个话题。

此外，《洛丽塔》还衍生出了许多未经授权的作品。它们以各自的方式展现了纳博科夫对困难材料的驾驭能力；同样的材料在才能不足的作家手中，效果就天差地别了。拉塞尔·特雷纳（Russell

Trainer）是一名前科犯。1966 年，他出版了一本叫作《洛丽塔情结》（*The Lolita Complex*）的书，旨在以“历史案例、专业意见、法庭档案、采访以及警方记录”为参考，“调查现实生活中洛丽塔和亨伯特们的行为，为重要的社会问题提供一些见解”。特雷纳甚至列出了几位医学专家的名字表示感谢，但我没能找到其中任何一人真实存在的证明。他们很可能纯属虚构，就像为亨伯特·亨伯特回忆录作序的小约翰·雷博士一样。纳博科夫不仅借鉴了哈夫洛克·霭理士的性变态史，更对当时势头正猛的西格蒙德·弗洛伊德（Sigmund Freud）作出了回应。作家本人十分厌恶弗洛伊德的精神分析学说，还曾在 1965 年的某次访谈中抱怨道：“我认为他很粗野，很落后。我不想让一位手持雨伞的维也纳老先生把他做的梦强加在我身上。”

《洛丽塔情结》写得粗制滥造，是作者用来捞钱的工具。特雷纳曾因支票诈骗罪入狱，并在服刑期间开始写作，著有多部平装色情小说。由于这本书的销量还算不错，他又在 1969 年出版了续作《男洛丽塔》（*The Male Lolita*），仍旧以编造的历史案例为主体，但转而关注处在权力不对等关系中的年轻男性。如果不是发生了一件意想不到的事，特雷纳的文学贡献可能会彻底被遗忘——《洛丽塔情结》被翻译成日文后催生了大批的漫画及动画，尤其是所谓“萝莉控”（“lolicon”）分类的作品，即：将有着母鹿般大眼睛的小女孩描绘为欲望对象，或干脆置于性行为场景中（“Lolicon”就是“Lolita Complex”两个词的合成）。

《洛丽塔情结》出版三十年后，意大利记者皮亚·佩拉（Pia

Pera）创作了另一部未授权续作。《洛的日记》（*Lo's Diary*）从新颖的角度切入，以多洛蕾丝·黑兹的视角讲述了《洛丽塔》的故事。这本来是个很好的想法，但成品非常令人失望。佩拉版本的《洛丽塔》没有揭示多洛蕾丝·黑兹面对的黑暗与苦难，也没有明确她受害者的身份——在永远没有足够权力的情况下，努力活下去，为一点点自由而挣扎——原作都已经对此有所体现，《洛的日记》却反而将她刻画成厚颜无耻的诱惑者，与詹姆斯·M. 凯恩（James M. Cain）《米尔德里德·皮尔斯》（*Mildred Pierce*）中的年轻（但不是未成年）女儿薇妲（Veda）有几分相似[1]。《洛的日记》还因涉嫌侵犯纳博科夫的遗产而面临多年诉讼，英文版本直到 1999 年才被允许出版。

此前两年，阿德里安·莱恩（Adrian Lyne）翻拍的电影《洛丽塔》[2]也被卷入了一系列法律纠纷，面临审查问题的程度与斯坦利·库布里克版不相上下。莱恩版《洛丽塔》由斯蒂芬·希夫（Stephen Schiff）撰写剧本，可谓相当忠于原著。杰瑞米·艾恩斯（Jeremy Irons）饰演的亨伯特·亨伯特几乎有些过于完美（他后来录制了小说五十周年纪念时发售的电子书）。多米尼克·斯万（Dominique Swain）饰演的多洛蕾丝极富说服力，毫不逊色于艾恩斯无懈可击的演出。弗兰克·兰格拉（Frank Langella）饰演的克莱

---

1 詹姆斯·M. 凯恩 1941 年出版小说《米尔德里德·皮尔斯》（*Mildred Pierce*），讲述单亲母亲米尔德里德在大萧条时期努力支持家庭、追求幸福的故事。

2 *Lolita*（1997），中译《一树梨花压海棠》。

尔·奎尔蒂也十分出彩。

库布里克版《洛丽塔》上映后的三十五年来，社会风气一直在激进的自由主义和反弹的保守主义之间摇摆，但1997年的观众对《洛丽塔》电影版新作的兴趣尤其淡薄。莱恩其实从几年前就曾试图制作这部片子，但屡次遭遇失败。等到终于完成拍摄时，他又需要处理新的法律问题：1996年通过的《儿童色情制品预防法》规定，任何关于儿童与成人发生性关系的视觉描述都属违法，无论过程是否有儿童参与。

因为要与律师们斗争以避免大幅删减，发行方面合作也并不顺利，莱恩的影片推迟了一年才在北美上映。电影在影院的排片量极小（主要是为了获得角逐奥斯卡奖的资格），上映后不久便开始在Showtime有线电视台播出。因此，这部《洛丽塔》的票房成绩比前作还要差——再次证明比起边阅读边想象，公众对在银幕上看到洛丽塔并没有太大的兴趣。

六十多年过去了，改编《洛丽塔》或翻拍早期改编作品的热情或许已消失殆尽。考虑到如今政治气候愈发两极化的情况，即使有人要这样做，也很难找到合适的方式。《洛丽塔》的黑暗之心，还有多洛蕾丝·黑兹的悲剧，对当下的娱乐业来说或许太过沉重。更明智也更清醒的做法是：记住占据小说核心位置的那个小女孩，以及真实世界里所有像萨莉·霍纳一样遭受苦难后幸存下来的女孩们。

洛丽塔和萨莉，两个女孩的故事

我两次与萨莉·霍纳的外甥女黛安娜·齐耶明戈（Diana Chiemingo）见面，她都是在新泽西州的伯灵顿镇中心轻轨站接我，然后开车带我去一英里外的埃米煎蛋屋。那里的煎蛋卷做得的确美味。2018 年 8 月，黛安娜年满 70 岁。她体格瘦小，声音轻柔，但整个人散发着钢铁般的坚韧气质。她总是直接切入主题，不爱啰唆。当她考虑如何恰如其分地表述她的答案时，沉默常常在我们之间蔓延拉长。

对黛安娜来说，小姨从未消失在记忆深处。2016 年夏天我们初次面谈时，这一点体现得尤为明显。我们俩各自带着要给对方看的照片来到餐馆。黛安娜拿出了一沓黑白照片，上面有萨莉、苏珊、阿尔、埃拉，还有其他人——萨莉最好的朋友卡罗尔、和她去晚会的不知姓名的舞伴，有些应该是她在伯勒中学的同学，另外几张照片上可能是她人生最后一年夏天认识的朋友。黛安娜和我都惊叹于萨莉表露出的成熟与活力。她鲜活的生命还未曾有机会绽放。

而我这边的照片则是从《信使邮报》对萨莉获救的报道中扫描出来的。这些图像满是噪点，远不如黛安娜的相片库保存完好，但有一张我必须要拿给她看——镜头里，苏珊正和几个小时前刚刚于圣何塞获救的萨莉通电话，旁边不到两岁的黛安娜也入镜了。黛安娜显得十分意外，她从未见过这张照片。如此久远的家庭画面映入眼帘，萨莉的故事似乎也因此变得更为清晰生动，那其中不仅有悲剧性的部分，也有快乐的部分。萨莉毕竟还是回来了，全家人又团聚在一起，即使时间不长。

黛安娜谈到父母和外祖母埃拉，也谈到她自己的生活。家里人一直试图掩盖、压抑萨莉突然离去的事情，这样做的结果好坏参半。萨莉成为了家族里从未离去的幽灵。很长时间以来，黛安娜都不知道小说《洛丽塔》和萨莉存在联系。她从未读过这本书，自然不会意识到文中提到了小姨。黛安娜后来听说此事是因为弟弟布赖恩——布赖恩是弗洛伦斯警察部门的一名证据技术员，他在网上搜到了与萨莉有关的、信息稀少的维基百科条目，以及亚历山大·多利宁的论文。

“他当时特别震惊。”黛安娜说，“我也是一样的感觉。不知道该怎么解释。居然有人在写我们家的故事？那一切发生时我还太小。有人写下了萨莉的经历——这可不是件小事。”

我第二次与黛安娜面对面交谈已是将近一年后。她慢慢意识到，在萨莉的故事背后还有千千万万曾遭到男性残酷对待的女孩和女人们。污名需要很长时间才能消退，但在谈起小姨的过程中，黛安娜也越来越多地流露出轻松甚至喜悦之情。这从一定程度上弥补了她们一家以及萨莉所失去的东西。

《洛丽塔》的生命力经久不衰，出版多年后纳博科夫仍被不断问到与之相关的问题。他并不喜欢这样。他常常明显地表现出烦躁情绪；在小说创作受到的影响这一点上，他也给出过许多自相矛盾的回答。纳博科夫虽然研读了哈夫洛克·霭理士的著作，还曾和斯坦福的亨利·兰茨是亲密棋友，却极力否认亨伯特·亨伯特有现实中的原型："他是我假想出来的一个人，是一个有执念的人。我想我创造的很多角色都会突然陷入某种痴迷，具体情况各有不同。但他从未真实存在。"他也否认洛丽塔这一角色来源于真实人物，虽然文中提到了萨莉·霍纳。接受《巴黎评论》采访时，他表明小说不具有任何道德目的："强烈认为这段……关系有悖于道德的人不是我，是亨伯特。他在乎，我不在乎。我一点都不关心什么社会公德——不管是美国的，还是其他地方的。"

在纳博科夫看来，承认自己从真实事件中窃取了灵感，就会削弱小说叙事的力量，甚至瓦解自己的艺术权威。他掌握着所有采访的主导权，问题需事先提交，回答也经过编辑，但从中依然能挖掘出意外的发现——研究纳博科夫时，不仅要注意他具体的措辞，那些没有言明的部分也同样重要。

在 1962 年的一次采访中，纳博科夫坚决否认亨伯特的形象来源于现实，紧接着又立即改口称亨伯特确有其人，但在他写作《洛丽塔》后才出现。"写这本书的时候，我在报纸上时不时会看到年长男士追求小女孩的新闻：算是有趣的巧合，但也仅此而已。"

这里纳博科夫几乎就已经默认说，他知道与自己虚构内容相似的真实案例。比如弗兰克·拉萨尔绑架萨莉·霍纳一案。纳博科夫在《洛丽塔》中提到了这些案件，但采访时却完全不可谈及，以防听众或读者把相关信息联系起来，作出某些推论。

然而纳博科夫在整个写作生涯中反复涉足“年轻女孩与老男人的禁忌关系”这一命题，亦是无可回避的事实。作家的这种痴迷存在现实基础——不仅限于其他人的经历，也源自他自己的生活。亨伯特·亨伯特描述中那位“相当讨人厌”的叔叔古斯塔夫·特拉普（Gustave Trapp）其实就是一个线索。追踪克莱尔的牙医叔叔艾弗·奎尔蒂（Ivor Quilty）时，以及于“着魔的猎人”旅店初遇克莱尔时，亨伯特都再次想起了特拉普。[克莱尔·奎尔蒂在房客登记簿上签名为“吉·特拉普”，此举打破了叙事中所谓第四面墙；如德国学者迈克尔·马尔（Michael Maar）所述，“奎尔蒂不可能知道这个名字。”]

《洛丽塔》多次引入叔叔的形象，让人不禁想起《说吧，记忆》里透露的一件事：弗拉基米尔 9 岁时，叔叔卢卡曾将他放在膝盖上反复抚弄，并伴以“柔声呢喃的甜言蜜语”，直到孩子的父亲从阳台上呼唤他才停下来。该真实场景似乎与小说中著名的一幕颇为相似：洛丽塔坐在亨伯特腿上时，他迎来了高潮。当然亨伯特认为自己操作得神不知鬼不觉，对方并不知情。但纳博科夫刻意写得模棱两可，洛丽塔到底知道什么由读者决定。

阿扎尔·纳菲西（Azar Nafisi[1]）《在德黑兰读〈洛丽塔〉》（*Reading Lolita in Tehran*）一书中精准地指出，多洛蕾丝·黑兹是双重层面上的受害者。她不单被夺去了整个人生，也被剥夺了她一生的故事："《洛丽塔》讲述的绝望真相并不是一个肮脏的老男人强奸了一个12岁的孩子，而是一个人没收了另一个人的人生。"纳菲西无意间阐明了多洛蕾丝·黑兹和萨莉·霍纳的相似性。在长达21个月的时间里，萨莉曾是拉萨尔的囚徒，她扮演他女儿的角色，服务于他的妄想。这段经历同样为她的人生留下了永久的烙印。获救后，萨莉也曾试图恢复被打断的生活。表面上看，她似乎成功了。

但实际上又怎么可能呢？萨莉的故事登上了全国各地的报纸头版；卡姆登人对她的遭遇了如指掌，这一切都成了他们评判甚至指责她的依据。无论她剩下的时间是两年还是几十年，无论她是否能够暂时放下过去向前迈步，萨莉·霍纳身上的标签再也不会被摘掉。

洛丽塔死于分娩的结局无疑是悲剧性的。萨莉·霍纳遭遇车祸身亡则是更大的悲剧，因为它发生于现实。萨莉永远失去了长大成人的机会，也无法再努力开启新的篇章。她其实是三重意义的受害者：弗兰克·拉萨尔撕裂了她普通的生活，一场车祸又匆匆结束了她的生命，然后她的所有经历都被开采一空，搭建成《洛丽塔》的骨架。唯一提及她名字的一句话被塞进括号，在众目睽睽下遁形，

---

1 美籍伊朗作家、英语文学教授，代表作《在德黑兰读〈洛丽塔〉》（*Reading Lolita in Tehran: A Memoir in Books*）曾登上《纽约时报》畅销书榜。

1952 年夏天，15 岁的萨莉 · 霍纳

数百万读者中几无一人注意。

为本书做研究的这几年里，我曾问过许多《洛丽塔》的忠实读者，是否注意到书中有提及萨莉·霍纳绑架案的内容，答案全部是否定的。这其实不算特别出乎意料。如果都没人注意到这句话，读者又怎么可能看到小说整体结构有多少是基于萨莉的真实经历呢？但是一旦意识到这点，就无法把它从脑海中抹去。

没有一个明确的转喻能如钥匙插入锁头般，将多洛蕾丝·黑兹与萨莉·霍纳的悲剧严丝合缝地对应起来。谨慎老到的纳博科夫杜绝了艺术与现实并置的可能性。但萨莉的故事向我们揭示了小说背后的重要灵感来源，是解读《洛丽塔》的关键线索之一。纳博科夫花费二十多年的时间苦苦思索相关主题，在欧洲和美国各地一点点拼凑起了整部作品：如果没有萨莉·霍纳，他无疑仍会写出《洛丽塔》。可加入了她的故事后，小说叙事亦得到增强，变得更加尖锐有力了。

萨莉·霍纳的重要性无法轻易忽视。一个中年男人的畸形罪行永远改变了她的人生，但我们必须记住，这不是她的全部。她克服困境，挣脱牢笼，在颠沛流离的持续恐怖中幸存下来，却还是落得了过早夭亡的结局。恰似尚未有机会飞翔就被损毁了翅膀的蝴蝶——一部兼具讽刺与悲伤的经典小说赋予了她永恒的生命，同时也永远地禁锢了她。

致谢

《洛丽塔原型》的作者虽然只有我一个，但它的写作和出版离不开许多人在不同层面上给予的投入、建议、支持和反馈。这场漫长而惊险的旅程始于 2014 年 3 月，*Hazlitt* 的主编乔丹·金斯伯格（Jordan Ginsberg）回复了我提出的萨莉·霍纳绑架案的选题：“刚在我们的编辑会议上讨论过，收到了近一段时间来最果断最热烈的赞成票。”八个月后，很大程度上得益于乔丹的指导，这篇文章不仅成功发表，更改变了我的职业轨迹。过去的四年中发生了不少事情，而 *Hazlitt* 是这一切的起点，时至今日仍令我倍感欣喜。我还想感谢高级编辑黑利·库林厄姆（Haley Cullingham），与她共事的体验无比美好，希望很快能再次合作。

萨莉·霍纳的故事从一篇杂志文章演变为一本书，这一过程兼具挑战与刺激，也有同等的艰辛与收获。莎娜·科恩（Shana Cohen）对图书第一轮的提案草稿提供了宝贵的反馈。我的经纪人大卫·帕特森（David Patterson）一直是这个项目的杰出倡导者和支持者，斯图尔特·克里切夫斯基作家经纪公司（Stuart Krichevsky Literary Agency）的整个团队也是如此，特别是艾米利娅·菲利普斯（Aemilia Phillips）、汉娜·施瓦茨（Hannah Schwartz）、罗斯·哈里斯（Ross Harris）和斯图尔特·克里切夫斯基（Stuart Krichevsky）。还要感谢我在英国的经纪人，勒琴斯－鲁宾斯坦公司（Lutyens & Rubinstein）的简·芬尼根（Jane Finigan）。

感谢埃科出版社（Ecco）的扎克·韦格曼（Zack Wagman）和加拿大克诺夫出版社（Knopf Canada）的安妮·柯林斯（Anne Collins），这两位出类拔萃的编辑始终鞭策着我，让我实现乃至超越了对《洛丽塔原型》的设想。非常幸运能得到业内顶尖工作者的精辟而周到的指导。还有我在英国韦登菲尔德－尼科尔森出版社（Weidenfeld & Nicolson）的编辑霍利·哈利（Holly Harley），感谢你一直以来的支持，以及你对这个项目永不动摇的热情。

感谢埃科出版社的米里亚姆·帕克（Miriam Parker）、索尼娅·楚斯（Sonya Cheuse）、梅根·迪恩斯（Meghan Deans）、梅根·林奇（Megan Lynch）、丹尼丝·奥斯瓦尔德（Denise Oswald）、丹·哈尔彭（Dan Halpern）、詹姆斯·法钦托（James Faccinto）、阿什利·加兰（Ashley Garland）、马丁·威尔逊（Martin Wilson）、萨拉·伍德（Sara Wood）（为本书创造了动人心魄的封面）、艾利森·萨尔茨曼（Allison Saltzman）、莉萨·西尔弗曼（Lisa Silverman）、安德烈亚·莫利托（Andrea Molitor）；特别感谢埃玛·贾纳斯基（Emma Janaskie）。感谢加拿大企鹅兰登书屋的萨拉·杰克逊（Sarah Jackson）、帕梅拉·默里（Pamela Murray）、马克斯·阿兰布洛（Max Arambulo）、马里昂·加纳（Marion Garner）、马修·西比加（Matthew Sibiga）、萨拉·史密斯－艾维马克

(Sarah Smith-Eivemark)、利兹·李（Liz Lee)、贾里德·布兰德（Jared Bland)、罗伯特·惠顿（Robert Wheaton）和克里斯廷·科克伦（Kristin Cochrane)。

特别鸣谢麦克道尔艺术家基地（The MacDowell Colony）为我提供了完成本书初稿所需的时间和空间。感谢卡伦·里登堡（Karen Riedenburg）和大卫·迪安（David Dean）弥足珍贵的研究协助。感谢我调研过程中问访的所有档案管理员、所有机构，以及所有付出时间接受采访的讲述者（更多关于他们的信息见注释部分)。感谢黛安娜·齐耶明戈给予我信任、信心与信念，相信我可以完整地再现小姨萨莉的短暂人生。

感谢我的朋友、家人和同事，这个名单绝非全面。梅根·阿博特（Megan Abbott)、杰米·阿滕伯格（Jami Attenberg)、艾丽斯和朱利安·阿夫鲁蒂克（Alice and Julian AvRutick)、路易斯·阿夫鲁蒂克（Louis AvRutick)、多夫·伯杰（Dov Berger)、莉莎·伯肯迈尔（Liza Birkenmeier)、塔菲·布罗德瑟-阿克纳（Taffy Brodesser-Akner)、迈克尔·卡德尔（Michael Cader)、斯蒂芬·查（Steph Cha)、帕梅拉·科洛夫（Pamela Colloff)、朱利亚·达尔（Julia Dahl)、希拉里·戴维森（Hilary Davidson)、米歇尔·迪安（Michelle Dean)、罗宾·德拉博（Robin Dellabough)、尼娜·埃尔金（Nina Elkin)、林赛·费伊（Lyndsay Faye)、德迪·费尔曼（Dedi Felman)、查尔斯·芬奇（Charles Finch)、乔丹·福斯特（Jordan Foster)、埃米莉·吉列拉诺（Emily Giglierano)、朱丽叶·格拉姆斯（Juliet Grames)、大卫·格兰（David Grann)、佩吉·哈格曼（Peggy Hageman)、雷伊汗·哈曼奇（Reyhan Harmanci)、

劳伦·米尔恩·亨德森（Lauren Milne Henderson）、埃拉·希克森（Ella Hickson）、卡拉·霍夫曼（Cara Hoffman）、伊丽莎白·霍华德（Elizabeth Howard）、珍妮特·哈钦斯（Janet Hutchings）、希勒尔·伊塔里（Hillel Italie）、伊桑·艾弗森（Ethan Iverson）、莫琳·约翰逊（Maureen Johnson）、罗克尔·卡弗里森（Rokhl Kafrissen）、斯蒂芬·卡拉姆（Stephen Karam）、莱斯利·考夫曼（Leslie Kauffman）、鲍勃·科尔克（Bob Kolker）、斯卡奇·库尔（Scaachi Koul）、萨拉·克雷默（Sara Kramer）、马里斯·克雷兹曼（Maris Kreizman）、克莱尔·兰姆（Clair Lamb）、米歇尔·勒格罗（Michelle Legro）、凯蒂娅·利夫（Katia Lief）、劳拉·李普曼（Laura Lippman）、米米·利普森（Mimi Lipson）、莉萨·卢茨（Lisa Lutz）、迈克尔·马克隆（Michael Macrone）、杰弗里·马克斯（Jeffrey Marks）、劳拉·马什（Laura Marsh）、凯拉·马歇尔（Kyla Marshell）、尚特尔·奥斯曼（Chantelle Osman）、海伦·奥耶耶美（Helen Oyeyemi）、巴德·帕尔（Bud Parr）、安德烈亚·皮策（Andrea Pitzer）、布莱恩·奎特穆斯（Bryon Quertermous）、纳本·鲁瑟姆（Naben Ruthnum）、亚历克斯·塞古拉（Alex Segura）、德布·肖瓦尔（Deb Shoval）、凯西·史密斯（Kathy Smith）、埃琳·萨默斯（Erin Somers）、丹尼尔·斯塔肖尔（Daniel Stashower）、亚当·斯滕伯格（Adam Sternbergh）、萨拉·斯托佩克（Sara Stopek）、卡琳·斯威尼（Caryn Sweeney）、陈武（Vu Tran）、沙伦·阿夫鲁蒂克·华莱士（Sharon AvRutick Wallace）、乔·华莱士（Joe Wallace）、罗宾·沃瑟曼（Robin Wasserman）、德博拉·瓦瑟祖格（Deborah Wassertzug）、戴夫·怀特（Dave White）、阿林娜·威克姆（Alina Wickham）和珍妮弗·扬（Jennifer Young）。

最后，感谢我的哥哥，杰米。纪念我的父亲，杰克，我知道我出版这本书他会比任何人都感到骄傲。感谢我的母亲，朱迪丝，我永远的英雄。

注释

本书内容大量基于现存的原始资料，其中包括法庭文件及记录、监狱档案、立法档案和证词。在此感谢以下机构的协助：新泽西州特伦顿的新泽西州档案馆、新泽西州卡姆登市的卡姆登县历史学会、马里兰州安纳波利斯市的马里兰州档案馆、马里兰州巴尔的摩市的巴尔的摩市档案馆、宾夕法尼亚州费城的城市档案馆和自由图书馆、得克萨斯州达拉斯市的胜利女神中心、邓恩主教天主学校和教区档案馆，以及堪萨斯州莱文沃思市、宾夕法尼亚州费城和加利福尼亚州旧金山市的国家档案局办公室。

如果相关法院文件无法查询或业已遗失，我就会参考报纸存档——特别是《卡姆登信使邮报》和《费城问询报》，这两份报纸对萨莉·霍纳在 1948 年至 1952 年期间的绑架、营救和死亡事件报道得最为全面。

我为写作本书进行了数十次采访，包括与萨莉的侄女黛安娜·齐耶明戈的几次交谈，2014 年与黛安娜的父亲阿尔·帕纳罗的一次电话交流，2016 年和 2017 年与卡罗尔·泰勒的两次电话交流，以及 2014

年与“马德琳·拉萨尔”（化名）的两次交谈。“雷切尔·杰尼施”（化名）和“瓦妮莎·杰尼施”（化名）、弗雷德·科恩（Fred Cohen）和佩吉·布拉夫曼（Peggy Braveman）、汤姆·法伊尔以及埃玛·迪伦佐提供了有关书中主要人物的宝贵一手信息。

有关纳博科夫的章节，我参考了美国国会图书馆以及纽约公共图书馆伯格档案馆收藏的文件、剪报、便签卡和信件。在此感谢代理纳博科夫资产的怀利公司（Wylie Agency）授权我取阅伯格馆藏资料，也感谢艾萨克·格维尔茨（Isaac Gewirtz）、林德西·巴恩斯（Lyndsi Barnes）、乔舒亚·麦基翁（Joshua McKeon）和玛丽·凯瑟琳·金尼伯勒（Mary Catherine Kinniburgh）的协助和建议。

此外，我借鉴了布赖恩·博伊德、史黛西·希芙、安德鲁·菲尔德、亚历山大·多利宁及其他纳博科夫学者先前的研究。希芙还在2017年4月抽出时间与我通电话分享建议，博伊德亦在同月通过电邮给予了帮助。经过与沃尔特·明顿的通话，同时借助他在此前后提供的信息，我对《洛丽塔》在美国出版的过程有了更深的了解。

为明晰卡姆登的历史背景，我参考了霍华德·吉勒特所著《没落的卡姆登：一座后美国城市的衰败与复兴》（*Camden After the Fall: Decline and Renewal in a Post-American City*, University of Pennsylvania Press, 2006），以及由菲尔·科恩（Phil Cohen）维护的网站“地方历史：卡姆登”（Local History: Camden），网址为 http://www.dvrbs.com。

缩写

Berg　纽约州纽约市，纽约公共图书馆，伯格馆藏，弗拉基米尔·纳博科夫档案。

LOC　华盛顿特区，国会图书馆，弗拉基米尔·弗拉基米罗维奇·纳博科夫档案。

NJSA　新泽西州特伦顿市，新泽西州档案馆。

VNAY　《弗拉基米尔·纳博科夫：美国时期》(*Vladimir Nabokov: The American Years, Princeton University Press*, 1991)，布赖恩·博伊德著。

除非特别注明，所有访谈内容均由作者采访。

引言："我是不是没准对她干了……？"[1]

5　不是"……销魂夺魄的小精灵"：《洛丽塔》，第 15 页。

6　作家米基塔·布罗特曼就遇到了这种情况：米基塔·布罗特曼著《重刑监狱读书会：在男子监狱中阅读文学》(*Maximum Security Book Club: Reading Literature in a Men's Prison*)，第 196—197 页。

1　每条注释前面的数字表示所注解的内容出现于外文原书中的页码。

8　“我很不喜欢去搅动伟大作家们的宝贵生活”：纳博科夫著《俄罗斯文学讲稿》（*Lectures on Russian Literature*），第138页。

8　“某种病态的满足感……这真是咄咄怪事”：纳博科夫著《尼古拉·果戈理》，第40页。

9　三部传记，其主观色彩逐步递增：同另两部传记《纳博科夫：艺术人生》（1967）、《纳博科夫：部分生活》（1977）对比之下，安德鲁·菲尔德著《VN：弗拉基米尔·纳博科夫的生活与作品》（1986）中体现出极大的敌意，叫人惊诧不已。传记作家与传主反目的故事足以排成一部精彩的话剧。

9　上下两部奠基性的传记：博伊德著《弗拉基米尔·纳博科夫：俄罗斯时期》（1990）、VNAY（1991）。

10　史黛西·希芙（Stacy Schiff）的薇拉·纳博科夫传：希芙著《薇拉（弗拉基米尔·纳博科夫女士）》[*Vera (Mrs. Vladimir Nabokov)*]。

10　撤销了五十年限期保护：LOC手稿部门协助取得弗拉基米尔·纳博科夫相关文件。

10　纳博科夫早期小说《菲雅尔塔的春天》：《弗拉基米尔·纳博科夫短篇小说集》（*The Stories of Vladimir Nabokov*）第413页。

一　小卖部

15　萨莉·霍纳走进……小卖部：卡姆登《信使邮报》1950年3月22日刊A1版面报道，《被绑架的卡姆登女孩于加州获救》。

15　1948年3月一个普通的下午：见《信使邮报》4月3日刊A1版面报道，卡姆登县检察官米切尔·科恩在1950年4月2日法庭听证会上的发言。

16　一个体形瘦长、五官锐利的男人：美联社1950年3月22日报道，摘自（俄亥俄州）《莱马新闻》（*Lima News*）第5页。

16　有道伤疤划过脸颊：1944年1月征兵登记卡。

17　酗酒的丈夫自杀身亡：1943年3月24日拉塞尔·霍纳的死亡证明。

17　班主任萨拉·汉林：《费城问询报》1950年3月23日刊，第3页。

17　萨莉的同学埃玛·迪伦佐：2017年11月13日对埃玛·迪伦佐的采访。

19　电话响了：《卡姆登信使邮报》1950年3月23日刊。

20　埃拉逐渐放下了顾虑：《盐湖论坛报》1948年8月6日刊第5页，合众社报道。

二　海滨之旅

21　罗伯特·普费弗和琼·普费弗是一对新婚夫妇：这部分基本全部取材于卡姆登《信使邮报》1950 年 3 月 24 日刊第 2 页及《费城问询报》1950 年 3 月 24 日刊第 3 页的报道，其中含有大量罗伯特·普费弗口述内容。

24　埃拉终于等来了一封信：《卡姆登晚报》1948 年 8 月 6 日刊，第 1 页。

24　约瑟夫·舒尔茨警探：新泽西州布里奇沃特镇《信使报》1948 年 8 月 6 日刊，第 15 页。

25　家庭旅馆：太平洋大道 203 号的地址来自 1940 年人口普查；拉萨尔的一个特点是经常返回之前住过的地方。

25　“他一件衣服也没拿，包括那女孩儿的衣服”：《费城问询报》1950 年 3 月 23 日刊，第 1 页。

26　负责在大西洋城寻找萨莉的是马歇尔·汤普森：卡姆登《信使邮报》1950 年 3 月 23 日刊，第 1 页。

26　绑架萨莉时他刚出狱六个月：1950 年 4 月 2 日，米切尔·科恩的法庭陈述。

三　从韦尔斯利到康奈尔

27　这一年在弗拉基米尔·纳博科夫的生命中至关重要：本

章主要参考了VNAY第129—135页，以及纳博科夫《书信选：1940—1977》（*Selected Letters: 1940–1977*）中重印的信件。

28 遍游了美国：公路旅行的概览清单见迪特尔·E. 季默编撰的《洛丽塔在美国》（“*Lolita, USA*”），网址 http://www.d-e-zimmer.de/LolitaUSA/LoUSNab.htm。

28 “充满信任、梦幻一般的迷人的辽阔的国土”：《洛丽塔》第176页。

28 “在受到耕种的平原那头”：同上，第152页。

28 婚姻关系已恢复稳定：VNAY第129页。

28 在病中度过：1948年5月30日，弗拉基米尔·纳博科夫致凯瑟琳·怀特的信。

29 “葱绿环绕下的宁静夏日”：VNAY第131页。

29 “剑桥那间皱巴巴的侏儒式小公寓”：同上。

30 “以绝望收场”：同上。

30 纳博科夫很喜欢威尔逊的礼物：1948年6月10日，弗拉基米尔·纳博科夫致埃德蒙·威尔逊的信，见西蒙·卡林斯基编订《亲爱的邦尼，亲爱的沃洛佳：纳博科夫—威尔逊通信集，1940—1971》，第178页。

30 “我一直对心理学很有兴趣”：菲尔德著《VN：弗拉基米尔·纳博科夫的生活与作品》第212页。

四　追本溯源

34　出生证明上写的名字：萨莉·霍纳的出生证明，1937年4月18日由新泽西州卫生局签发；2017年5月查询自卫生局办公室。

34　家里人问起时：2014年8月及2017年7月与黛安娜·齐耶明戈的两次访谈。

34　威廉·拉尔夫·斯温：新泽西州卫生部于1926年11月签发的出生证明，苏珊·帕纳罗的父亲登记为斯温；2017年5月查询自卫生局办公室。

35　让大家颇为担忧：2016年7月黛安娜·齐耶明戈访谈。

35　埃拉遇见了拉塞尔·霍纳：《阿斯伯里帕克报》1935年12月9日刊第9页，及1936年6月9日刊第7页。

35　小拉塞尔：1937年2月提交的社会保障申请。

36　苏珊记得母亲挨打的场景：2014年8月对阿尔·帕纳罗和黛安娜·齐耶明戈的采访。

36　她带着苏珊和萨莉来到了卡姆登：1946年卡姆登电话黄页。

36　拉塞尔居无定所：2014年阿尔·帕纳罗访谈。

36　他的驾照还被吊销了：《费城问询报》1942年3月27日刊第27页报道，《司机因抄“近路”被剥夺执照》。

36　1943年年初：《阿斯伯里帕克报》1943年3月26日刊，第2页。

36 必须要理清她出身的时候：卡姆登《信使邮报》1950年3月22日刊，第1页。

37 埃拉的母亲苏珊娜：《特伦顿时报》1939年10月31日刊，苏珊娜·戈夫讣告；《阿斯伯里帕克报》1943年1月12日刊，乔布·戈夫讣告。

37 苏珊这时16岁：2016年7月黛安娜·齐耶明戈访谈，2014年8月阿尔·帕纳罗访谈。

37 二人在弗洛伦斯结了婚：由NJSA办理的结婚证明。

五 寻找萨莉

39 罗伯特和琼·普费弗：《费城问询报》1950年3月24日刊，第3页。

40 马歇尔·汤普森只是……人员之一：卡姆登《信使邮报》1950年3月22日刊第9页，约瑟夫·S. 韦尔斯报道，《警探不懈搜查终结案》。

40 他是去年才被提拔为警探的：DVRBS.com网站文章《马歇尔·汤普森》，网址DVRBS.com, http://www.dvrbs.com/people/CamdenPeople-MarshallThompson.htm，2018年1月16日查询。

41 “黑市拳手”：卡姆登《信使邮报》1928年1月2日刊。

41 点评过他的音乐才能：卡姆登《信使邮报》1939年11

月 3 日刊。

41 “他喝咖啡时习惯的糖和牛奶的量”：卡姆登《信使邮报》1950 年 3 月 22 日刊，第 9 页。

六 最初的创作冲动

46 “十九部虚构作品当中”：《泰晤士报文学副刊》2011 年 12 月 23 日刊，马丁·艾米斯文章《神圣的轻浮》。

46 给出了更为合理的解释：罗珀著《纳博科夫在美国》第 150 页。

46 植物园的一只猴子：纳博科夫文章《关于一本题名〈洛丽塔〉的书》（“*On a Book Entitled Lolita*”），原载于 1957 年《铁锚评论》，普特南版及其后每一版《洛丽塔》书中皆有囊括。

47 除了靠写作赚钱外：比姆著《对头》第 16 页。

47 发表了短篇小说：《一则童话》，收录于《弗拉基米尔·纳博科夫短篇小说集》第 161—172 页。

48 描绘了一个小女孩那所谓恶魔般的力量：《莉莉丝》，原载于 1969 年麦格劳－希尔出版社《诗歌与问题》（*Poems and Problems*），收录于 2012 年克诺夫出版社《诗选》（*Selected Poems*）第 84 页。

49 其中有一段话：纳博科夫著《天赋》，第 176—177 页。

50 德国……将全世界拖入战争：VNAY 第 13 页。

50 “急性肋间神经痛发作，不能动弹”：纳博科夫《关于一本题名〈洛丽塔〉的书》。

51 “我怎样才能真正认识自己？”：纳博科夫《魔法师》第1页。

53 “就像研究贝多芬出版的手稿一样乐趣无穷”：《华盛顿邮报》1986 年 12 月 14 日刊，西蒙·卡林斯基文章《纳博科夫的生活与洛丽塔的死亡》。

54 他曾告诉小阿尔弗雷德·阿佩尔：阿佩尔对纳博科夫的采访，刊载于 1967 年《威斯康星州当代文学研究 8》。

54 亨利·兰茨，是斯坦福大学的教授：VNAY 第 33 页；罗珀著《纳博科夫在美国》第 140 页。

55 但纳博科夫本人对此坚决否认：菲尔德著《纳博科夫：部分生活》第 235 页。

七　暗影重重的身份

58 生日应该是：1950 年时拉萨尔记录在案的年龄从 52 岁至56岁不等，他死亡证明上的生日为1896年5月27日，社保申请上却是 1895 年 5 月 27 日。

58 弗兰克·帕特森和诺拉·拉普兰特：1943 年 NJSA 入狱记录，与拉萨尔社保申请资料中显示的父母姓名及出生地不一致。

58 并没有他的入狱记录：1943 年入狱记录，及与堪萨斯州堪萨斯城国家档案馆管理员格雷格·博尼奇的交流。

58 每换一个姓氏：卡姆登《信使邮报》1950 年 3 月 22 日刊第 1 页报道，《绑架女童者的警方记录》。

58 通过福格这个身份：（特拉华州威尔明顿市）《新闻日报》1937 年 8 月 3 日刊，第 24 页。

58 他们是在嘉年华上认识的：《费城问询报》1937 年 8 月 3 日版，第 3 页。

59 于是几天后：塞西尔县办理的，多萝西·梅·戴尔和弗兰克·拉萨尔的结婚证明，于马里兰州档案馆查询。

59 多萝西的父亲……气得冒烟：《费城问询报》1937 年 8 月 4 日刊，第 2 页。

59 “他没有骗我”：《费城问询报》1937 年 8 月 3 日刊。

60 拉萨尔在特拉华镇法院出庭：《费城问询报》1937 年 8 月 4 日刊。

60 拉萨尔被罚款 50 美元：《费城问询报》1937 年 8 月 12 日刊，第 2 页。

60 拉萨尔因重婚罪被捕：卡姆登《信使邮报》1950 年 3 月 22 日刊，第 1 页。

61 多萝西把弗兰克告上了法庭：同上。

61 三名卡姆登警员：卡姆登《信使邮报》1950 年 3 月 25 日刊，第 6 页。

61 这五个女孩：姓名摘自多萝西·戴尔对弗兰克·拉萨尔

提出的离婚申请，资料来源新泽西州高等法院“拉萨尔诉拉萨尔”案卷，文件编号151-246-W127-796(1944)。

62 威尔基警长取得了逮捕令：卡姆登《信使邮报》1950年3月25日刊，第6页。

63 选择不认罪：法院案卷备查表，查询自NJSA。

63 多萝西决定带着马德琳搬回：2014年8月对“马德琳·拉萨尔”的采访；新泽西州高等法院“拉萨尔诉拉萨尔”案卷。

64 获得假释：卡姆登《信使邮报》1950年3月22日刊，第1页；NSJA 1950年入狱记录；1944年6月29日征兵登记卡；1944年6月28日社保申请记录。

65 价值110美元的假支票：卡姆登《信使邮报》1950年3月22日刊。

65 他又回到了特伦顿联邦监狱：同上；NSJA 1946年入狱记录。

八 “孤单的母亲在等候”

67 一份做制服的工作：《费城问询报》1948年12月10日刊。

69 案子突然变得更紧急了：起诉日期为1949年3月17日，《费城问询报》和卡姆登《信使邮报》同年3月22日报道。

69　多萝西·福尔施坦：《费城问询报》1949 年 10 月 23 日刊第 1 页报道，《福尔施坦之妻失踪消息引发搜寻》。

70　多萝西失踪那周的周五：卡姆登《信使邮报》1949 年 11 月 17 日刊第 24 页通告，《悬赏寻妻线索》。

71　法院宣告多萝西死亡：《费城问询报》1957 年 10 月 15 日刊第 23 页报道，《失踪妻子被判定已死亡》。

71　埃拉难以入眠：《费城问询报》1948 年 12 月 10 日刊第 1 页报道，《圣诞树亮着，孤单的母亲在等候》。

九　检察官

73　米切尔·科恩刚成为卡姆登县的检察官：《纽约时报》1991 年 1 月 10 日刊，米切尔·科恩讣告。

73　并没有那么多重大案件：吉勒特著《没落的卡姆登》第 25 页。

73　本州党内事实上的领袖：卡姆登《信使邮报》1950 年 11 月 7 日刊，第 3 页。

73　在执法部门做过的许多工作之一：《费城问询报》1991 年 1 月 10 日刊，米切尔·科恩讣告。

74　穿着定制西服的形象：2017 年 11 月，与弗雷德·科恩的访谈。

74　科恩和赫尔曼·莱文：卡姆登《信使邮报》1956 年 6 月

1 日刊，第 2 页。

74 科恩自己也成为了一名戏剧制作人：同上；卡姆登《信使邮报》1957 年 6 月 4 日刊第 1 页报道，《音乐会向 1500 名观众开放售票》。

75 科恩刚开始担任：《费城问询报》1938 年 6 月 24 日刊第 19 页报道，《庭内和解》。

75 谋杀万达 · 多雷奇：对该案件的描述参照卡姆登《信使邮报》及《费城问询报》相关报道、1940 年 1 月 11 日"新泽西州诉多雷奇"案卷，以及丹尼尔 · 艾伦 · 赫恩著《新泽西州死刑全记录》（麦克法兰出版社 2005 年出版），第 376—377 页。

79 谢尔丘克……1959 年获假释出狱：卡姆登《信使邮报》2000 年 7 月 11 日刊第 6 页报道，《1940 年牧师获死刑》。

79 玛格丽特 · 麦克达德遭到杀害：参照卡姆登《信使邮报》报道，及美联社、合众社、国际新闻社等通讯社消息。

80 死刑执行时间：卡姆登《信使邮报》1951 年 3 月 27 日刊第 1 页报道，《最后的赦免请求遭拒，奥尔德将于今晚处刑》。

十　巴尔的摩

84 6 岁的琼：案件细节大多取自《纽约时报》2017 年 10

月 31 日刊。

86 斯坦回家探望了父母：科琳·斯坦案完整记录见克里斯蒂娜·麦圭尔、卡拉·诺顿合著《完美受害者》（*Perfect Victim*，亚伯 / 莫罗出版社 1988 年出版）。

86 与绑架者朝夕相处的十八年：有关以上案件详见杰西·杜嘉德著《被偷走的人生》（*A Stolen Life*，2011 年）；伊丽莎白·斯马特著《我的故事》（*My Story*，2013 年）；以及阿曼达·贝里和吉娜·迪赫素斯合著《希望》（*Hope*，2015 年）。

87 打了车去：米切尔·科恩的法庭陈述，卡姆登《信使邮报》1950 年 4 月 3 日报道。

87 萨莉说：卡姆登《信使邮报》1950 年 3 月 22 日刊，第 1 页。

88 西富兰克林路附近：参考 1954 年“新泽西州诉弗兰克·拉萨尔”案卷 A-7-54，证词中提到了这条街上的几个地址。

89 强奸自那时起就成为了日常行为：卡姆登《信使邮报》1950 年 3 月 22 日刊，第 1 页。

89 为了能让萨莉入读圣安天主教学校：1954 年新泽西州诉弗兰克·拉萨尔案卷 A-7-54 证词。

89 萨莉习惯了拉萨尔给她取的新名字：《费城问询报》1950 年 3 月 23 日刊，第 1 页。

90 热气腾腾的炒鸡蛋三明治：玛丽·里尔登（Mary

Reardon）著《天主教学校的过去和现在》（*Catholic Schools Then and Now*，巴杰出版社 2004 年出版），“GEM F：向地狱去”一章中含有四十年代一名小学生的回忆，为我想象同时代萨莉·霍纳普通的一天提供了参考。

十一　死亡的步调

93　卡姆登人对本地经济满怀信心：吉勒特著《没落的卡姆登》第 38 页。

94　那天早上八点：这段关于霍华德·昂鲁大屠杀的描述参考了多方资料，包括《每月悲剧》（*Tragedy-of-the-Month*）杂志 1949 年 12 月刊，西摩·舒宾文章《卡姆登一男子大开杀戒》；《纽约时报》1949 年 9 月 7 日刊，迈耶·伯杰文章《退伍军人在卡姆登街疯狂杀戮 12 人》；卡姆登《信使邮报》1974 年 9 月 7 日报道，《……他身后血流成河》；Smithsonian.com，2015 年 10 月 14 日帕特里克·索尔文章，《美国史上第一桩大规模谋杀案》。

95　对马歇尔·汤普森：DVRBS.com 文章《马歇尔·汤普森》。

97　费里刚完成：DVRBS.com 文章《约翰·J. 费里》，网址 http://www.dvrbs.com/people/CamdenPeople-JohnFerryJr.htm。

97　其他警察陆续赶来时，我回家：卡姆登《信使邮报》

1974年9月7日刊，收录于 http://www.dvrbs.com/people/CamdenPeople-HowardUnruh.htm。

99　科恩走到警察局：同上。

100　2009年，枪击案的最后一名幸存者：《纽约时报》2009年10月19日刊，霍华德·昂鲁讣告；卡姆登《信使邮报》2009年9月9日刊，查尔斯·科恩讣告。

十二　奥兹莫比尔环美之旅

101　在愤懑中结束了：1949年夏天弗拉基米尔·纳博科夫的行程资料基本全部来源于 VNAY 第136—144页。

106　“用法语指导、并用亨伯特方式爱抚”：《洛丽塔》第35页。

106　“一所白色构架、令人厌恶的房屋”：同上。

108　“你是个讨厌、可恶、不道德的骗子”：同上，第96页。

十三　达拉斯

112　从巴尔的摩到达拉斯：据谷歌地图计算。

112　无论是以何种路线：“新泽西州诉拉萨尔”案卷 A-7-54（1954）中，内尔罗丝·法伊尔的证词。

112　营地设计成马蹄形：2017年11月，汤姆·法伊尔采访。

112　拉萨尔又改了两人的名字：《费城问询报》1950 年 3 月 23 日刊。

112　拖车营地的老板：2017 年 11 月，汤姆·法伊尔采访。

113　他照旧把萨莉送去：1954 年“新泽西州诉拉萨尔”案卷 A-7-54 物证中的成绩单复印件。

113　圣母女子学院也已经不复存在：见 https://flashback-dallas.com/2017/10/01/our-lady-of-good-counsel-oak-cliff-1901-1961/ 文章《奥克利夫圣母女子学院》。

114　在邻居们看来：“新泽西州诉拉萨尔”案卷 A-7-54（1954）中，内尔罗丝·法伊尔、莫德·斯迈利、约瑟芬·卡加马斯特证词。

115　她得了急性阑尾炎：卡姆登《信使邮报》1950 年 3 月 23 日刊。

十四　邻居

117　露丝·杰尼施一家：2015 年及 2016 年“瓦妮莎·杰尼施”采访，2017 年 5 月“雷切尔·杰尼施”采访。

119　第二任丈夫埃弗里特·芬德利：露丝·道格拉斯和埃弗里特·芬德利 1936 年办理的结婚证明。

119　遇到了第三任丈夫：1940 年人口普查显示露丝、芬德利和杰尼施三人住在一起。

120　露丝和乔治跑到内华达州：1940年10月24日结婚证明。

121　“他从不让萨莉”：卡姆登《信使邮报》1950年3月27日刊。

121　科尔特斯汽车旅馆：《费城问询报》1950年3月22日刊，第1页；2017年7月于圣何塞公共图书馆加利福尼亚资料室借阅的1960年汽车旅馆清单佐证了这一信息。

122　警察穿着制服短裤：1957年美国公路建筑协会宣传片《我们要高速向前》，可在 https://www.youtube.com/watch?v=wnrqUHF5bH8 观看。

122　朋友告诉她：卡姆登《信使邮报》1950年3月22日刊，第1页；《费城晚报》1950年4月2日刊。

十五　圣何塞

125　1950年3月21日上午：卡姆登《信使邮报》1950年3月22日刊，第1页；《费城问询报》1950年3月22日刊，第2页；另见其他新闻报纸的报道。

126　姐夫阿尔·帕纳罗：2014年8月，阿尔·帕纳罗采访。

127　霍恩巴克三年前被选为警长：圣何塞公共图书馆加利福尼亚资料室，霍华德·霍恩巴克剪贴簿，第85—86页；加利福尼亚州圣克拉拉县档案馆资料管理员办公室认证。

128　“带我离开这里”：《费城问询报》1950年3月22日刊。

129 从头到尾讲完：卡姆登《信使邮报》1950年3月22日刊。

130 埃拉·霍纳陷入了无边的狂喜：同上；另见《新泽西州中部家庭新闻》（*Central New Jersey Home News*）1950年3月22日刊，第8页。

131 晚些时候：卡姆登《信使邮报》1950年3月22日刊第1页报道，《萨莉的母亲“松了口气”，并称自己的行为“非常愚蠢”》。

132 “电话机和它那突然降临的神灵”：《洛丽塔》第205页。

133 “浑身紧张不安”：同上，110页。

133 “给我几个银币和镍币”：同上，141页。

133 “在旅馆里，我们要了两间房”：同上，142页。

十六、救援后续

135 对他的最新指控：《贩卖白奴法》，或称《曼恩法案》，为1910年6月25日通过的美国联邦法案（《美国成文法大全》第36卷，395章，825页；经修订后编入《美国法典》第18卷，2421—2424节）。

135 3月22日上午：卡姆登《信使邮报》1950年3月23日刊。

136 司法专员马歇尔·霍尔开始审理：《圣贝纳迪诺县太阳报》（*San Bernardino County Sun*）1950年3月23日刊第1页报道，《女童提出指控，性犯罪者被羁押》。

136 警方人员试图：（特拉华州威尔明顿市）《晨报》1950年3月24日刊第1页报道，《拉萨尔依〈曼恩法案〉被羁押》。

137 即使拉萨尔凑齐了一万美元保释金：卡姆登《信使邮报》1950年3月24日刊，第1页。

138 与此同时，卡姆登警方：摘自卡姆登《信使邮报》1950年3月22日刊第1页报道中萨莉的陈述。

138 由卡姆登居民组成的大陪审团：卡姆登《信使邮报》1950年3月24日刊，第1页；《费城问询报》1950年3月24日刊，第1页。

139 科恩、杜布和汤普森飞往旧金山：卡姆登《信使邮报》1950年3月27日刊第1页报道，《科恩飞往加州，以绑架罪遣返拉萨尔》。

139 萨莉离开管教中心：卡姆登《信使邮报》1950年4月1日刊第1页报道，《分别21月，萨莉再见母亲》。

139 埃拉去机场……等候：卡姆登《信使邮报》1950年4月1日刊第2页报道，《萨莉母亲等候许久，再度拥抱遭绑架的女儿》。

十七 认罪

143 弗兰克·拉萨尔无法乘飞机：卡姆登《信使邮报》1950

年 3 月 30 日刊，第 2 页。

143　他们决定乘火车：《奥克兰论坛报》（*Oakland Tribune*）1950 年 3 月 30 日刊第 51 页报道，《绑架案受害者明日将乘飞机返家》。

144　米切尔·科恩把两位警探：卡姆登《信使邮报》1950 年 3 月 31 日刊，第 1 页。

144　拉萨尔、汤普森探员和杜布探员：《费城问询报》1950 年 3 月 30 日刊，第 2 页。

144　旧金山城市号：根据《库珀美国铁路历史集》（*The Cooper Collection of US Railroad History*）记录，1948 年 4 月内布拉斯加州奥马哈市联合太平洋铁路公司列车时间表样本推断。

144　去往纽约的将军号：核实自美国铁路网站 https://www.american-rails.com/gnrl.html。

144　警探和疑犯三人组：卡姆登《信使邮报》1950 年 3 月 31 日刊，第 1 页。

144　米切尔·科恩随后于星期日告诉媒体：卡姆登《信使邮报》1950 年 4 月 2 日刊，第 1 页。

145　科恩在等候室：卡姆登《信使邮报》1950 年 4 月 3 日刊第 1 页报道，《拉萨尔获三十年刑期》。

146　帕莱塞法官问科恩：引用陈述摘自《新泽西州高等法院判例》第 19 卷 510 页（1952），“州政府诉弗兰克·拉萨尔”案卷。

148 弗兰克·拉萨尔选择认罪：卡姆登《信使邮报》1950年4月4日刊，第1页。

十八 纳博科夫何时（确切）听说了萨莉的故事

151 3月22日上午：VNAY第146—147页。

151 “我变得跟你一样”：纳博科夫1950年3月24日致凯瑟琳·怀特的信，收录于《1940—1977年信札选》第98页。

152 纳博科夫在给新方向出版社编辑：纳博科夫1950年4月27日致詹姆斯·劳克林的信，同上第99页。

152 在二人的共同日记中描述：1958年11月17日日记。

152 罗伯特·罗珀认为：2016年8月25日与作者的邮件通信。

153 “就有机会……选择一处”：《洛丽塔》第151页。

153 “就在几天前，我们从报上看到”：同上，第150页。

154 纳博科夫研究者亚历山大·多利宁：《泰晤士报文学副刊》2005年9月9日文章，《萨莉·霍纳到底遭遇了什么？》。

155 “那种隐秘的思想”：《洛丽塔》第204页。

十九 重建生活

157 “她走的时候还是个小女孩”：卡姆登《信使邮报》1950

年 4 月 1 日刊，第 2 页。

157　全家人去费城动物园游玩：影像资料由黛安娜·齐耶明戈提供，已得到许可。

158　“她有很明确的志向”：《费城问询报》1950 年 3 月 29 日刊，第 3 页。

159　她最终作出了一个折中决定：2014 年 8 月，阿尔·帕纳罗采访。

162　“她在他们眼里完全就是个妓女”：2017 年 8 月，卡罗尔·泰勒采访。

162　“一开始她的日子很不好过”：2017 年 11 月，埃玛·迪伦佐采访。

163　户外是萨莉的另一个避风港：2014 年 8 月，阿尔·帕纳罗采访。

二十　《洛丽塔》的进展

165　弗拉基米尔和薇拉便从伊萨卡启程了：本章内容主要参考 VNAY 第 200—206 页；更多内容见《纳博科夫的夏季西部之旅》，网址 http://www.d-e-zimmer.de/LolitaUSA/LoUSNab.htm。

166　“那场面说来可笑”：Berg，1951 年“一日一页”日记。

166　纳博科夫一家调整了旅行路线：VNAY 第 217—221 页。

二十一　怀尔德伍德的周末

169　卡罗尔·泰勒已经回想不起：2016 年 12 月及 2017 年 8 月，与卡罗尔·泰勒的两次访谈。

170　爱德华·约翰·贝克基本都会开车来：《瓦恩兰日报》1952 年 8 月 20 日刊，第 1 页。

171　以 82 岁的高龄去世：《瓦恩兰日报》2014 年 7 月 28 日刊，爱德华·贝克讣告。

172　“我印象里她是个特别棒的女孩”：《瓦恩兰日报》1952 年 8 月 20 日刊，第 1 页。

173　爱德·贝克把车开上高速：卡姆登《信使邮报》1952 年 8 月 18 日刊第 1 页报道，《海边车祸致绑架案受害少女死亡》；（特拉华州威尔明顿市）《晨报》1952 年 8 月 19 日刊第 1 页报道，《1948 年绑架案受害者死亡》。

173　从怀尔德伍德开车到瓦恩兰：《瓦恩兰日报》1952 年 8 月 20 日刊，第 1 页。

173　8 月 18 日，星期一：《怀尔德伍德领袖报》1952 年 8 月 21 日刊，第 4 页；《开普梅县公报》1952 年 8 月 21 日刊第 1 页报道，《伍德拜恩记者抵达四车相撞现场》。

174　开具了死亡证明：萨莉·霍纳死亡证明原件，查询自 NJSA。

174　面部损伤严重：2014 年 8 月，阿尔·帕纳罗采访。

175　母亲喊醒了卡罗尔·斯塔兹：2016 年 12 月，卡罗尔·泰勒采访。

二十二　便签卡

177　弗拉基米尔和薇拉·纳博科夫还在怀俄明州：地理位置参考 VNAY 第 217—219 页。

177　卡片上笔迹如下：摘自 LOC 资料。

178　亚历山大·多利宁曾给出说明：多利宁文章《萨莉·霍纳到底遭遇了什么？》。

180　“有个金色皮肤、棕色头发的性感少女，九岁上下”：《洛丽塔》第 288 页。

181　相反，多利宁写道：《萨莉·霍纳到底遭遇了什么？》。

181　造成了多大的伤害：《洛丽塔》第 285 页。

182　薇拉·纳博科夫……日记中的内容：Berg，1958 年“一日一页”日记。

182　“富有魅力的小屁孩”：斯特拉·埃斯蒂斯（Stella Estes）致纳博科夫的信，引自 VNAY 第 236 页。

182　纳博科夫也说过：1958 年 9 月 17 日“一日一页”日记。

二十三　“特别棒的女孩”

183　刊登了一篇爱德华·贝克的采访：《瓦恩兰日报》1952 年 8 月 21 日刊第 1 页报道，《瓦恩兰青年不解为何受到关注，称萨莉·霍纳为“特别棒的女孩”》。

185 贝克在车祸中受伤：卡姆登《信使邮报》1952年8月18日刊，第1页；卡姆登《信使邮报》1952年8月20日刊第11页报道，《少女霍纳遇车祸死亡，司机被拘押》。

185 他已经不是第一次出车祸了：《瓦恩兰日报》1951年7月24日刊，第2页。

185 家人为她举办了葬礼：卡姆登《信使邮报》1952年8月22日刊第4页报道，《萨莉·霍纳非公开葬礼今日举行》。

185 位于奶油岭的埃姆里斯公墓：见 https://www.findagrave.com/memorial/11035529。

185 参加葬礼时：2016年12月及2017年8月，卡罗尔·泰勒采访。

186 弗兰克·拉萨尔最后一次闯入：2014年8月，阿尔·帕纳罗采访。

186 针对本次驾驶事故的首次听证：《瓦恩兰日报》1952年8月19日刊第1页报道，《瓦兰恩青年于海岸附近肇事致死，缴纳1000美元保释金后获释》；《开普梅县公报》1952年8月28日刊第4页报道，《车祸致死遭罚款》；开普梅县（刑事）法院九月庭审记录，1952年9月3日，第19—21页。

186 最严重的一项指控：1952年9月3日，开普梅县新泽西高等法院“州政府诉爱德华·J. 贝克”案卷，第283号起诉书。

187 接下来的那一周：开普梅县（刑事）法院九月庭审记录，1952年9月10日，第25—26页；卡姆登《信使邮报》1952年9月12日刊第10页报道，《女孩死亡，两人否认罪名》；（特拉华州威尔明顿市）《晨报》1952年9月15日刊第12页报道，《驾车者致两人死亡遭拘留》。

187　卡罗尔作为证人到庭：2017年8月，卡罗尔·泰勒采访。

187　驳回了过失杀人的指控：开普梅县（刑事）法院一月庭审记录，1953年1月15日，第63页。

187　他还面临着多起民事诉讼：《开普梅县公报》1953年5月14日刊第1页报道，《民事审判将由陪审团裁定》；卡姆登《信使邮报》1953年5月22日刊第15页报道，《115800美元损失赔偿诉讼达成庭外和解》。

188　或许是因为案件过于错综复杂：卡姆登《信使邮报》1953年5月21日刊第1页报道，《致命事故诉讼审判无效，将重新开庭》。

188　重新开庭仅两天后：卡姆登《信使邮报》1953年5月22日刊，第15页；《开普梅县公报》1953年5月28日刊第2页报道，《合并诉讼审理完毕》。

188　他的名字后面标注了：开普梅县（刑事）法院备忘录，1954年6月30日，第213页。

二十四　狱中的拉萨尔

189　人身保护令：美国新泽西州地区法院C 679-50，1950年

12月14日，“关于弗兰克·拉萨尔申请人身保护令的事项”。

190 休斯因拉萨尔当庭作出虚假证言而怒不可遏：卡姆登《信使邮报》1951年9月21日刊第1页报道，《绑架者欲从新泽西州立监狱获释》。

190 他陆续提交了数篇冗长的申请：新泽西高等法院“新泽西州政府诉弗兰克·拉萨尔”案卷 A-7-54 (1955)。

192 汤姆·法伊尔读过后坚决认为：2017年6月，汤姆·法伊尔采访。

193 宣誓书里写道：新泽西高等法院“新泽西州政府诉弗兰克·拉萨尔”案卷 A-7-54 (1955)。

194 经常从特伦顿监狱写信：2017年5月，“瓦妮莎·杰尼施”采访。

195 马德琳的母亲多萝西：卡姆登《信使邮报》2011年8月讣告。

196 马德琳才真正了解到：2014年8月，“马德琳”采访。

197 他最后一次上诉：新泽西高等法院“新泽西州政府诉弗兰克·拉萨尔”案卷 A-343-51 (1961)。

197 拉萨尔死于动脉硬化：新泽西州公共卫生局死亡证明。

二十五 “哎呀，爱德，真倒霉”

199 另一桩轰动罪案：《纽约时报》1952年9月2日刊第17

页报道，《“完美谋杀”遭指控》。

199　占据了整整一个自然段：《洛丽塔》第 287 页。

200　吉·爱德华·格拉默一案：案件摘要来源 1952 年“州政府诉乔治·E. 格拉默”案卷（笔录），乔治·E. 格拉默 1 号档案盒，编码 3544 [MSA T 496-67, 0/2/2/39]，同时参照随后的几次上诉，包括 1953 年“格拉默诉州政府”，及 1954 年“格拉默诉马里兰州政府”。完整案件档案存放于马里兰州安纳波利斯市，马里兰州档案馆。

203　他也经常抨击悬疑小说：凯瑟琳·泰默·内波米亚斯奇著《再论纳博科夫，再论侦探小说：弗拉基米尔、阿加莎，及使用条款》，2010 年 3 月 24 日至 27 日，于日本京都举办的国际纳博科夫会议记录，可于 http://www.columbia.edu/cu/creative/epub/harriman/2015/fall/nabakov_and_the_detective_novel.pdf 查看。

203　大肆贬低陀思妥耶夫斯基：纳博科夫著《俄罗斯文学讲稿》第 109 页——虽然这句话是本书作者的观点，但纳博科夫的评价，“我们不要忘记，Dostoeveski（拼写错误，应为 Dostoevsky）基本上是一名悬疑小说作家”，在原文中为贬低之意。

203　薇拉曾告诉他：希芙著《薇拉（弗拉基米尔·纳博科夫女士）》第 232 页。

203　被刺身亡的相关报道：几乎可以肯定纳博科夫读过《纽约时报》1958 年 9 月 11 日刊第 1 页报道，《检察官称八岁男孩承认杀害父母》《父母遭杀害，男孩据称认罪》。

204 直到2007年，仍有警方探员认为：《斯塔滕岛前进报》（*Staten Island Advance*）2007年2月11日发布视频《尼米尔案近况》，网址 http://blog.silive.com/advancevideo/2007/02/nimer_now_458.html。

204 纳博科夫一家再次踏上：VNAY 第223—226页。

二十六 《洛丽塔》的写作与出版

205 最底下的空白处写着：Berg，1953年“一日一页”日记。

205 “如果心无旁骛”：纳博科夫1951年6月15日致埃德蒙·威尔逊的信。

206 “旧手稿的使命一旦完成”：VNAY 第225页。

206 “庞杂、神秘、令人心碎的小说”：纳博科夫1953年9月29日致凯瑟琳·怀特的信。

206 致埃德蒙·威尔逊的信中所述：纳博科夫1947年致埃德蒙·威尔逊的信。

206 第一次是1948年秋天：希芙著《薇拉》第166页。

207 “薇拉及时出现”：罗珀著《纳博科夫在美国》第149页。

207 “1950年的某天”：《巴黎评论》第41期（1957年秋季），赫伯特·戈尔德对纳博科夫的采访，收录于纳博科夫《独抒己见》（*Strong Opinions*）第105页。

207　将《洛丽塔》投往出版社前：VNAY 第 225—267 页。

208　埃德蒙·威尔逊读过一半：1954 年 11 月 30 日，埃德蒙·威尔逊致纳博科夫的信。

208　感到“低落、困惑”：1954 年 11 月 30 日，玛丽·麦卡锡致纳博科夫的信。

208　他的现任妻子埃琳娜：1954 年 11 月 30 日，埃琳娜·威尔逊致纳博科夫的信。

209　奥林匹亚出版社：相关内容主要参考约翰·德·圣若雷著《维纳斯之路：奥林匹亚出版社及其作家的情色旅航》。

209　一篇讽刺作品：《纽约客》1955 年 8 月 27 日刊第 32 页，多萝西·帕克文章《洛丽塔》。

209　跟埃德蒙·威尔逊开玩笑：纳博科夫 1955 年 2 月 19 日致埃德蒙·威尔逊的信。

209　把《洛丽塔》投给吉罗迪亚斯：VNAY 第 265 页。

210　纳博科夫后来回忆说：《常春藤文学评论》第 45 期（1967 年）文章，《洛丽塔与吉罗迪亚斯先生》，收录于纳博科夫《独抒己见》。

211　纳博科夫收到了：沃尔特·明顿 1957 年 8 月 30 日致纳博科夫的信，收录于《1940—1977 年信札选》第 224—225 页。

211　接替父亲梅尔维尔·明顿：《纽约客》2018 年 1 月 8 日刊，《沃尔特·明顿谈〈洛丽塔〉》。

212　“我觉得纳博科夫写作的方式”：《时代》1958 年 11 月

17 日文章，《关于洛丽塔》。

212　纳博科夫已经基本放弃：1957 年 12 月 23 日，纳博科夫致沃尔特 · 明顿的信。

212　《洛丽塔》在法国遭到了封禁：VNAY 第 310—315 页。

212　明顿的信无疑带来了转机：1957 年 9 月 7 日，纳博科夫致沃尔特 · 明顿的信；1957 年 9 月 19 日，薇拉 · 纳博科夫致明顿的信；德 · 圣若雷著《维纳斯之路》第 144 页。

213　“千万不要透露给任何人”：《维纳斯之路》中引用德 · 圣若雷对沃尔特 · 明顿的采访，未注明日期。2017 年 8 月我与明顿通话时，他主动提起了《洛丽塔》版权方面的法律问题，“我到现在都没弄清楚那该死的版权是怎么回事”。

213　明顿在 1958 年冬季的通信中阐明：根据 1958 年 1—2 月间纳博科夫致沃尔特 · 明顿的多封信件推断。

214　弗拉基米尔和薇拉 · 纳博科夫又一次从伊萨卡开车上路：VNAY 第 362—362 页。

214　“弗拉基米尔今天取得了胜利”：Berg，1958 年 8 月“一日一页”日记。

214　明顿给纳博科夫拍去这样一条电报：摘自《1940—1977 年信札选》第 257 页。

215　伊丽莎白 · 詹韦那篇热情洋溢的文章：《纽约时报书评》1958 年 8 月 17 日文章，《欲念支配下的悲剧》。

215　零售商的再订购数量：VNAY 第 365 页。

215　“三十年前就该这样”：1958 年 9 月 6 日，纳博科夫致埃琳娜·西科尔斯基（Elena Sikorski）的信。

216 开始从康奈尔无限期休假：VNAY 第 378 页。

二十七 挖掘萨莉·霍纳与洛丽塔的关联

217 彼得·韦尔德是一名年轻的自由记者：《纽约时报》1995 年 11 月 23 日，彼得·韦尔德讣告。

217 读到过萨莉的痛苦遭遇：《金块》第 8 卷第 5 期，1963 年 11 月刊文章，《嘘！洛丽塔的秘密》。

222 艾伦·莱文，当时在《纽约邮报》工作：《纽约时报》2006 年 2 月 17 日，艾伦·莱文讣告。

224 纳博科夫夫妇订购了：Berg，1960—1965 年手稿档案，其他剪贴资料。

226 最好不要……作任何具体的解读：2017 年 4 月，史黛西·希芙采访。

二十八 “他叫我不要声张”

229 这已是几十年前的事了：相关内容主要参照 2017 年 5 月“雷切尔·杰尼施”采访，以及 2015 年 3 月、2016 年 3 月和 2017 年 5 月“瓦妮莎·杰尼施”采访。

二十九　后续

235　埃拉结识了一位新伴侣：1951 年卡姆登电话黄页显示二人同住在椴树街 944 号。

236　正式办理结婚：1965 年加利福尼亚州婚姻记录，通过 Ancestry.com 查询。

236　五年后，伯克特去世了：加利福尼亚州公共卫生局，1970 年死亡记录。

236　直到十几岁时父母才告诉她：2014 年 8 月，黛安娜 · 齐耶明戈采访。

237　埃拉则回到了新泽西的新埃及区：1998 年埃拉 · 霍纳讣告，来源 Ancestry.com。

237　苏珊和阿尔分别于：《伯灵顿县时报》，2012 年 8 月 15 日苏珊 · 帕纳罗讣告；KoschekandPorterFuneralHome.com，2016 年 2 月 25 日阿尔 · 帕纳罗讣告。

237　你说萨莉 · 霍纳：2016 年 12 月，卡罗尔 · 泰勒采访；2017 年 11 月，罗宾 · 李 · 汉布尔顿电邮来函。

238　爱德华 · 贝克的生活如常进行：《瓦恩兰日报》，2014 年 7 月 28 日爱德华 · 贝克讣告。

238　2007 年 5 月 17 日，星期三下午：《瓦恩兰日报》，2007 年 5 月 18 日。

238　两名卡姆登警官：DVRBS.com，“威尔弗雷德 · L. 杜布”页面，网址 http://www.dvrbs.com/people/CamdenPeople-WilfredLDube.htm ；DVRBS.com，“马歇尔 · 汤普森”页面。

239 霍华德 · 霍恩巴克继续担任：(加州)《佩塔卢马阿格斯－信使报》1962 年 5 月 9 日刊第 4 页，霍华德 · 霍恩巴克讣告。

239 米切尔 · 科恩的身体每况愈下：卡姆登《信使邮报》1950 年 8 月 30 日刊，第 1 页。

239 1955 年三名歹徒：卡姆登《信使邮报》1955 年 5 月 4 日刊，第 1 页。

239 科恩的事业再次迎来转折点：卡姆登《信使邮报》1991 年 1 月米切尔 · 科恩讣告。

239 帕莱塞本人最终选择让步：卡姆登《信使邮报》1991 年 2 月 27 日刊第 19 页，罗科 · 帕莱塞讣告。

239 科恩在县法院担任了三年法官：《阿斯伯里帕克报》1991 年 1 月 9 日刊第 8 页，米切尔 · 科恩讣告。

240 薇拉 · 纳博科夫照旧在日记里记下：Berg，1958 年“一日一页”日记。

241 尚博尔咖啡馆，与他们共进晚餐：相关内容主要参考薇拉 · 纳博科夫 1958 年 11 月 26 日日记，来源同上。

241 明顿夫妇有些过分关注：《时代》1958 年 11 月 17 日文章，《关于洛丽塔》。

241 作者是《时代》特约撰稿人乔伊斯 · 哈伯：1958 年至 1966 年，哈伯在《时代》杂志社担任研究员兼记者。明顿对他和哈伯的关系不予评价，但一位前同事认出这篇文章为哈伯撰稿。

244 喜剧演员拿它当作深夜场的素材：VNAY 第 375 页。

244 其他某些离奇的噱头：同上，第 415—416 页。

245 “我生来不是一个剧作家”：《洛丽塔：电影剧本》序，第 ix 页。

245 他对改编《洛丽塔》一事转变了态度：《1940—1977 年信札选》第 309 页，纳博科夫致莫里斯·毕晓普的信。

247 “一个举止优雅的扮演天真少女的演员”：纳博科夫文章《关于一本题名〈洛丽塔〉的书》，摘自《1955—1962 年小说集》（Novels, 1955—1962）第 672 页。

247 我不需要演洛丽塔：1971 年《纽约时报》采访。

247 欧洲报纸：Berg，1960 年手稿档案，其他剪贴资料。

248 “一流的影片，演员们也都非常出色”，VNAY，第 466 页。

248 纳博科夫同意授权给这部音乐剧：同上，第 583 页。

249 “我认为他很粗野”：1965 年 9 月 2 日，WNET 电视台罗伯特·休斯对纳博科夫的采访，收录于纳博科夫《独抒己见》。

后记 洛丽塔和萨莉，两个女孩的故事

255 明显地表现出烦躁情绪：1962 年 7 月 BBC 采访，收录于纳博科夫《独抒己见》，第 105 页。

255 极力否认亨伯特·亨伯特有现实中的原型：1967 年《巴黎访谈》文章，《虚构的艺术》（第 40 期）。

256 纳博科夫坚决否认亨伯特：BBC 采访，收录于纳博科夫《独抒己见》，第 17 页。

256 “柔声呢喃的甜言蜜语”：纳博科夫著《说吧，记忆》第 49 页。

257 “《洛丽塔》讲述的绝望真相”：纳菲西著《在德黑兰读〈洛丽塔〉》第 33 页。

弗拉基米尔·纳博科夫作品选

- 《黑暗中的笑声》[*Laughter in the Dark*，1932 年；英文首版为《暗箱》(*Camera Obscura*)，1936 年；英文修订版于 1938 年出版；第三版于 1963 年出版]。
- 《绝望》(*Despair*，1934 年；1937 年英译本出版；1965 年英译本第二版出版)。
- 《天赋》(*The Gift*，1938—1952 年，1963 年英译本出版)。
- 《魔法师》(*The Enchanter*，写于 1939 年，作者去世后于 1986 年出版，由德米特里·纳博科夫翻译并作序)。
- 《尼古拉·果戈理》(*Nikolai Gogol*，1944 年)。
- 《说吧，记忆》(*Speak, Memory*，1951 年以《确凿证据》为题出版；修订后于 1966 年出版)。
- 《洛丽塔》(*Lolita*，1955 年)。
- 《普宁》(*Pnin*，1957 年)。

- 《微暗的火》（*Pale Fire*，1957 年）。
- 《洛丽塔注释本》（*The Annotated Lolita*，1970 年由小阿尔弗雷德·阿佩尔编辑并作序言、导言、注释；1991 年修订及更新）。
- 《独抒己见》（*Stron Opinions*，1973 年）。
- 《洛丽塔：电影剧本》（*Lolita: A Screenplay*，1973 年）。
- 《文学讲稿》（*Lectures on Literature*，1980 年，弗里德森·鲍尔斯编辑，约翰·厄普代克作序）。
- 《俄罗斯文学讲稿》（*Lectures on Russian Literature*，1981 年，弗里德森·鲍尔斯编辑并作序）。
- 《弗拉基米尔·纳博科夫：1940—1977 年信札选》（*Vladimir Nabokov: Selected Letters, 1940–1977*，1989 年，德米特里·纳博科夫、马修·J. 布鲁科利共同编辑）。
- 《亲爱的邦尼，亲爱的沃洛佳：纳博科夫 — 威尔逊通信集，1940—1971》（*Dear Bunny, Dear Volodya: The Nabokov-Wilson Letters, 1940–1971*，1979 年，西蒙·卡林斯基编辑；2001 年重印）。
- 《致薇拉》（*Letters to Véra*，2015 年，奥尔加·沃罗尼娜、布赖恩·博伊德共同编辑、翻译）。

关于纳博科夫的著作

- *Alfred Appel, Jr., and Charles Newman, Nabokov: Criticism, Reminiscences, Translations, and Tributes. Northwestern University Press,* 1970.
- *Alex Beam, The Feud: Vladimir Nabokov, Edmund Wilson, and the End of a Beautiful Friendship. Pantheon,* 2016.
- *Brian Boyd, Vladimir Nabokov: The Russian Years. Princeton University Press,* 1990.
- *——, Vladimir Nabokov: The American Years. Princeton University Press,* 1991.
- *——, Stalking Nabokov: Selected Essays. Oxford University Press,* 2012.
- *Mikita Brottman, The Maximum Security Book Club. Harper,* 2016.
- *Andrew Field, Nabokov: His Life in Art. Little, Brown,* 1967.
- *——, Nabokov: His Life in Part. Viking,* 1977.
- *——, VN: The Life and Art of Vladimir Nabokov. Crown,* 1986.
- *John De St. Jorre, Venus Bound: The Erotic Voyage of the Olympia Press.Random House,* 1994.
- *Michael Juliar, Vladimir Nabokov: A Descriptive Bibliography. Garland Publishing,* 1986.
- *Michael Maar, The Two Lolitas. Verso,* 2005.

- ——, *Speak, Nabokov. Verso,* 2010.
- *Azar Nafisi, Reading Lolita in Tehran. Random House,* 2003.
- *Ellen Pifer, ed., Vladimir Nabokov' s Lolita: A Casebook. Oxford University Press,* 2003.
- *Andrea Pitzer, The Secret History of Vladimir Nabokov. Pegasus,* 2013.
- *Robert Roper, Nabokov in America. Bloomsbury USA,* 2015.
- *Phyllis Roth, ed., Critical Essays on Vladimir Nabokov. G. K. Hall,* 1984.
- *Stacy Schiff, Véra (Mrs. Vladimir Nabokov). Random House,* 1999.
- *Marianne Sinclair, Hollywood Lolita: The Nymphet Syndrome in the Movies. Plexus,* 1988.
- *Russell Trainer, The Lolita Complex. Citadel,* 1965.
- *Graham Vickers, Chasing Lolita: How Popular Culture Corrupted Nabokov' s Little Girl All Over Again. Chicago Review Press,* 2008.
- *Michael Wood, The Magician' s Doubts: Nabokov and the Risks of Fiction. Princeton University Press,* 1997.
- *Lila Azam Zanganeh, The Enchanter: Nabokov and Happiness. W. W. Norton,* 2011.

文章及网站

- Anonymous (attributed to Joyce Haber), "The Lolita Case." Time, vol. 72, no. 20, November 17, 1958.
- Martin Amis, "Lo Hum and Little Lo." The Independent, October 24, 1992.
- Brian Boyd, "The Year of Lolita." New York Times Book Review, September 8, 1991.
- Robertson Davies, "Mania for Green Fruit." Saturday Night, October 11, 1958.
- Alexander Dolinin, "Whatever Happened to Sally Horner?: A Real Life Source of Nabokov' s Lolita." Times Literary Supplement, pp. 11–12, September 9, 2005.
- Leland de la Durantaye, "The Pattern of Cruelty and the Cruelty of Pattern in Vladimir Nabokov." Cambridge Quarterly, October 2006.
- —, "Lolita in Lolita, or the Garden, the Gate and the Critics." Nabokov Studies 10 (2006).
- Sarah Herbold, "(I Have Camouflaged Everything, My Love): Lolita and the Woman Reader." Nabokov Studies 5 (1998–1999): 81–94.
- Elizabeth Janeway, "The Tragedy of a Man Driven by Desire." New York Times Book Review, August 17, 1958.

- Landon Jones, "On the Trail of Nabokov in the American West." New York Times, May 24, 2016, https://www.nytimes.com/2016/05/29/travel/vladimir-nabokov-lolita.html.
- Erica Jong, "Lolita Turns Thirty: A New Introduction." New York Times Book Review, June 5, 1988.
- Vladimir Nabokov, "On a Book Entitled Lolita." Anchor Review, 1957. (Reprinted in every English–language edition of Lolita since 1958.)
- Heine Scholtens, "Seeing Lolita in Print." Thesis for M.A. Programme in Book History, Leiden University, 2005 (uploaded in 2014).
- Delia Ungureanu, "From Dulita to Lolita." In From Paris to Tlön: Surrealism as World Literature. Bloomsbury Academic, 2017.
- Dieter Zimmer, "Lolita, USA." 2007. http://www.d-e-zimmer.de/LolitaUSA/LoUSpre.htm.
- Dieter Zimmer and Jeff Edmunds, "Vladimir Nabokov: A Bibliography of Criticism." 2005. http://www.libraries.psu.edu/nabokov/forians.htm.

其他文献

- Amanda Berry and Gina de Jesus, Hope: A Memoir of Survival in Cleveland. Viking, 2015.
- Phil Cohen, "Local History—Camden, NJ." http://www.dvrbs.com.
- Jeffery M. Dorwart, Camden County, New Jersey: The Making of a Metropolitan Community, 1626–2000. Rutgers University Press, 2001.
- Jaycee Dugard, A Stolen Life. Simon & Schuster, 2011.
- Howard Gillette, Jr., Camden After the Fall. University of Pennsylvania Press, 2005.
- Michelle Knight, Finding Me: A Decade of Darkness, A Life Reclaimed.Weinstein Books, 2014.
- Elizabeth Smart, My Story. St. Martin's Press, 2013.

授权许可

Vintage Books（企鹅兰登书屋旗下克诺夫–道布尔戴出版集团品牌）许可，并经怀利事务所（英国）有限公司许可使用。

- 弗拉基米尔·纳博科夫著《洛丽塔》，弗拉基米尔·纳博科夫版权 ©1955 年，弗拉基米尔·纳博科夫家族资产于 1983 年更新版权。经 Vintage Books 许可，并经怀利事务所（英国）有限公司许可使用。
- 《莉莉丝》，摘自《弗拉基米尔·纳博科夫诗选》，版权 ©2012 年归弗拉基米尔·纳博科夫家族资产所有。英国版本《诗集》。经 Vintage Books 及英国企鹅兰登书屋许可使用。
- 弗拉基米尔·纳博科夫著《弗拉基米尔·纳博科夫短篇小说集》，版权 ©1995 年归德米特里·纳博科夫所有。英国版本《故事集》，版权遵循弗拉基米尔·纳博科夫 1965、1966 年遗嘱第 3C 条相关规定。经 Vintage Books 许可，并经伦敦猎户座出版集团许可使用。
- 弗拉基米尔·纳博科夫著《魔法师》，版权 ©1986 年归德米特里·纳博科夫所有。经怀利事务所许可使用。
- 弗拉基米尔·纳博科夫著《独抒己见》，弗拉基米尔·纳博科夫遗嘱第 3C 条信托版权 ©1973 年。经 Vintage Books 许可，并经怀利事务所（英国）有限公司许可使用。
- 弗拉基米尔·纳博科夫著《尼古拉·果戈理》，版权 ©1944 年归弗拉基米尔·纳博科夫所有，1972 年根据弗拉基米尔·纳博科夫遗嘱第 3C 条更新。经怀利事务所许可，并经英国企鹅兰登书屋许可使用。

- 《弗拉基米尔·纳博科夫：1940—1977 年信札选》，德米特里·纳博科夫、马修·J. 布鲁科利编辑，版权 ©1989 年，弗拉基米尔·纳博科夫遗嘱第 3C 条。经霍顿·米夫林出版公司许可使用。

图片

- 弗洛伦丝·“萨莉”·霍纳，9 岁：卡姆登县历史学会。
- 1948 年 8 月，萨莉失踪六周后，警方在大西洋城一家庭旅馆找到的萨莉照片：国际新闻图片（International News Photos）/ 作者提供。
- 纳博科夫拿着一只蝴蝶。1947 年于哈佛比较动物学博物馆——当时他是那里的研究人员：康斯坦丁·约菲为《时尚》（*Vogue*）杂志拍摄 / 盖蒂图像（Getty Images）。
- 1943 年弗兰克·拉萨尔因法定强奸五名女孩而入狱时拍摄的面部照片：新泽西州档案馆。
- 1949年9月7日，米切尔·科恩审问病床上的霍华德·昂鲁：美联社。
- 纳博科夫重现在便签卡上写作《洛丽塔》的场景：卡尔·迈登斯为 The LIFE Picture Collection 拍摄 / 盖蒂图像。

- 20 世纪 40 年代前后的露丝 · 杰尼施：杰尼施家族。
- 几个小时前刚得到救援的萨莉正在给家里打电话：国际新闻图片 / 作者提供。
- 1950 年 3 月 31 日，萨莉 · 霍纳和米切尔 · 科恩登上去往费城的航班：欧内斯特 · K. 贝内特 / 美联社。
- 时隔二十一个月，萨莉和母亲埃拉 · 霍纳终于又相见了：美联社。
- 萨莉靠在母亲的肩膀上；几分钟前她们刚刚团聚：国际新闻图片 / 作者提供。
- 认罪后的弗兰克 · 拉萨尔：国际新闻图片 / 作者提供。
- 萨莉 · 霍纳和姐姐苏珊 · 帕纳罗在自家的温室里：帕纳罗 / 齐耶明戈家族资料。
- 萨莉手持报纸的抓拍：帕纳罗 / 齐耶明戈家族资料。
- 薇拉和纳博科夫在抓蝴蝶：卡尔 · 迈登斯为 The LIFE Picture Collection 拍摄 / 盖蒂图像。
- 萨莉最好的朋友卡罗尔 · 斯塔兹，摄于 1952 年夏：帕纳罗 / 齐耶明戈家族资料。
- 爱德华 · 贝克的高中毕业留影，摄于 1950 年：瓦恩兰高中年鉴，检索自 Ancestry.com。
- 弗拉基米尔 · 纳博科夫的一张笔记卡片上抄有美联社对于萨莉 · 霍纳死亡的报道：华盛顿特区，国会图书馆手稿分区，弗拉基米尔 · 纳博科夫资料库，14 号文件，2 号档案盒，LOC 笔记卡。

- ❖ 1963 年 11 月《金块》杂志上彼得 · 韦尔德文章的插图：作者提供。
- ❖ 1952 年夏天，15 岁的萨莉 · 霍纳：帕纳罗 / 齐耶明戈家族资料。

索引

注：图片页码为斜体。

页码后的“n”代表尾注。[1]

1 每条索引后面的数字表示所涉及内容出现于外文原书中的页码。

I

J

K

L

O

S

T